孤独的旅行家

文泽尔 著

四川文艺出版社

图书在版编目（CIP）数据

孤独的旅行家 / 文泽尔著. —— 成都：四川文艺出版社，2023.7
ISBN 978-7-5411-6660-0

Ⅰ.①孤… Ⅱ.①文… Ⅲ.①杂文集－中国－当代 Ⅳ.①I267.1

中国国家版本馆CIP数据核字(2023)第088737号

GUDU DE LÜXINGJIA
孤独的旅行家
文泽尔 著

出 品 人	谭清洁	选题策划	后浪出版公司
出版统筹	吴兴元	编辑统筹	朱 岳 梅天明
责任编辑	李小敏	特约编辑	王介平
装帧制造	墨白空间·李国圣	营销推广	ONEBOOK

出版发行	四川文艺出版社（成都市锦江区三色路238号）		
网 址	www.scwys.com		
电 话	028-86361781（编辑部）		
印 刷	嘉业印刷（天津）有限公司		
成品尺寸	143mm×210mm	开 本	32开
印 张	10.25	字 数	198千字
版 次	2023年7月第一版	印 次	2023年7月第一次印刷
印刷书号	ISBN 978-7-5411-6660-0	定 价	55.00元

后浪出版咨询(北京)有限责任公司 版权所有，侵权必究
投诉信箱：copyright@hinabook.com fawu@hinabook.com
未经许可，不得以任何方式复制或抄袭本书部分或全部内容
本书若有印、装质量问题，请与本公司联系调换，电话010-64072833

目 录

1　推荐序　冯祎

1　北非之星
99　微醉在安达卢西亚：转小城至乡间
111　图书馆朝圣
127　爱尔兰Vision
151　酒店军团
173　维也纳，夜狂热
183　云端看杂志：谈机上刊物，或言场所的场所性
199　遭遇乱流，请裹好毛毯
209　安全视频不安全？
219　飞在三万英尺高空的杂货铺
231　机场书店见闻录
241　书虫据点，以及情怀等等
261　干脆住进图书馆？
273　失而复得在台北

推荐序
文 / 冯祎

　　2014年初春,在北京一所大学举办的书迷见面作品签售会上,第一次见到了文泽尔。在此之前,我作为旅行杂志的编辑,已经与他约了两年的稿子。

　　在那个能容纳300多人的阶梯教室里,连台阶上、窗沿边都挤满了人,我仿佛要穿越人海才能完成那次期待已久的"笔友见面",彼时他还是侦探小说界冉冉升起的新秀。同时,也是翻译家、专栏作家、访德学者、私人图书馆馆长,甚至还有一份养活这些爱好的本职工作。那时候,美国专栏作家Marci Albonher作品《双重职业》中"Slash(斜杠青年)"这个词还没有普及。他的身份,就像他的旅行一样,很难被定义。

　　签售会后,我们回到酒店大堂里闲聊,第一次正式见面,却不觉生分,好像通过文字已认识了很久。至今记得说起他刚刚结束的香港之旅，因为拍婚纱照想到兰桂坊、太平山山顶和中环取景，所以没做任何筹划，念头冒出来后便直接订了机票酒店，一会儿工夫就坐在了酒店套房的沙发上，电视里尽是曼德拉逝世的新闻。他们在香港悠悠然住了一周，除了去山顶、坐缆车、看首映、吃Caprice[1]、太古广场购物、兰桂坊喝酒、逛庙街夜市这些传统项目外，每次回到酒店，都会打开电脑在网上聊聊天，或者取瓶啤酒看电视，坐在窗边望着来来往往的红色出租车发呆……奕居酒店的侍应生会在首次入屋时，道一声"欢迎回家"。他说直到离别，才悟出这一声的深意：一周时间虽短，他却是这个城市的居民，不知不觉，与游客们划清了界限。

那时的他刚过而立，但三分之一的时间，都是在国外度过的。在我接触的旅行作家中，文泽尔不算去过太多人迹罕至的地方，甚至主动拒绝海岛度假或者野生动物园——他喜欢待在世人皆知的那些城市里，但却不是匆匆忙忙地旅行、游览景点。他爱的是一个城市的真实生活，如一位当地居民般游走在街道上。就好像IMAX宣传语中说的那样：Be part of it。当然，不冷门不等于不快乐，他中意于深挖一个城市的内核，在世界地图上看到它们最立体的各面。

所以读他的旅行杂记，常常惊叹于他对细节的观察入微。只坐飞机这一件事，都能被他像庖丁解牛一般，将各个环

1　位于香港四季酒店的法国餐厅。——编者注

节拆解出趣味来：比如每座城市都有的机场，他用书店划分出了三六九等，南美机场的魔幻豪放——上百本西语版《乌克兰拖拉机简史》足够硬核，香港的快、准、狠——不卖文具的咖啡店不是好的机场书店，德国机场的爱书如狂——连杂志细分都能照顾到有养马、种植、电钻、手表、模型制作等冷门爱好的人；上了飞机，盖在身上的毛毯也被他细细研究了一番，新加坡航空直接成批订购纪梵希旗下的毛毯，带点短流苏，毛量奇大，手感温暖略带粗糙感，斯里兰卡航空的手工编织羊毛毡极具锡兰特色，甚至每一块的颜色、花纹都不一样，白俄罗斯航空的纯白长毛毯，打开包装就是一股伏特加香味；因为赶飞机，手指甲没来得及修剪完毕，不得已在德国汉莎的飞机上买指甲刀，无意中淘到了双立人黑盒限量版旅行套装，他便开始关注这些高空杂货铺……

离开机舱的方寸之地，他的好奇心更是无处安放。

因为一个用陶瓷制作的笔尖，他会跑到日本去寻找江户时代传承的杰出手工匠人；为了一尊埃赫那吞的雕像，便一路追到英国瓷都特伦特河畔的斯托克，去探究那些白色黄金的身世之谜；"北非之星"最初是1926年阿尔及利亚侨民在巴黎创立的第一个阿尔及利亚民族主义政党，随着时间推移，这个名词有了更多衍生意义，水烟、北非菜、宣礼塔，或许是一座城市、或许是一个人，也或许是一个民族。带着"到底什么才是北非之星"的疑问，他又踏上了北非之旅；有时候是为一家店，去一座城，斯图加特周边最大的漫画店Sammlerecke[1]，布拉格火车站附近只卖三个牌子的老瓷器店，在布拉格Gambra-Surrealistická Galerie[2]可以买到世上独一无二的纪念明信片，东京目黑区日本文具大厂Midori开的"旅行者工厂店"，香港修宝丽来古董机及impossible复刻相纸的Mint Store，世界上仅此一家，别无分号。

在他所有的旅行作品中，尤其喜欢他写的老欧洲。

白天是世界音乐之都的维也纳，到了晚上越夜越狂热，三杯下肚，才能见识酒吧里地下音乐的硬核；如果说，西班牙以明烈的阳光和奇谲的建筑让人神往，那么，作为西班牙17个自治区之一的安达卢西亚，则透露着更多独立与原生——在欧洲，那些过去由希腊人、最近由德国人负责忙活的事，安达卢西亚人很少关心；饮酒之余，他们仅需要做两件事：表现自我，和维持自我；尤其是欧洲还有众多历史丰厚且"品相兼具"的图书馆，它们是一个城市的精神地标。这本书收录的《图书馆朝圣》并非是他对欧洲图书馆的清单式罗列，所选择的三段经历看似毫无联系——对殿堂级的大英图书馆的揶揄；为寻一份罕见资料追到西西里岛的一家冷僻图书馆；最终选择了在老家武汉开了一所自己的私人图书馆——却是文泽尔关于自我与图书馆对话的一次私旅行笔记。

他自己曾说过，在去过的三十多个国家里，最喜欢德国。

1　德语，意为收藏家的角落。——编者注
2　意为Gambra超现实主义画廊。——编者注

不只因为那里是他许多次旅行的出发地,也是他居住、工作过十多年的地方;最重要之处,还因为德国整体上予人以一种极度安心的氛围。"这种安心感怎么说呢,无论在斯图加特、在巴登巴登,在柏林、法兰克福、慕尼黑抑或纳粹德国最早的集中营所在地达豪市,其坚如磐石的程度都不会有任何差别。"所以但凡关于德语区的选题,我总是喜欢先听听他的意见。

2019年,柏林墙倒塌三十周年,我问他柏林在他心中是什么样子。他回复说,柏林是7个"Berliner"。Berliner是一种内里填满红色果酱,外面撒满白色糖粉的油炸面包,百年来风靡全德。从命名上看,只有"柏林人"这唯一的表面意思,但却诚如他对柏林这个城市保有的复杂记忆:柏林大教堂的苦杏仁味、胜利之柱的柠檬酸味、跳马社的麻辣味、柏林墙公园的空心,亚历山大广场的马卡龙味,板仔spots[1]的跳跳糖味,以及薄荷糖制的九寸钉Berghain[2]。

这比喻太妙了,不是吗?

英国著名旅行作家Mark Smith曾说,一趟优质的火车之旅来自三个方面——车外美景、车内体验、所遇之人和所逢之事。而优质的旅行亦如此。

在我们的编辑部,文泽尔的文章是公认的难改,不但要调动自己所有的历史地理学知识,还要保持故事形态上的完整性。因此任何删减都要谨慎小心,以免破坏那种天然的画面感,以

---

[1] 滑板场地。——编者注
[2] 位于柏林的一间以电子音乐闻名的夜店。——编者注

及逻辑上的自洽。

我问过他为何如此痴迷于旅行,他反问:如果不旅行,了解并拥有傲然世外神物的概率,是否趋近于零?

是啊,人千万不能一生待在同一个地方,否则即便活过了百岁,实际经验上,也只得折半的寿命。他甚至说过,似乎应该每十年更新一次自己的生存场所,还得是那种从赤道到极地、从欧洲到南美式的迁徙才行。他还自嘲因为胆怯,始终没法做到迁徙式的新生,只能勉强维持每季旅行的跋涉,去老城、去岛屿、去遗迹、去洞穴,或者去看那些不久之前诞生的人类奇迹,最后曲折返回原地,感觉整个人都新生了那么一点点。"关于旅行,我深信它是某种隐晦的自我救赎,折中但不迁就的宽恕"——我们终究可以长居在相似熟悉的环境,却又能偶尔纷繁复杂地冒险。试想,如果这只是个半径百多公里的小星球,全无地貌,四季如冬,那又如何?

我相信,旅行之于他,是在好奇驱动之下的永恒求索,是对世界的束缚的克服。只要他的好奇心尚在,他的追索之心尚在,旅行就会对他构成永恒的召唤。

随着时代的更迭,即便 LP[1] 依然有它存在的价值和意义,但人们越来越需要另外一种不同于路书式的阅读出口,上面或许没有景点、没有攻略,对目的地的描摹是个人化的,带有提炼和思辨,甚至不排除偏见的。《孤独的旅行家》通过文泽尔极

---

1 密纹唱片。——编者注

强的共情能力，为读者造了一个他乡梦，阅读时往往会忽略现实边界。

毛姆说："阅读是一座随身携带的避难所。"这部书，在某一时刻，也能成为你的避难所。

只是关于本书的书名，我略有疑惑。得益于他的神经质（非贬义，并经本人认证），他好像可以在一个平行时空中与任何一位古今人物对话。

在维也纳泡吧，他的"酒友"是戴着茶色蛤蟆镜、蓄一字须、德语讲得磕磕绊绊、貌似斯坦·李本人的可爱老头；在大英图书馆，邂逅的馆员路易莎小姐是东方学博士，能用字正腔圆的普通话介绍江浙一带的藏书楼；埃及卡特巴城堡防波堤上偶遇的基督徒萨义德先生，教他通过宣礼塔一窥北非诸国之间的差异性；突尼斯的"的哥"黑子带他在麦地那老城和新城间游走；和家在台北、嗜书如命的同事 M 小姐一起逛台北书店……当然还有时不时跳出来的叶芝、乔伊斯、加缪、博尔赫斯、伍尔夫、维尔加、张爱玲、鲁迅、太宰治、大江健三郎，等等等等。

所以他说他是"孤独的旅行家"，我是不信的。

北非之星

抵挡地中海的堤坝

在开罗的 Windows on the World[1] 酒吧喝酒，偶然听说了关于北非之星的消息。

"北非之星？哪有那样名字的游轮……不过，钻石叫这名字的，倒知道。"

"没钻石什么事儿。北非之星，正是巨型游轮，但却并非某条特定的船。这么说吧，以直布罗陀划分外海和地中海海域南岸，一溜排开的大概……五个港口城市，或多或少，都曾被人们赞誉为'北非之星'。最著名的，自然是卡萨布兰卡，也即摩洛哥的达尔贝达。还有阿尔及利亚——在努力争取独立的过程中，所成立最著名的民族主义组织，就叫'北非之星'，所

---

[1] 意为世界之窗。——编者注（本书若无特别注明，均为编者注，后从略。）

以,首都阿尔及尔,也理所当然地被冠以北非之星的雄名。"

"这么说来,亚历山大港也有被称作北非之星的时候。"

"小范围内吧。还有突尼斯和的黎波里,比如足球运动突然崛起,以及内战时表现得意外顽强等等缘故——总之是各种喧嚣一时的原因,莫名其妙就被嗅觉灵敏的游轮路线开发商给发掘出来,做成了游览线路,名字就叫'北非之星'。"

因为航班临时取消的缘故,我不得不在开罗滞留一周。开罗虽好,但到底还是缺乏在此久住的热情。Windows on the World 酒吧的窗外风景绝佳,差不多已使这座城市一览无余,暮色下的法提米德古城区,百无聊赖,恰如我此刻的心情。

"请问,如果打算亲身去试试这'北非之星'线路的话,可有相关信息?"

我端了酒杯过去,问那两位开口便是伦敦腔的红脸绅士。

"哦,没记错的话,应该是走地中海环线的船,近海轮,皇家加勒比航务的,最近的登记点该是……亚历山大,进港一问即知。"其中一位热心答道。

于是直接飞去亚历山大港,一问,发现只能买到隔天早晨出发、船名为海洋领航者(Navigator of the Sea)的大型游轮船票,停留的黎波里、突尼斯和阿尔及尔三港,在达尔贝达下船。四天四夜,似乎是加勒比航务与非洲旅游局之类机构合作的临时航线,包括船本身也是短期租借,价格颇公道,广告上写的也确实是"北非之星",但小旅行社柜台的导览员们全摆出一副格外没精打采的模样,即使再怎么信任皇家加勒比,心中多

2　孤独的旅行家

少还是有些忐忑。

"还有别的游船可坐么？除了这艘海洋领航者外，别的公司的也行。"

"MSC，也就是地中海游轮公司的船倒有，坐的人同样多，票不在我们这儿买……哎，海洋领航者号有哪儿不好么？竟会如此排斥？"

说奇怪也奇怪，原本毫无精神的导览员，一听到我拒绝搭乘海洋领航者号的消息后，瞬间振奋了起来。甚至顾不上服务礼仪，问起原不该由他们来询问的事儿了。

"不说是加勒比航务最好的船，前十还是排得上的。十四万吨级的排量，三千乘员标准，整整十五层的功能区：赌场、酒吧、SPA、剧院……总之豪华得很，实在想不明白您拒绝它的理由。是因为票价太高？这样吧，您就选明天的票，我这边再加送一个升舱，如何？不管怎样，也得让您了解到海洋领航者号的厉害才行……"

早这样热心介绍的话，不就一点问题都没有了吗？

还是得在亚历山大待一晚。导览员推荐喜来登旗下名为蒙塔扎（Montazah）的小酒店，在城北——海港城市差不多都是如智利这种国家一般，沿着海岸线将城区发展成狭长蜿蜒的网格。亚历山大港的城区形态，多少令人联想起迈阿密：这种形态上的相似性往往暗示着，无论你住在其中哪个城市，关注一端则必然要放弃另一端。另外，因为城市被压扁、拉长的缘故，即使取巧地选择住在差不多正中间的位置，几乎也同时意味着主动放弃两端尽头处的风景（通常是极具当地特色的旧城区，以及大批古迹）……想去很久的7月26号大道恰巧位于城南，随身上下又只携带了一只并不算重的手拎包。理所当然，我婉拒了导览员的入住提议，收好登船卡和说明手册，坐上电召的出租车，慢悠悠朝着卡特巴城堡的方向前进。

"喂喂，海滨大道就海滨大道，为什么偏要叫7月26号这种古怪名字？"

"从开罗那边过来，应该知道还有10月6号城这种地方吧。"英语别扭（性格也有点儿别扭）的出租车司机穆罕默德先生回应道，"其实都算是新取的名字。7月26号是埃及七月革命成功的纪念日，1952年，法鲁克王朝被推翻了，纳赛尔当了总理，所谓民主共和。10月6号，则是赫赫有名赎罪日战争的爆发日，1973年——噢，赎罪日是按希伯来历计算的，每年时间都不同，那年恰好是在10月6日，他们约好在那天开仗，哈！"

"唔，我是指——取名者持有的，究竟是怎样一种**思维方式**，才会想到直接拿日期来给街道甚至城市命名？"

"刚才提到纳赛尔对吧，说巧也够巧，此人是本市出身——七月革命就是他一手促成的嘛，在出生地弄一条纪念街道，让世人努力记住这个日期，顺带记住他这个人，怎么想都无可厚非。10月6号城就有些愚蠢了……颁布令状，确定这名字的是萨达特总统。那人是纳赛尔钦定的接班人，出生于米努夫省的乡下人，一心想着超越前任，打了场不明不白的仗，竟还要为战争开始的日期专门建一座新城……哎，亚历山大图书馆到了，这儿下就好。"

7月26号大道紧挨接近半圆弧形的、美到难以形容的一围海湾，也即市民习惯称之为"旧港"的地方。料想在大航海时期，这个如今已很难看到栈桥的湾岸区域，应是本港主要的船舶停靠地。若是只在亚历山大港待一天的话，圆形剧场就不必去，庞贝之柱和孔索加墓穴也可舍去，除了以塔楼闻名的蒙塔扎宫在遥远的城北外，其余值得一逛的地方，便都集中在这半圆弧形湾岸附近：如果将亚历山大图书馆视作圆弧起点，卡特巴城堡便理所当然成了终点，圆弧下缘，则是被称为 El Gondy El Maghool 的一个喷泉广场，周边小店众多，酒吧也不少，足可打发上船前的一夜韶光。

我是参观图书馆成瘾的那类人，传说中建于公元前三世纪的埃及亚历山大图书馆的威名，自然如雷贯耳。但旧图书馆到底还是连一块瓦砾、半张纸莎草纸都寻不到了。穆巴拉克主持修建的新馆，与其说是对旧馆的致敬，倒不如说是一次对未来聚书场所的遐想：原址已不可考，为了方便大学生借阅，便将新址定在了校区旁边。建筑设计竞标，从五百多件作品中甄选，最后挪威人拔得头筹。

至于实际的成果，怎么说呢……反正从外面看去是如同外星人研究基地般的古怪现代建筑：主馆整体像是一只略微倾斜放置的巨大圆形餐碟，高的那半边以雕满了各种不同符号的花岗岩外墙环绕，一条十分突兀的人行道，贯穿花岗岩外墙而过，直达图书馆的另一端。除了散立着的几尊哲人青铜像外，再找不到半点能够与过去相连的痕迹。

内部同样如此，过于现代化。在大而无当、没有任何装饰物的水泥柱群间抬头看时，因为头顶棱镜将阳光分色滤过的缘故，五颜六色地洒下一大片毫无意义的光华，有身在巨大舞厅的错觉，不像是能够安静读书的地方（不得不承认，在这方面的审美上，自己到底还是太过老派）。

藏书方面也没什么了不起。在世界级图书馆纷纷勉力比拼馆藏总量和珍品价值的当下，亚历山大新馆于第一梯队当中，纵使怎样去宽容评估，都还是处在下游位置。大部分相比之下更有意思的藏品，也是欧洲的几大国家图书馆（尤其法国国家图书馆）捐赠的。除了古本《可兰经》、后世仿制的古埃及象形文字书卷和法老棺（想不通图书馆里为什么展览这种东西）尚可一看外，其余实在乏善可陈。

在名为 Diwan 的书店买了本介绍亚历山大港历史的精装摄影画册，连袋子一起塞进手拎包内，出馆，漫步在 7 月 26 号大道的行道上，踩着棕榈树的荫凉前行。海风，裹挟着地中海所特有的潮热咸湿气味，如被狠狠稀释过的、非洲沙漠中的粗砂一般，直灌进我的嘴和鼻腔中。满街看不懂的阿拉伯蝌蚪文，以各种鲜艳到刺目的色彩，平平地涂抹在商店招牌上。和迪拜多少有些相似，独独欠缺那番蜃楼幻境式的纸醉金迷。稍后几天我才渐渐明白过来，所谓海滩的境界，在海洋领航者号越过直布罗陀之前，皆是如此——描绘一次即可，到达的黎波里、突尼斯和阿尔及尔时，可以不必再提了。

喷泉广场显然没有关门时间限制，酒吧不论，小店也不像会朝九晚五的样子。我决定先去城堡，便继续沿着 7 月 26 号大道直走。过不多久，经过名为 Soliman 的小绿化广场，隔着海湾，差不多已能看见卡特巴城堡轮廓时，一群裹着颜色鲜艳丝巾的当地女人，举着看不懂内容的蝌蚪文标牌，在四五位壮硕男士的保护下，一齐急匆匆地向着远离大街的方向快步前行。

出于好奇，我便远远跟着他们走了一阵。哪承想，仅仅路过两个街角，面前竟突然出现一座即使与伊斯坦布尔的圣索菲亚大教堂相比，也不至于逊色的大清真寺。毕竟是当地人，女士们对清真寺完全视而不见，仍是一边热烈议论着，一边举着标牌向前走。作为游客的我的好奇心，则理所当然地被转移到了清真寺上。

因为本身对穆斯林建筑不太感兴趣，加上来得匆忙，事先没有做足功课，对于这座大清真寺的存在，可说是一无所知。旅途结束，查实资料后，才知道彼时看到的，正是大名鼎鼎的 Abu al-Abbas al-Mursi，也即摩西·阿布·阿巴斯清真寺，同时也是亚历山大港最重要的宗教建筑。

可能是为了弥补缺少寺前广场在整体气势上所造成的不足，摩西寺正门前方，建有一块三角形的喷泉绿化带：喷泉常开，绿草如茵。为防止路人践踏草坪，还特地用黑白色相间的路堤及带刺栅栏将这一小片景观区域隔离开来。站在绿化带远端，仰望建筑正立面，印象最深的无疑是穹顶部分繁复精致的浮雕花纹装饰——可不是简简单单装饰边缘了事，而是完全用鱼鳞

北非之星 7

形浮雕将穹顶整个覆盖起来！穹顶计有一大四小五个，天台围栏上同样是密密麻麻如《爱丽丝梦游仙境》中排成一列的扑克士兵般的细雕，一格一格恰似欧式窗帘或者少女内衣的锁边。更不幸的是，摩西寺外观上除白色之外，再没有其他装饰颜色。

摩西寺的历史并不久远，初建在十三世纪，乃是当时的苏丹为安置同名的苏非行者的墓穴而出资修建的。听说最初是正统的阿拉伯清真寺风格，因为在两次世界大战中损毁的缘故，延请专精伊斯兰建筑的两位意大利设计师翻新重建，据说是煞有介事地融入了当时十分时髦的安达卢西亚风情，但这风情具体体现在哪儿，我是丝毫看不出来。

脱鞋，走进清真寺。大堂里铺满了红色手织地毯，取典型阿拉伯立柱和拱形图案，不断朝着一个方向重复：不知其他人如何去看，反正在我看来，感觉颇有些诡异。大穹顶由八根花岗岩大柱支撑，天花板吊顶拉平，呈正八边形，每个顶点对应一根大柱。吊顶以细密桃心纹样镀金浮雕作装饰，每边对称开三扇小窗，中间部分略微凹进，悬挂足有寺庙外喷泉水池般大小的吊灯，气派非凡。穹顶外其他部分的天花板，则使用与圣索菲亚大教堂相似的笼龛结构，一个方格接一个方格，缀满几何图案，华丽炫目，好比有田烧的古伊万里锦绘一般，只是所用色彩，相比圣索菲亚而言，更为朴实无华一些。

据说以前女性是绝对不得踏入清真寺半步的，非穆斯林的男性也不得进入礼拜堂。但此刻的摩西寺内，却分明有数位女士正在悠闲参观——到底是港口城市，连寺庙也比别处开明。

按穆斯林规矩，若要在寺内礼拜，必须先用寺外喷泉的水洗净双手和脸颊。因此，对于每座城市的大型清真寺而言，喷泉其实该算是一项规制。然而，由于摩西寺外的喷泉已被铁栅栏给围起来了的缘故，寺庙管理人员不得不在大堂内花岗岩柱旁另设洗手处。另一方面，由于天气实在太过炎热，每根柱子上都加装了两三台可拆卸的摇头电扇，甚至还在好几个大吊灯上另外牵出电线，安装了风力强劲的悬挂吊扇。因此，寺庙大堂的实际观感，大抵如下所述：四面八方的风扇呼呼吹着，宛如机器手臂般来回摆动；人们或站或靠，纷纷聚在巨大花岗岩立柱旁乘凉；漆成橙红色的醒目饮水机中涌出冰凉的纯净水，洗手兼饮用的同时，也甩溅到红色羊毛绒地毯上，造成各种抽象形状的水渍……总而言之，极具四十年代殖民地小说风情，妙不可言。

出清真寺，沿着与7月26号大道基本平行的El-Sayed Mohammed Karim路直走，尽头处左拐，不远处即是7月26号大道的终点。从这里看到的卡特巴城堡，比刚才要清楚多了。

很难相信，这座结构四四方方、整体其貌不扬的土黄色石砌临海堡垒，竟会与响当当的"世界七大奇迹"名号有什么联系。关于卡特巴城堡的传说大体如下：作为古代七大奇迹之尾（真不好意思）的法罗斯灯塔，于十四世纪毁于地震，瓦砾方石散落一地。因为原灯塔本身十分巨大（否则也不至于会被称为奇迹了），即使损毁倒塌，废墟中可以直接拿来使用的建材仍旧遗下许多。如此荒置近两个世纪后，埃及卷入与奥斯曼帝国

北非之星　9

的大战中,苏丹卡特巴下令,利用灯塔废墟的现成石料,"吧唧"一下建起一座防御城堡来。

毕竟是战时建筑,不可能太讲究美观:旧砖石新砖石混在一处,随随便便搭砌,之后又遭到土耳其海军的炮轰,导致墙面颜色深一块浅一块,说是扎哈·哈迪德参数化主义[1]在中世纪晚期阿拉伯国防建筑上的 déjà vu[2] 也不为过。从 7 月 26 号大道,踱过喷泉广场后,前半段常见的棕榈树之类碍眼近景,便统统不见了踪影。视野陡然开阔,深蓝色的地中海海体,千年如一日地拍打纵横交错的礁石,顺着岸沿勾勒出仿佛每刻每秒都在不停呼吸着的、以"海"为名的巨大野兽的泡沫状白色外表皮。

实话实说,卡特巴城堡算是见面不如闻名的典型:站在离外城大门约半公里远处,眺望朦朦胧胧的内城要塞塔顶,看得见被无凭依的海风吹得鼓起来的埃及红白黑三色旗,闪耀在午后三时的阳光中。旗帜与蓝天底下,被光芒映衬得有如以庞大金山雕琢而成的城堡,衔接海天,似乎正准确无误地诠释着某种历史恢宏感。然而,当怀抱满满期待,急匆匆走到挂有"Qaitbay Citadel"[3] 海蓝色铭牌的城门处后,却多半会遗憾地发现,无论是逐级步入城堡中庭,循着已不能使用的生锈炮台和燃烽火用的铸铁大瓮四处闲逛、远观近看也罢,单独浏览堡内博物也罢,好歹不至于大失所望,但却怎样都无法令人提起兴致来。

---

1 参数化主义是当代前卫建筑的一种风格,作为现代和后现代建筑的继承者被推广。这个术语是由扎哈·哈迪德的建筑合伙人帕特里克·舒马赫在 2008 年创造的。
2 法语,即视感。
3 即卡特巴城堡的英语名。

地中海沿岸，秉承相同理由修建起来的海防堡垒……比如叙拉古城南尾端、奥尔蒂贾岛上纯白色的 Castello Maniace[1]，配以绿色俏皮灯塔，仅属于西西里的黝黑礁石，以及北岸更为深邃的海水和浪花，相比卡特巴堡简陋无华的占据和堆砌，可要漂亮得多。

"看习惯了更是如此，说是'视而不见'亦不为过。我每天都来这里，只是为了海钓，没有城堡也无所谓。"

站在防波堤上垂钓的四十岁左右中产阶级男性，名字大概是萨义德的，在鱼怎么也不愿上钩的情况下，收起钓竿来，将已钓到的小半桶活鱼泼回海里，转而与同样站在防波堤上、百无聊赖看着大海的我闲聊。

"这么说，即使法罗斯灯塔没有因地震倒掉，结论也是一样？世界七大奇迹什么的，和海鱼相比起来，根本就无所谓？"

"哎，那当然很不一样。"萨义德马上反驳我道，"如果灯塔还在，就可以夜钓了。"

这位先生是基督徒，妻子无须戴头巾出门，在伊斯兰为主导的埃及，算是罕见。似乎是凭借着海外证券金融业的一连串正确投资，一家子自三十多岁起就过起了退休生活。尽管对所驻国一切都埋怨连连，却完全没有移民的打算。

"其实很多人不懂埃及人。"萨义德先生说，"看看这个，这就是我们埃及人——"

---

[1] 位于意大利南部西西里岛叙拉古的一座城堡。由皇帝腓特烈二世在 1232 年至 1240 年间建造。

他食指朝下,指了指脚下实实踩着的、用来构筑防波堤的巨大水泥块:是那种既扁又厚重的、长方体形的水泥块。能站人的那部分表面,每块都是约一点五平方米的样子。正中间处用极粗的钢筋弯成形似灯塔的倒 U 字挂钩,感觉一旦有必要的时候,就会被长得望不到头的铁链,一块接一块地胡乱串在一起,令人不由得想起杜拉斯那本书的名字:《抵挡太平洋的堤坝》。

"如果去过马尔代夫,或者迪拜,应该清楚,那两处的防波堤块,全是圆滚滚的爪子形——就是……有些类似乐高玩具拼块的那种,可懂?"

"如同在三棱锥的四个角都插上圆柱,懂的。"

"噢,没错,就是那样子——当然,直接使用水泥墩的国家也不少。然而,只有埃及是像这样,在显眼得露骨的地方,强行装上了不可能摆脱的钢筋挂钩。理所当然,一旦发生海啸,就会被拴到一起:无论是像我这样的少数派,还是那边正卖着棉花糖的赤贫阶层,哪种人都无法幸免——没有丝毫英雄主义的余地,埃及人就是这么回事。"

犹如预言一般,此次对话后不久,扳倒穆巴拉克总统的埃及革命意外上演,开罗自然首当其冲,亚历山大港也不遑多让,"北非之星"的名号,再度被写进火把与横幅标语之间。青年们群情激奋,示威活动一波一波地举办不停,似乎萨义德那些消极倾向的宿命话语,就此不攻自破了。然而,埃及之后便陷入长期的政变与不安,阵痛造成的缺口被接连撕裂,民众焦虑正仿佛被拴在一起的水泥团块，正经历着不知何时能休的风雨飘摇……

辞别继续垂钓的萨义德，我深一脚浅一脚地踩着每块一点五平方米的水泥块，走向不远处几把歪歪斜斜勉强竖立着的、灰头土脸的旧太阳伞。伞下是一两张被阳光晒得褪色严重的简陋塑料茶几，跟同样简陋褪色的几张塑料沙滩椅一道，散放在防波堤的水泥块上：面朝大海，摇摇欲坠。可即便如此，摇摇欲坠端坐着用吸管嘬饮温吞百事可乐的游客也不少，空位置都没剩下几个了。

我要了SAFI牌的矿泉水，坐在塑料椅上吹海风。卖棉花糖的青年走过来，一句话也不说，只是伸手递出用透明塑料袋包装的粉色棉花糖，在我眼前左右晃了一番，见我没有掏出埃镑来的意向，便又一言不发地走开了。水喝完后，将塑料瓶还给摊主，又坐了一小会儿，才起身离开卡特巴城堡。

走了差不多三分钟光景，人行道不前不后的某个位置上，萨义德先生开一辆不新不旧的沃尔沃休旅车赶了上来。他大声招呼我，惹得路上每个人都回头，然后，开开心心地请我坐到副驾驶座上，靠边停车，拉上手刹，从后座小冰箱里取出冻甘蔗汁来，不由分说地塞到我手中。

"不钓鱼了。亚历山大港虽小，走路却怎么也不太方便的。出租车之类，这里似乎不太好叫。说吧，接下来去哪儿，我捎你过去。"

只要曾见识过伊比利亚半岛居民、西西里人，或者南法农

北非之星　13

民们普遍持有的热情豪爽态度，便能瞬间理解萨义德先生此刻看似冒失又突兀的邀约得以成立的合理性——这并不是在说，海外旅行时，完全不需要对过分殷勤的拼车同乘邀请保留戒心。恰恰相反，我是坚决反对背包客们随便坐上陌生人的车，并且立即接受主动递过来饮料的那类人。人与人之间构筑信任的过程，说白了就是种"不由分说"的默契感：站在防波堤上慢悠悠攀谈积累的正面评价且不论，懂得将钓上的活鱼放回海中，仅享受垂钓本身乐趣的先生，多半不会是有多坏的人。

"还没想好去哪儿呢。明天早上要坐游轮前往的黎波里，今晚吃过饭后，打算在酒吧消磨一夜——不过现在还太早，可有好的推荐？"我拧开带冰碴的甘蔗汁瓶，随口问道。

"噢噢，游轮的话，莫非是'北非之星'那条线路？"

意想不到，萨义德先生竟也搭乘过海洋领航者号。虽然是相同的船，路线却不一样：他和全家是从苏伊士港出发，途经苏丹，跨越整个红海及亚丁湾后，走摩加迪沙去开普敦的。看起来，皇家加勒比旗下的这艘大船，走的是租借雇佣制的路线：只要有旅行线路需要，公司就让它启程，颇有些日本大公司长期派遣员工的感觉。

"以实际搭乘过的经验来讲，那艘船怎么样呢？"

"唔，对以总吨数为衡量标准的轮船世界而言，一般人想必建立不起来什么实感……十四万吨级的海洋领航者号，这么说吧，好比时刻不停移动着的拉斯维加斯，或者澳门。"

"哪有那么大？"

"总而言之就是一座城市，一应俱全，想想吧——船上可是有三千人呢！如果拿淘金热时期的美国小镇作比，岂不委屈了它？"

在喝完一瓶甘蔗汁的当儿，萨义德先生告诉了我许多搭乘海洋领航者号旅行的相关经验：比如 Wi-Fi 收费异常昂贵，除非工作需要，否则不要随意使用；甲板上用来晒日光浴的躺椅很多，但好位置却不多，且讲究方位和时辰，需要提前过去占领；最好自带防晒油，避免海上阳光直射，在不知不觉间被晒伤；船上只有皇家大道购物街的 24 小时免费比萨店内有免费饮用水供应，其他地方则全要付费，能喝就尽量多喝些，最好不要装瓶带走；免费自助餐和定桌晚宴的口味一般，不妨去试试意大利特色馆，绝对有米其林餐厅水准；歌剧和舞台剧尽量去看，固定的梦工厂化装狂欢，如果打算与动画角色合影的话，一定要选择更贵的套餐，因为便宜的套餐只能印六张照片，贵的套餐的冲洗却是不限量的；赌场里看起来感觉越暗的老虎机，赢钱的概率越高（这点稍后即被证伪），等等。

"谢谢。那么，的黎波里这城市，又有哪些值得留意的地方呢？"

"毕竟是利比亚首都，彻底穆斯林化的石油大国，无论是伊德里斯王朝的皇帝，还是那个卡扎菲，在古迹保全方面做得都挺不错。老城区的奥斯曼白色钟楼，'红堡'的规整内城和高高在上的方形瞭望塔，以及名为 Mawlai Muhammad 的华丽清真寺……反正，应该比本港更有看头。对了，大莱普提斯古城遗址离市区太远，现场沙尘问题也严重，虽然似乎是世界文化遗产，若不是对古罗马考古特别感兴趣的话，还是不要去了。"

"那些泛泛的信息，之前也已调查清楚。我的意思是：有没有那种不亲自去过，就无法感受到的东西？"

"哦哦，那种的话，倒真知道一个：你知道清真寺建筑标配的宣礼塔么？阿拉伯语读作米厄宰奈。"

"知道是知道。"

"亚历山大宣礼塔的基本要素是圆形，的黎波里的却是棱边形：边数不尽相同，四、六、八都有，但就是没有圆形。还有，如果在亚历山大待久了，散步时常常能见到卸下来随意放置的宣礼塔塔顶，不少是长期闲置，甚至有流浪狗在里面扎了窝。不过，在的黎波里，你是绝对见不到这种情况的。"

"好吧……可这又如何？世界广大，各个城市之间本来就该有许多不同。"

"确实如此，但足以体现两国间**国民性**差异的，就不多见了。宣礼塔的这两项细微差别，正是亚历山大与的黎波里这两颗'北非之星'间根本性的不同点。至于原因，现在讲出来倒也无所谓，可我总觉得，还是到达利比亚后，由你亲自去发现更好——代入情境当中，略微思考，可说是一目了然。"

天地良心，萨义德先生心血来潮卖下的小小关子，竟在利比亚给我惹上了天大的麻烦。前因后果太复杂，此时暂且按下不表。

"对了，为什么不去住酒店？早晨登船却通宵不睡，结果往

16　孤独的旅行家

往很惨——如果宿醉的话，恐怕更糟。你知道吗，巨轮这种颠簸小到令人几乎察觉不到的船舰，对于醉酒的人而言，其实是比贴着海浪翻滚的小舢板更难受的存在。尤其在地中海里航行时，那种平常人无法察觉的、海体对巨大船身造成的轻微扰动，要比在太平洋中快四倍以上。这可不是耸人听闻！喝多了混合勾兑的烈酒，当心把整个人都吐个底朝外！"

我把自己谢绝城北蒙塔扎酒店的事儿，包括在喷泉广场熬过夜的打算，都说给萨义德听了。

"结果呢？7月26号大道、亚历山大图书馆、广场、清真寺、城堡——不说大失所望（腹诽：至少摩西寺是很可以的），将游览的重点全寄托在这么一小块区域内，到底还是有些失策。导览员推荐你住城北，无非是想方便你去游览蒙塔扎宫辖下的漂亮花园，远远眺望那座以奇形怪状闻名的塔楼而已。干脆，现在就带你去那儿吧。"

得得，本打算放弃的地方，最终还是抵达了：旅游的奇妙之处莫过于此。

萨义德尽忠职守地把我带到蒙塔扎宫外的导游处，留下联系方式后，驱车离开（抱歉，记录电话号码的卡片，到底还是被我忘在了海洋领航者号的舱房里）。

说是宫殿，对亚历山大港居民而言，其实主要是当作公园来使用。据萨义德介绍，一到夜间，会有很多附近居民过来散步。入园是免费的，但参观海滩却需要另外支付十埃镑，不过真正值得一看的东西，还是十分厚道地包含在了免费部分里。

有高塔的那座 Al-Haramlik 宫，本体建筑乃是中规中矩的佛罗伦萨风格，即使身在埃及，也没进行丝毫多余的改动——这种毫无惊喜可言的复刻，去过佛罗伦萨的人们，一看便知。奇怪的倒是高塔部分：明明是四方形塔楼，却故意造出十分明显的飞扶壁，楼梯也里外纵横交错，塔顶则是……仿佛移动电话公司基站那种布满天线和发报装置的现代风格。若说基座还能勉强称得上佛罗伦萨式的话，中段则直接蜕变为罗马尼亚吸血鬼古堡角楼风，紧接着又掺杂科隆和米兰的大教堂风格，最后则是不折不扣的现代雕塑。给人的整体印象，简直就是从达利画作中蹦出来的超现实建筑。

宫殿的建造者是埃及苏丹福阿德一世，时间是 1932 年：不只古建，连划入近代建筑都勉强。福阿德一世其人，乃是埃及从英国统治下独立出来后的首任统治者，在上任的头十年间收敛集聚了大量财富，四处大兴土木的同时，觉得之前位于亚历山大港的 El-Salamlek 行宫（现在已改建为一家内设赌场的高级酒店了）位置虽好，却实在不够气派，便聚集工匠在原址上新建 Al-Haramlik 宫，同时扩建花园，修整海滩，作为夏宫来使用。

Al-Haramlik 的有趣之处，不仅仅在于那座模样怪异的塔楼——由于福阿德一世极为迷信，在修建宫殿时，命令工匠们在细处大量装饰自己名字的首字母 F，认为这样一来，自己和子孙后代们就可以江山永固。如今参观 Al-Haramlik 宫时，找寻四处点缀着的字母 F，竟也成了游览乐趣之一：正门拱顶旁四个圈内如家族纹章般雕刻的 F，是最容易找到的；不太容易的有落地窗隔断间巧妙隐藏的 F，以及护栏扶手内侧小心阴刻的 F 等等。据说整栋建筑物内，共有 F 字母 7777 个——这也是为了吉利（7 是埃及人传统上认为十分吉利的数字，和数字 8 在中国的地位类似）。至于是否真有这么多，也不知道有没有无聊的人去一个一个数过。

值得一提的是，福阿德一世的继任者，即埃及末代国王法鲁克一世名字的首字母也是 F：作为福阿德一世的次子，继续使用大吉大利的 F，也是理所当然。关于法鲁克的传奇故事很多，萨义德先生说这家伙是个神偷，曾在与英国首相丘吉尔会晤握手的瞬间，顺走了丘吉尔口袋里的怀表，手段之高，令人咂舌。

Al-Haramlik 宫殿大部分不对外开放，博物馆也不怎么值得一看，倒是花园部分，很值得游览一番。据偶然遇到的旅行团导游介绍，蒙塔扎宫花园里栽培了包括地中海和红海沿岸的每一种植物，无一遗漏。可惜，我并不知道两海沿岸究竟有多少种植物，无法确认这则消息是否属实。不过平心而论，此处的怪树奇石确实很多，堪比斯图加特威廉海玛动物园内享誉全欧的大型植物园了。

终究不敢走得太深，也无心效仿植物学家，去细细辨识每样热带灌木间的类目差别。绕了一大圈之后，我走回到萨义德先生把我放下车的地方，坐上一辆守在那儿的出租车，用英语说了"到 7 月 26 号大道"。司机一路一言不发，连从内后视镜

北非之星　19

里多看我一眼的心情都没有。车刚到亚历山大图书馆，就直接停下，明显不愿意再往前挪动哪怕一厘米的距离了。我付了钱，下车，他也不开走，而是熄了火，眼望图书馆进出口方向，抽起随车带着的便携水烟袋来，静静等待。

这是典型的"点对点式"出租，靠着名胜景点和大酒店的客流量吃饭，轻易不愿拐入小道，白走空趟的：不知为何，他们普遍沉默寡言，缺乏激情。

只好徒步向着半圆弧海湾的中点进发：沿路，都是当地人和旅客们随手乱扔的垃圾，没有吃完的冰淇淋和糖精汽水残迹被踏过无数脚，溅得街面到处黏腻腻的，这便是 7 月 26 号大道午后四时的光景。我回到 El Gondy El Maghool，选了一家名字辨不清、但一眼看去环境似乎还算不错的埃及餐厅吃晚饭。

"谢谢，选今日套餐吧，谢谢。"

侍者只会这一句英文，无法可想。

如此这般，主食端上的是形状和味道都与新疆馕饼相似的烤饼。这种饼，本身是没什么味道的，需要自己撕开，搭配各种馅料来食用，原理上类似土耳其人引以为豪的 Döner Kebab。餐厅提供的馅料组合如下：番茄厚片、莴苣菜、紫色生洋葱、豌豆泥。除此之外，还有一种红褐色浓酱，绞得碎乎乎的，尝起来有点像羊肉，难以分辨。

烤鸽子两只，用秸秆色的油纸垫了，装在草编的盘子里摆上来。用的应该是炭火，肉有些干，勉勉强强吃完，发现鸽肚子里塞满了硬到不能吃的大麦，香倒是够香的。

汤方面，提供如彼得堡红菜汤一般的稠汤，味道难以形容，竟意外地令人忆起在苏州吃过的鸡头米甜羹来。用餐完毕，端上奶油堆得跟啤酒花相似的咖啡，无处下口，只好又要了根吸管，从杯底处突破，将咖啡部分消灭得干干净净。末了，马克杯里只剩下奶油，却还是齐杯口的满满一杯（可见亚历山大人嗜奶油的厉害程度）。

吃得太腻，不曾喝酒，时间还早，天尚未黑……罢罢，随便找家酒吧，一杯一杯灌杰克丹尼，直到天明吧。

"喂，迷路了么，回市区？上车，开门上车吧！"

正想着时，不知从哪里突然驶来一辆出租车，司机一面摁着喇叭，一面探出头冲我拉生意。这家伙，身材瘦瘪瘪的，却留一脸马克思式大胡子，眼神诚恳得犹如奥斯丁小说《诺桑觉寺》中的马车夫，英语好得不像话。总之，让人没办法不去搭理。

"哎，这里难道不是市区么？我说，可有好的酒吧推荐？"

"上车吧！我带你去，去5月14号大道。"

5月14号大道？

得得，没来得及细想的工夫，就被风也似的带到了5月14号大道，司机也风也似的不见了。别的且不论，这儿当真是属于本地人的市区：商场、酒吧、超市、俱乐部、加油站、餐厅、旅馆、咖啡店……热热闹闹，一应俱全。5月14号大道究竟有些什么典故，至今也没人清楚告诉过我（诚然，自己也懒得去调查算是主因）。我在名为 La Marquise 的餐厅酒吧喝了六杯"特荐"鸡尾酒（配方不明），后劲足到必须要找酒店投宿的地步。于是，又去了卡尔森酒店集团旗下、设在亚历山大的Radisson Blu 品牌酒店临时凑合了一晚。第二天一早，由前台唤来的出租车匆匆忙忙运上了海洋领航者号——硬生生塞进名为"皇家大道观景房"的船舱里。

我在睡梦中驶离埃及领海，慢腾腾航向的黎波里。

船

1

当你身在海上，你的梦也必在海上；直到远离大海，你的梦仍旧大半在海上。

记得是位出海多年的老水手，曾如此信誓旦旦地对我宣讲，关于海上梦境的种种神秘之处。直到今天，我也始终能够依稀忆起在亚历山大宿醉登船那晚的梦境：因为醉得太厉害，身体暂时搁浅在床，灵魂则随着庞大如马耳他岛般的海洋领航者号漂荡。船，像是在赌气一般，刻意与海岸间保持着数十海里的距离。戴黑色独眼罩的船长正在卖弄他的操舵技术，使四面八方的海平面，永远维持笔直无物的状态。我低头俯视黝黑无际的水体：不满又压抑的波涛，一群群如银色蜻蜓般快速掠过的飞鱼，莫名其妙地令人联想起宇宙深处最晦暗处的形貌。即便头顶繁星与满月的光亮，也丝毫不能辉映那微微振动不停、仿佛随时都要收拢起来吞噬一切的海面，又仿佛海之所以压抑躁郁，仅仅因为我身下那艘明亮又温和的大船，撒开了一张无形的、拥有无限张力的大网。

离开梦海，沉入无从计较时空的记忆断片中，身体又渐渐变得与灵魂亲密，思维自漆黑的海与夜当中挣扎爬起，脑袋里如游鱼一般，闪过各种或许根本就无关紧要的琐碎念头，但其中至少有一个，对当时的我而言，却是无比紧要的：

"喂，起啦——你错过'北非之星'了！起啦，要赶不上船了！"

我惊得整个人直接从床上弹了起来，宿醉的头痛又一下子把我击倒。费力看了眼手表，十二点半，中午，饿到胃疼，喉咙干得像块锈掉的铁皮。

不知身在何方，房间天花板的第一印象类似罐头，似乎是哪家汽车旅馆的客房。床很软，也大，不过胳膊伸伸就摸得到中缝，应该是由两张单人床横拼起来凑数的意大利式。鹅绒枕头深陷，被褥的触感略略剌手。勉强坐起身来，眼前是藏青色主调的昏暗房间：藏青色绒面沙发、藏青色墙面围饰、藏青色靠枕和垫褥。尼罗河式花纹的寝帘散开，但也并未拉上，床头灯都是暗的。

耳朵的感觉也渐渐回来——屋外人声鼎沸，是那种走在科隆街头，一不小心遇上狂欢节的热闹。我掀开被子，发现自己连鞋都没脱，衣服邋遢得厉害，被子已黑得一塌糊涂。赶紧起身，坐在床沿，双脚沉沉踏在结实耐脏的银杏叶图案的厚地毯上，茫然四顾：喧哗声统统来自房间另一头、那扇向外突出的半切六棱柱落地窗外。

有百叶帘，是特制的宽幅叶面，墨绿色，殖民地风格。两侧还有米色落地帆布窗帘，但没拉上。不太像阳光的暖黄光线，以及紫、蓝、红、绿四色的霓虹灯光，从半旋的叶片间透过来，勾引我心中不断涌起的好奇心。再回头，身旁实木床头柜案面上，摆着不知哪位好心人备好的 SAFI 矿泉水和阿司匹林药片，以及一张橘色便笺纸。

一面旋开水瓶，吞服阿司匹林，一面看那便笺纸上的内容：黑色钢笔字迹，潦草到难以辨认，也不像是英文。只得原样放下，转而起身，向着落地窗走去，打算看看外面什么情况。

旧石砖路、伦敦式红色电话亭、街灯、路标、琳琅满目的店铺、露天酒吧、旋转楼梯……成群的行人，围聚在缓慢行进着的游行队伍两侧，高声欢呼，拥抱，唱着不成调的曲子，氛围令人想起 Èdith Piaf[1] 那首《人群》。

左右望不到尽头的这条砖石长街，以及往对面看去时，和这边一模一样的落地窗、百叶帘、错落明暗的房间，有些像是淘金热时期美国哪处西部小镇内的风景（之后回想起来，倒是诚如萨义德先生所言）——当然，绝非真实风景，而是二十世纪六七十年代西部片热潮时随处可见的电影布景：规整、伪饰、缺少岁月痕迹和实用性，玩具小屋式的摹拟，却又意外地讨人

1　艾迪特·皮雅芙，法国著名歌手。

喜欢。

　　想打开飘窗，但根本找不到把手：看似通透的房间，实际竟是全封闭的。无奈之下，勉勉强强抬头仰望——没有天空，长街之上，是封闭的天顶，完全被栅栏状分隔的万色霓虹灯覆盖。这条大概与长街一样长的霓虹天街，可随长街主题，变幻出各样的灯光气氛来：只要控制它的人们愿意，哪怕外界电闪雷鸣，这里亦可晴空万里。用电影来作比，该是彼得·威尔的《楚门的世界》，若要类推到哪个现实中的建筑，必定是澳门的威尼斯人酒店无疑。

　　换句话说，我此刻其实是在亚历山大港内某处参考威尼斯人酒店风格修建的汽车旅馆内留宿？埃及人什么时候变得这么高端了？

　　还好，疑惑到几乎要狠捏自己脸的当口儿，头顶忽然响起悠长的轮船汽笛声。与此同时，有人轻敲了几声客房门——进来的是位身材修长的男服务生，蓄小胡子，开罗人面容。

　　"先生，您已酒醒了吗？阿司匹林效果如何？"

　　还没来得及答他什么，便又是热情洋溢的一句：

　　"这里是海洋领航者号——顺利抵达的黎波里！"

　　服务生大名曼苏比，英文流利，德语粗通。前天（没错，这次宿醉竟长达一天半）在亚历山大醉得不省人事时，就是由他和同事一道，费力将我抬到舱房、安顿妥当的。顺带一提，连出租车费也是由曼苏比垫付的，实在是令我感到羞愧无比。

　　窗外热闹的，即是那条被称作"皇家大道"的船内步行街。

北非之星　25

升舱后得到的所谓"皇家大道观景房",名字响亮,其实也就是能从舱房看到外面步行街的程度,和完全无窗的内舱房差别不大,一路与海景无缘,且因为面"街",难免吵闹,属于第二廉价的舱房。不过,因为此时船上床位有富余,曼苏比义务帮我将两张单人床拼成了一张,倒意外享受了大床待遇。

"北非之星"并不是由亚历山大港首发:这艘海洋领航者号,最开始停泊在雅典,经过罗得岛、塞浦路斯、黎巴嫩的贝鲁特港和以色列的特拉维夫后,才去到亚历山大。我向曼苏比咨询"北非之星"线路,他也不甚了了——游轮基层工作人员只管照顾客人,知道哪天停靠在哪儿,停多长时间,对旅游线路却全无了解。

"游轮这玩意儿,有时一趟下来,会出现十多条不同的游览线路——无非停靠港加加减减的把戏,都是旅行社来负责规划,我们可管不了那么多。拿您这趟来说,'北非之星'固然是'北非之星',但若在雅典之前,再添上叙拉古、那不勒斯、罗马、热那亚、尼斯、马赛、巴塞罗那、瓦伦西亚、马拉加……地中海环行一圈,不就成了冠名'地中海历史环游'的豪华线路了吗?从中再拆分出'北非之星'卖给您,可谓皆大欢喜。"

曼苏比说得在理,上述那些城市,我都去过不止一次,倘若硬要报名这子虚乌有的豪华线路,未免冤得厉害。话说回来,虽然起自亚历山大的'北非之星'之旅,已被我睡去了一天半,实际却也并未耽误多少:游轮旅行,一般都是早七点抵港,晚七点出航,在船上睡觉,类似于卧铺火车的行程安排。亚历山大港之所以选择一大早出发，完全是因为的黎波里太远，且须兼顾克里特岛巡游（不靠岸），所以进行了时间调整。任我睡死舱房的同时，轮船悠悠然驶过克里特岛，然后在利比亚第二大城班加西短暂靠了岸，几乎在我醒来的同时，抵达的黎波里。

"如此这般，为保证停靠的黎波里的时间够长，下次开船延迟到了今晚十点。突尼斯很近，船长似乎也没有绕行马耳他岛的打算，船将在早晨八点准时靠岸，但您最好是六点起来！"

"怎么，起晚了会吃不到早餐？"

"不存在，是**哪怕饿着肚子也一定要看**的美景。得了，明天我过来叫您。现在——如果您还打算在的黎波里城区逛逛的话，恐怕得赶紧动身了。哦，床铺问题早有预料，这就为您更换。带上水和美元，祝您玩得愉快。"

2

的黎波里是个奇怪的城市，相当奇怪。确切点说，它不像是个非洲城市，如果按成分来计算：西西里岛百分之四十，迪拜百分之三十，印度百分之二十，未知百分之十，总之没非洲什么事儿。

奇怪的另一方面，得从今日视野向前回溯：在双脚踏上的黎波里城土地的那刻，我碰巧看了眼手表，时间是一点十七分，2010年早春的某个下午。身后是如铜山铁壁般巨大的海洋领航者号，天气晴，利比亚海关官员们的表情，仿佛正在度假般开心。出关，站定，无论看向哪个方向，都能见到卡扎菲如明星

北非之星 27

般的面容，或者正朝你拱手作揖，或者戴了墨镜指点江山，或者只是呆呆挺立，脸上要么流露出茫然若失式的严肃，要么直接一派若即若离的假笑：表情不同、动作不同、服装不同，堪称千变万化式的乏味透顶，却又意外紧贴这千年古城的时代脉络，给人以似乎自腓尼基人三千年前创城时起，卡扎菲就已当上利比亚领导人的错觉。

又有谁能料想得到，不过短短一年之后，因为内战升级，美军对利比亚实施"奥德赛黎明"作战行动，平民入境通道全面封闭，数千枚导弹陆续侵袭利比亚，的黎波里城及周边一片狼藉、死伤无数。五个月时间，随着卡扎菲的阵亡，反政府武装占领首都，一切独裁痕迹，也在风起云涌之间，如蒸腾雾气般飘散——现在的的黎波里，它或许更好，也或许更糟一些，可归根到底，已经不再是我曾去过的那个城市了。

所以还是说回当时，卡扎菲形象铺天盖地，盛世王国气氛浓重的那个黎波里。码头外面，沿着马路牙子，一辆一辆如火车车厢般停得紧凑密实的日租车，车窗统统摇到底，司机半探出身子，用熟练机械的英文吆喝着租价或风景路线，手举价目牌和执业许可，招呼出来的外国客人。出来客人多的时候，他们还会用力拍打车门，吸引人们的注意力。

和开罗或者雅典的情况不同，的黎波里这些车的档次普遍不错，款式稍旧的奔驰、奥迪或者丰田比比皆是，路虎和陆巡这种可供越野使用的车辆也很多，想必有不少客人，是冲着塔德拉尔特·阿卡库斯石窟去的，毕竟是世界文化遗产，不去可惜。

"你好……去石窟？要住宿？跟我走！"

一堆热情用英文招呼的司机中，竟有个直接说中文的家伙。虽然充其量也不过"招徕通用中文"的业余水平，但也足够吸引我的注意力了。车是马自达的普通三厢轿车，灰头土脸的白色；人很年轻，身材微胖，土耳其裔模样，年龄最多不过二十出头。我走近去，用英文问他名字，他却大笑起来，松了口气似的离了驾驶座，亲手为我打开了后厢的车门：

"中文，我就只会那四句！哈，我真怕你过来用中文搭讪，听不懂就糟了！"

便是如此机灵的小伙，名唤塔哈，年方十七，马自达车的真正主人是他老爹，念在节假日分上，借他赚些外快。

"要去石窟？那个确实有名、漂亮、壮观、古老，但却远得很，从这儿开到盖尔扬，一路向南，横穿整个国家，到拾哈，再转西，经奥巴里，直到加特才是个头。你德国来的？那距离，相当于从慕尼黑开到丹麦边境！起码一天一夜不休息，路上还全是沙漠，我这车可不行啊，跑不了那么远的长途。"

这个我很清楚，想去看一万多年前的原始人壁画，到马坦杜山谷里去闯岩洞，今天绝无可能。

"不，不去石窟，时间不够。"

"哦哦，那就去古达米斯古城——不算太远，开半天就能到，和石窟一样，在阿尔及利亚边境上……嗜，你既然来这儿，肯定做过调查的，不是吗？"

说实话，生平第一次听到"古达米斯"这个地名，就是从塔哈这里，那里有些什么当然一概不知。而第二次听到，已经是在回到德国之后了：因为遭遇炮击和火箭弹攻击，联合国教科文组织在全球范围发起呼吁，希望能够保护这座位列世界文化遗产名录的古城。

我是在电视上第一次见到古达米斯的模样：雪白色和沙色墙壁、连绵不断的三角形孔洞装饰、无穷无尽的棕榈树。这里的阿拉伯式黏土建筑，怪异得仿佛三千年后人类移民火星的殖民地住宅，若要以当世建筑来类比的话——白墙蓝天，令人忆起爱琴海的圣托里尼岛；独一无二的规划和形制，难免会联想到大师卢西奥·科斯塔设计的巴西利亚城。尽管一个是撒哈拉北部边陲最古老的人类聚居地，另一个是二十世纪后半叶新建的现代都市，却又同为世界遗产，也算是难得的巧合。

"不，没有调查。开半天车？还是不去算了。"

既拒绝石窟，也拒绝古达米斯，对塔哈来说，算是难缠的旅客了吧。

"唔，到过班加西么？"

"昨天到过。"

确实，到过，但根本没上岸。

"那么，你来利比亚做什么呢？"

"就想在城区随便转转，带我去老城区吧，看看清真寺之类的。"

"哦……"虽然车速依旧飞快，塔哈却明显提不起劲来了。

很久之后，我才弄清楚，塔哈问我是否去过班加西，其实是别有深意：利比亚国土面积虽然不算大，却拥有一共五处世界文化遗产。除上面提到的石窟和古达米亚古城之外，班加西东边的贝达城附近，还有一个昔兰尼考古遗址。昔兰尼，曾是古希腊的殖民重镇，阿波罗神庙、修道院保存良好，罗马化步履仍在，是地中海最有影响力的古城遗址之一。根据青年塔哈的问话逻辑，既然我到班加西都不曾去昔兰尼，如今的黎波里明显离那边更远，无论如何，也没有舍近求远的道理。

更糟糕的是，因为一开始就以遥远石窟为假想目标，塔哈自动忽略了的黎波里城东的大莱普提斯，以及城西更近的塞卜拉泰这两处世界遗产，误认为我是的黎波里常客，早就去过，或者完全不想去城郊遗址的了。

在造访的黎波里之前，我已知道城市名字"Tripoli"可以分拆为"Tri"和"Poli"两部分，意为"三个城市"，也大概知道目前仍在使用的老城区是名为"Oea"的旧城。但另外两个如今已废弃不用的古城，便是那一东一西两处世界遗产，却是在彻底离开北非之后，方才得知。

埃及的萨义德先生也曾向我提过，大莱普提斯"似乎是世界遗产"来着。关于这点，之前多少也做过些调查，却因为宿醉的缘故，给忘得一干二净了。就是这样，虽然错过，倒也不觉得特别可惜。

五个世界遗产，一个都不愿去，也难怪塔哈会问出"那你来利比亚干吗"这样的问题。

"那就去 Mawlai Muhammad 吧，可以吗？"塔哈提议道。

萨义德先生说的正是那里——我突然想起之前关于宣礼塔形状与两国国民性差异的悬疑，赶紧冲着后视镜点了点头。

3

塔哈知道我最迟晚上十点要上船，便直接计了半天的日租，附带一个漂亮的折扣。一次付清钞票，给足慷慨的美元小费之后，或许是因为跑不了长途而沮丧的他（是嘛，就算要去城郊的两处遗址，也至少需要租一天车），终于又重新振作了起来。他从钱夹里摸出张 1 第纳尔的纸钞，对我说道：

"Mawlai Muhammad 清真寺，钞票反面就是。喏，这张送你得了，作为谢礼。"

我接过钞票细看，果不其然，名为米厄宰奈的宣礼塔，在亚历山大是圆形的，这里却成了六角形。

"塔哈，你去过亚历山大港么？"

"没有，谁去那种地方啊。"

此路不通。

沿着之后被更名为 2 月 17 号大道（看来，这道路命名法不只是埃及风格，甚至可以直接认定为"伊斯兰式"了）的主干道一路前行。大概因为是下午上班时间，车流行驶缓慢，连左右路过的次道上也堵满了车。走走停停之间，我望着的黎波里的街景出神，塔哈也和我有一搭没一搭地聊着天。

"这边高楼似乎不多？"

"没错，正因为高楼不多，楼顶旋转餐厅便成了流行：方便俯瞰，观海，或者远眺旧城区——挑个晴朗天气，悠悠然坐下，喝杯新煮的薄荷花生茶，或者椰枣汁，别提多惬意。"

塔哈用手指了指车窗外的一座四四方方的独栋敦实高楼，以及旁边一栋仿佛竖起订书机造型的蓝白色联排大厦，楼顶果然都有旋转餐厅。

"那附近是我常去的商场，大得很，基本什么都能买到。介绍一下，左边双排的大楼，名唤大宇大厦，韩国人投资修建的，明年预定在那儿开一间万豪酒店，定位高端。右边那个四四方方的楼，中间其实有个分开的圆拱，算是的黎波里最有名的现代建筑之一。造型上讲，像个没了上半身的巨型机器人：左右各有一条腿，观景餐厅好比机器人不停转动的细腰。名字是法塔赫塔（Burj Al Fatah），近看挺壮观的，我们要去的清真寺，就往那个方向走。"

仔细一看，确实跟塔哈描述的一样，像是仅造了半截身子的巨型机器人。

"之前在港口那边时，还看到一间长得跟海绵似的方块儿大楼，应该也是酒店吧？"我问道。

"方块儿楼？是那个窗户全是密密麻麻大圆孔的楼，对吧？倒没什么稀奇的，和它旁边的 Dath-al-Imad 综合体比起来，绝对相形见绌。"

"什么什么综合体？"

"嗐，俗称'五个矿泉水瓶'的玩意儿：临地中海，下面是模仿美国五角大楼式样的多边形裙楼，上面绕圈儿竖立五座四方形大厦，全部都是上大下小，样子好像五个倒立着的巨型矿泉水瓶。听说，这五座瓶子大楼的大小、朝向、位置安排是十分巧妙的，无论站在哪个角度看，都只能见到四个瓶子，除非从空中向下俯视，否则无法看到五个瓶子的全貌。对了，说滑稽也够滑稽，司机很少愿意往那几个瓶子下面走，大概是害怕开到一半，矿泉水瓶儿忽然倒下来……轰！"

古怪建筑、富裕、整洁，这些是曾经的的黎波里与迪拜相似的地方。说它像西西里岛，一方面确实是因为和西西里岛首府巴勒莫经度几乎一致，纬度相隔不远，又都是港口，气候、生态，甚至海与沙的颜色都相差无几；另一方面，的黎波里到底是个意大利气息浓重的地方，剔除伊斯兰影响之后，包括居民楼的形制、路灯式样、路边招牌设计风格等，都跟隔海相望的西西里友邻相差不远。城郊遗迹尽是古罗马风格，在叙拉古或者阿格里真托一样能够看到不少。如果将一个蒙眼的普通游客，随机扔到的黎波里或者阿格里真托远郊的神殿遗迹，让他仅凭断壁残垣和周遭环境判断自己是在西西里岛，还是利比亚，对错率估计也是五五开。

至于像印度的地方，仅有一处，但却影响巨大：的黎波里的交警数量奇多（路上军人也奇多），汽车每开一分钟都能见到两位。他们全穿着鼓鼓囊囊不合身的黑色制服，黑色厚底皮鞋，白色荧光马甲，头戴黑沿白顶大盖帽，还额外缠上紧得不能再紧的白色绑腿，皮肤黑成煤色……完完全全的印度造型！

不知为何，任谁看了都会莫名其妙联想到印度。

"喂喂，你不觉得这些交警，像是直接从印度搬过来的吗？"

就是这种感觉。

虽然印度警察压根儿不这样穿，但在脑海深处某种难以言喻的、对一个国家的整体印象当中，这其实才是印度警察该有的模样。就好比一想起德国军人便联想到党卫军军装，听人聊京都则联想起和服浴衣一般。以此类推，印度警察式装扮，也应该照搬给的黎波里警察，才算是世界和平。现状却是——的黎波里警察给的黎波里增添了印度感，而印度警察则给印度增添了的黎波里感，世上事大抵如此，无法可想。

塔哈将车拐入了停车位，Mawlai Muhammad 就在眼前，且不瞎想这些了。

这座清真寺的主调是纯白色，纪念堂式的狭长形貌，正面十五个阿拉伯拱，从后往前，逐层对称递进，微微展现纵深感。墙面装饰素雅，柱形朴素，围墙简单，一切都没有亚历山大摩西寺那般繁复，却也更显得肃穆庄严。建筑正中独有一个壮观的烟灰色圆球穹顶，窗与窗之间由宝蓝色琉璃装饰伪柱，左右各一个绿顶宣礼塔，高耸入云。数一数正是六边形，如萨义德所言或者 1 第纳尔钞票所示。

往里面去，和一般的大清真寺相比，似乎也几无二致。只是随便走了一圈便出来，向靠着车门吸闲烟的塔哈打招呼：

"还有别的清真寺可推荐吗，豪华些的。"

"豪华些的？那显然非 Gurgi 莫属了，算是市内必去景点之一。Al Hara Alkabir 街上，老城区，周围有名无名的清真寺还有一堆，相当值得一逛。"

"好咧，寺庙越多越好。"

塔哈上下打量我一番，估计怎么看也不像是个穆斯林建筑爱好者的样子，困惑不解地摇了摇头，只好招呼我赶快上车。

以 Al Nasr 街为分界线，利比亚国家博物馆的对面，直到沿海公路内侧，是的黎波里细碎旧城的疆域。车况堪忧、发动机舱吭哧吭哧作响的马自达小车，才拐上单行的小路，开得就比走路最慢的行人还要慢了。工人们用独轮铁皮手推车搬运灰白色花岗岩石块，慢腾腾走在马路正中；当地女人裹着各式图样的绸纱，三两结伴，耳语着不知哪儿传来的小道消息，间或掩嘴一笑，背影消融在刺目的撒哈拉阳光里。

路越行越窄，马路两侧卖廉价服装和各类手工艺品的摊贩逐渐泛滥，多到望不到边。店铺门前，东欧农民式土头土脑打扮、剃平头的闲人们，或蹲或站，有些正跟店主聊天，但大多数什么都不做，只是呆望着路上人、车前行的轨迹，以此打发大好韶光。

Gurgi 宣礼塔的背面，是一条用沙色铁栏围起的狭长绿地遗迹，约莫五十米长，地基比两侧道路低个四五米，远看仿佛一条干涸多年的沟渠。沟渠内又另外竖立左右两侧矮铁栏，展览一些古罗马残柱、雕塑或山花碎块。沟渠中心位置，是一道相对残破的凯旋门建筑，正面看去，四根支撑柱只剩下半根了。如此帝国旧物，掩映在老城区住屋白墙和高大棕榈树阴影之间，除远方气派的宣礼塔尚能高高耸立之外，周遭房屋全都高不过凯旋门塌掉一半的上缘。隔着大概五十步的距离，举目望去，现代都市痕迹彻底消解，历史沧桑忽略了时间流逝，颇使游人感怀。

"那个，是马可·奥勒留皇帝的凯旋门，他在东方重挫安息帝国后，回程时修建了这道门，以夸示军功。"塔哈懒洋洋地介绍道。

我们在凯旋门还剩下半截柱子的那一侧停车，青年塔哈坐在车里，吃他一早从家里带出来的羊肉麦饼，我则站在凯旋门旁，细数 Gurgi 宣礼塔的棱边：这座清真寺是少见的单塔建制，两层宣讲台，上层十棱，下层八棱，塔体全白色，棱边漆鹅黄色，与寺庙及周边建筑配色保持一致。两圈讲台本身的棱面和基座，装饰以与塔顶相同的墨绿色。因为周围没有更高建筑物的缘故，塔顶还加装了避雷针。上层宣礼塔扶檐处，配有四只白色广播用喇叭，不知为何，令人无端端联想起防空警报。

寺庙侧门就在眼前，半开半掩，已经能看到寺内墙壁上的繁复伊斯兰花纹了。我向塔哈做个手势，表示自己打算"进去看一会儿"，塔哈一边大嚼羊肉，一边冲我狠命点头。

走到宣礼塔下，我又疑心上层讲台并非十棱，刚想站定重数，怎料邻寺小巷的阴暗处，突然冲出来七八个荷枪实弹的利比亚军人，还有两位"印度交警"（抱歉），嚷嚷着听不太明白的英语，将我团团围住了。

要命的是，我刚准备转身招呼塔哈过来，帮我做个临时翻译来着,却意外发现他神色仓皇地启动了马自达车,没吃完的麦饼直接扔出窗口,踩足油门,拐弯加速逃掉了——眨眼之间,这位不负责任的导游,以及我原本随身带着的挎包,便已无影无踪、绝尘而去。

4

军人们紧张严肃地守着我,"印度交警"跑过去检查了塔哈扔下的麦饼,其中一个个子矮小的,跑回来笑着用阿拉伯语大喊:"麦饼!"然后,又用英语向我重复了一遍,"是麦饼!"

"本来就是麦饼,难不成以为是炸弹?"我忿忿然地向他抱怨道。

那群军人见没什么事,就又回到阴暗处隐匿起来,为下一回合的"吓旅客一跳"小游戏做准备。矮个子交警向我道歉,说上头接到消息,反政府地下武装最近几天似乎有炸掉 Gurgi 宣礼塔的计划,他们不得不提高警惕,防止意外发生。而且,刚才本来也不准备出动,就是因为看到我老用手对着宣礼塔指指点点,怀疑我们可能正在分析安装炸弹的位置,犹豫再三,打电话确认过后,才决定要过来问话的。

"那个司机,为什么看到我们就逃掉?他是你的朋友么,政治倾向如何?"

不愧是专业人士,虽然笑着赔不是,仍不忘细细盘问一番。很可惜,我确实不知道塔哈为什么逃掉。毕竟只认识了几个小时,政治倾向什么的,当然也不清楚——或许他的真实身份,是反叛军首脑也说不定。无论如何，护照和船卡全在那挎包里，身上只剩下一点点美钞，估计只剩下去大使馆这一条路可走了。

即便如此窘迫，有个问题也非弄清楚不可。

"请问，警察先生，您知道为什么的黎波里的宣礼塔都是棱边形，像是这样——"我指了指头顶的两处讲台，"而亚历山大的宣礼塔却是圆形的吗？"

"唔，埃及也不见得全是圆形，但确实圆形居多。利比亚这边……倒真没见过圆形的。你突然问我这种问题，我也没办法回答呀。不过，我想是因为**利比亚人骨子里都很倔强，而埃及人多半精明圆滑**的缘故，一不小心，反映在了宣礼塔的形制上，你觉得呢？"

虽然没办法再去向萨义德先生求证，不过，我想，这位不知姓名的利比亚人的回答，该是正正敲在了问题的节骨眼上。记得住在迪拜时，曾经偶遇长年来往中东的华商，他在闲聊时对我说起，与利比亚人做生意，是在"同野兽谈判"：他们大大咧咧，说话粗声粗气，时常忘账，看似全无规矩。但欠款最终都会还来，货物也从不缺斤少两，到底是群十分可爱的家伙，值得长期合作。

长达四十二年的卡扎菲统治垮台后，许多评论家都蹦出来，说是卡扎菲塑造了今日的利比亚人性格。而这位"狂人"，最终却被改变之后、向往自由的新人民所抛弃。因为亲身到过的黎波里，接触不少利比亚人的缘故，我却隐隐感觉，实际情况应该是反过来：利比亚性格禁锢了卡扎菲，使他被迫成为一个

北非之星　39

说谎者。因为妄图改变国民性格，才在反攻倒算的逆袭中彻底失败——国民性格这种绵延数千年的玩意儿，可不是区区数十年表面功夫能够轻易扭转的。

"倒也不见得非去大使馆不可。"矮个子警察向我支招，"既然知道那人名字，不妨先去码头租车的地方问问看，如果能拿到电话号码或者车牌号，直接通知我们分部，没准可以帮你把东西追回来。"

事已至此，Gurgi 清真寺近在眼前，总不能不进去看看。

我麻木不仁地进到仿佛是用汉白玉、缅甸翡翠和各色碧玺堆砌而成的华丽大殿，听头顶悬着的吊扇呼呼作响，朝圣城麦加的方向半信不信地祈祷，希望能够再见到塔哈，重回船上。

不过，塔哈的事儿暂且不提，Gurgi 未免太豪华了点：虽然大殿面积不算大，大理石柱也不如摩西寺宏伟，四方墙壁却全贴满了花纹细密繁复的拼花瓷砖，精致到普通人看了会眼晕的地步。供信徒膜拜的墙上瓷绘，造型奢华考究，配合周围图案纹理，工艺风格像是西藏唐卡、掐丝珐琅和印度细密画的结合。门拱、廊柱和天花板上层层叠叠的镂空花纹，不止保存完好那么简单——而是新崭崭的，仿佛刚刚竣工，教人叹为观止。

在这一切叹为观止之中，使人终生难忘的，必定是 Gurgi 的大殿穹顶，哪怕称其为"白色星空"，亦不为过。清真寺本身，已是十九世纪的作品，圆顶不再需要肋的结构来做支撑。解放了力学需求，穹顶简直如同呈现给伊斯兰宗教艺术家们的天然画布一般，足可供他们任意修琢、装饰，尽情宣泄想象力——且看，大穹顶被镂空点染天蓝、玫红二色，如蕾丝勾边般的"伪肋"等分为十六份，穹心正中一圈，使用十六颗蓝、红相间的小五角星，围绕涂成蓝色的水晶吊灯底座，渲染"绽放"的基调。往外，又是十六颗显眼的大五角星，同样蓝、红相间。大五角星的每一条边，又再向外延伸出白色"伪肋"，但这些"伪肋"却不执着前行，而是"一遇线一转折"，如同蛛网横丝般散开，将穹顶逐渐分割成无数勋章形的空隙。

"伪肋"是直线造型，空隙装饰反其道而行之，全用曲线：直线与曲线之间盘根错节，纠结反复，伸展出无数的层次和空间，仿佛自天穹之树底端生长出来的惊人根茎，又都统统镂空、染色，细分到不能再细。其精细程度，连最华丽的洛可可教堂见了，也要相形见绌。

我抬头看得呆住，几乎忘记自己身在何方。直到有个人蹑手蹑脚过来，拍我的肩膀，方才回过神来。

来者正是塔哈，手里攥着我的挎包，东西一样不少。

麦加果然了不起。

他开车绕了个大弯，确保没被警察尾随之后，将车远远停在老街深处，一路小跑过来。猜我可能会进 Gurgi，本想碰碰运气，问问寺里是否有人知道之前来过的那个东方人去了哪里，结果一进来就发现我正看着穹顶发呆。

"不瞒您说，我没有驾照。不过，这儿一般也没人查，哪知道会遇见这种特殊到不能再特殊的情况……无论如何，可不能让老爹的车被没收，否则我肯定会被打死。您不知道，当时我大脑都要空白了，唉，只可惜那吃了一半的麦饼……"

塔哈执意请我到附近的 Matam ash-Sharq 餐厅吃饭，作为不告而别的补偿。他点了两份我至今仍不知道名字的套餐，侍者用带铜脚装饰的木餐盘端上来，放在地毯上，盘腿坐下来吃。内容是一份淡得不能再淡的番红花炒米，一盘切好的大份烤羊腿肉，一碗酸味蘸酱，一碟裹肉用的玉米饼。除此之外，又额外叫了一铜壶的热茶，还有用深色陶罐装的 Yerba Mate——这是种味道十分清新的菜汤，拿黄铜勺子舀了，拌着饭和肉一起吃，味道相当独特。

饭后，塔哈又从不知道哪儿买来半只直径堪比汽车轮胎的巨型西瓜，切开来与我分享：籽多，水分足，甜倒不怎么甜。

我们坐在闻名遐迩的 Al Waddan 酒店皇宫般华丽的红墙外（顺带一提，我愿意称这种红色为"火烈鸟红"，是那种"似乎马上就要飞走"的轻快感觉）一处根本没有名字的绿化带里，没完没了地啃着西瓜。远处海边停着一艘没有挂帆的海盗船，塔哈说它永远不会开，因为那其实是间高级餐厅，主打海鲜，装修豪华，生意惨淡。

"明天到突尼斯，对吗？"

"没错，可有什么好推荐？"

"不不，我也没去过。只是听说，那儿与的黎波里挺不同，已是个较欧洲化的城市了。比较有名的比如 Sidi Bou Said？终归是法国人造的。迦太基古城遗迹之类，您又不感兴趣。若是派我去，必定得找个调酒出神入化的地方，一醉方休！"

毕竟是严格履行禁酒令的国家。想起自己在亚历山大时的斑斑劣迹，脸上不觉一阵发烧。

"噢噢，若要你离开的黎波里，四处旅游一番，换个城市定居，可愿意？"

"抱歉，目前哪儿也不想去来着。空说白话，也没什么意思。"

塔哈到底是个十分实诚的青年。

临别之际，我与他交换了手机号码，回德国后也简单通了次电话。的黎波里战争期间，因为担心，我又拨了几次他的号码，已然不通了。

海市蜃楼与砂之城

1

最后登船时间虽是十点，我却在晚上八点不到就回了船。回舱房简单洗漱，换了身衣服，去到名为"卡门"的法国餐厅，吃预约八点半档的免费晚餐。

当晚菜单是放在餐厅门口的木匣子里展示的，相当别致。按船卡上写明的餐桌就座妥当后，荐酒师先过来推荐搭配菜肴的精选葡萄酒，问我主餐想吃白肉还是红肉，或者素食。

"特别推荐还是算了，拿瓶普通餐酒就好。菜品方面，以您的经验看，哪些菜比较妥当？"

"哈，我建议您选三分熟的肋眼牛排，个人感觉，比龙利鱼柳的味道好得多。甜品千万别要萨伐仑松饼，沙拉要么大虾，要么芦笋，记得一定多加酿橄榄。喏，这是您的餐酒，突尼斯产的，算是应景——配牛肝菌汤，风味一流。"

侍者稍后过来，这边厢谨遵荐酒师先生的建议，选了芦笋沙拉（多加酿橄榄）、牛肝菌汤、肋眼牛排和松露冰淇淋，味道好得令人想哭。

用餐完毕，转而去大都会剧场欣赏固定演出，内容有些类似太阳马戏团的表演，穿插几幕短话剧，总体而言，不太合胃口。于是中途离场，坐电梯到十二层的甲板跑道散步。

沉沉夜幕中的地中海，辉煌的十五层高巨轮——很难想象，在这座明亮的移动岛上，竟然住着近五千人。船上什么也不缺，如果有人愿意的话，在游轮里住一辈子，从不着地也并非不可能的事。我斜靠着船栏，看海，海除了它本身外就空无一物，所有的波涛都是徒劳，企图亲近月色而不得。靠近月光的海上的云，被无所依傍的海风拉扯成了环形，追随浪涛前行的方向，流动得飞快。

之前，我也曾站在甲板上欣赏地中海的夜色，那还是从墨西拿开往卡塔尼亚的船上，似乎近海的各种颜色，都没有远海浓稠。还有一次，是从吕贝克悠悠然坐船前往哥本哈根，感觉波罗的海密度不如地中海高，海浪的动作冷而轻佻，一点也不温柔，据说事实也确实如此——波罗的海的海水盐度，只有地中海的四分之一。

船鸣笛了，我没看表，算算十点也差不多。的黎波里的海滩逐渐远去，留在我记忆里的，始终是那个灯火通明的繁荣都市。

　　离岸愈远，海风渐渐猛烈起来，盐腥味呼进我的肺里，感觉像某种异常潮湿的沙。不过一会儿工夫，城市的影像便已全然消逝，四面八方只剩下神秘的海。我眼望那片星辰和虚无，仿佛听到塞壬女妖吟唱千年的歌声，不得不压抑胸中纵身一跃的冲动。罢罢，我既非船员，也非海盗，还是老实回舱睡觉去吧。

　　无奈皇家大道上正在举办主题不明的庆祝活动，拉上两层窗帘，百叶窗合上，仍旧吵得要命。只好重新穿戴整齐，去赌场碰碰运气。

　　原以为赌场会人满为患，怎料得州扑克和二十一点的大桌都空空如也，庄家闲到要互相比赛喝鸡尾酒的地步。我无意与任何一位庄家博弈，谨遵萨义德暗授的窍门，赶紧找到灯光最暗的那台老虎机，拿着免费赠送的二十美金筹码，踌躇满志，想要赢出两张远赴里约热内卢的船票来。

　　短短五分钟后，便沦落到需要再买筹码才能继续拉杆的地步。

　　眨眼四年过去，在澳门吃过黄枝记的云吞面，坐车经过新葡京赌场金碧辉煌的大门时，我的脑海中，毫无意外地浮现出那晚漂泊在临近马耳他岛的海上赌场里，紧攥一枚橙色 Paulson[1] 无面值黏土筹码、祈祷下次拉杆时能够一举翻盘的我的影像。金色装饰、红色天鹅绒、冰块已彻底融化的玛格丽特酒、微微蔫掉的柠檬片和杯沿稀疏的盐粒……没有窗户，没有光，没有人，时间凝固成石头形状，输赢则成为某种抛弃思维影响的条件反射——赌场外可以是任何一个世界，甚至虚无；里面则是接近九成半的虚无（根据我事后无聊的估算），搞得"选择哪边"似乎也成为一次豪赌。总之，我的头皮发麻，手腕酸痛，表情木讷，直到曼苏比在身后猛一拍我的肩膀，将我从老虎机们的诅咒中彻底拯救出来为止。

"六点十五分，阿司匹林和热毛巾。输光之后，去十二层的甲板吧——朝着人多的方向走。再见。"

曼苏比说完，放下手中的托盘，转身离开了。

打开矿泉水瓶，吞下一粒药片，用热毛巾擦过脸后，我挥别了赌场——当然，还记得留下一枚幸运筹码，以纪念今日的不幸。

依曼苏比所言，坐电梯到十二层。这里是游轮的观景层，塑胶地面上，嵌有可供两人慢跑的砖红色环形跑道，长度大约是一公里（可见海洋领航者号有多么气派）。或许因为是"北非之星"的缘故，跑道周围的塑胶地面，特意选择了沙黄色。倘若真去跑上一两圈的话，大概多少会有些在撒哈拉沙漠里跋

---

[1] 知名筹码品牌。

涉的感觉。

甲板上已经聚了不少人——全部集中在右舷偏前的一小块空地上。不用想，这是在为观看海上日出做准备。曼苏比的神秘好意，所谓"饿着肚子也一定要看的美景"之类的玩意儿，早在踏上的黎波里城的土地之前，我就猜到了。好吧，既然如此，索性看个痛快。

汽笛呜呜响了几声，远方人群之中，传来阵阵惊呼。海上日出，实话实说，我已在多个不同的海域，乃至天空之上欣赏过。无非一瞬间迸发晨曦、进而光芒四射的震撼感，间或挟带隐喻宏大浩渺的薄暮罢了。以航行海上时所看到的远方日出为例，可供上帝修改的参数，无非是海水、朝阳、流云的色泽、明度和大小而已。至于海面上是否有飞鱼在弹跳，海鸥们会不会向船上乘客道声早安，波涛如沸水般蒸腾，还是像镜子似的、凝聚成黏稠空旷的荒野，不过是些足以锦上添花的小元素罢了。我可并不会……

眼前难以置信的景象，直接掐断了我浅薄自大的妄想。此时此刻，我和前面这些人的表现完全一样：扶着栏杆，声带完全失控，发出难以置信的惊呼声。

初升的太阳，被不知什么东西从中间切成了两半，光芒消融于略显墨绿色的一围宝石之间，收拢四周水与天的界限。那劈开成两瓣、半沉半浮在水面之上的日轮，仿佛一处正产生巨大引力的黑洞，将船上这群觊觎者的魂魄，抽离在清晨地中海上方稀薄泛咸的空气里。

北非之星　47

按照常识，根本不可能发生的场景。

莫非，就连这太阳本身，都是海市蜃楼、缥缈幻境？

很久之后，我才从完全不相干的地方了解到，劈开初升朝阳的，是一处名为潘泰莱里亚的活火山岛。岛屿本身是略显狭长的形状，浅礁荡漾的海水，因为海藻或青苔之类的缘故，呈现出墨绿色，自远方斜窥过去，会微微与地中海的墨蓝区分开来——当然，这一切对于常常坐船夜行的旅行家们而言，根本算不得什么。可是，如果游轮船长足够浪漫，经过多次尝试，甄选恰到好处的时间，让船出现在合适位置的话，配合些许天气神灵的恩赐，早起的人们就能收获一生难得一遇的美景。很遗憾，我没带相机，无法定格这堪称奇迹的画面。遗憾归遗憾，总归是如烙铁一般，烧进了追逐浪漫的记忆里。

2

突尼斯城仿佛一个微缩世界的中心，这微缩世界包括四个极点：以突尼斯湾为界限的海之极，以突尼斯湖为界限的湖之极，以名字至今也不知道的高山林地为界限的山之极，以及 Sidi Bou Said 即西迪布萨义德——凭"蓝白小镇"之名闻名于世的镇之极。

下船后找的司机也够可以的：穿着黑袍，蓄一把黑色大胡子，戴镜框大得夸张的黑色蛤蟆镜，肤色也黝黑——仔细回想他的具体样貌，除了一团漆黑之外，丁点都想不起来了。如此这般，姑且称他为黑子先生。

黑子先生开一辆黑色的丰田轿车，内饰一概黑色，只走一条线路：先顺着被称为"小香榭丽舍"的布尔吉巴大街闲逛一圈，然后直接开去西迪布小镇。

"欧洲来的？嫌烦的话，不去布尔吉巴也可以。要省钱，坐电车到西迪布，一样的。大概四十分钟能到，中间七七八八停一些站。不过，我开车的话，二十分钟，而且——舒服。"

"能不能回来的时候，再去布尔吉巴大街？"我问他。

"不能，你如果坚持这样。倒不如步行。"黑子先生竟莫名其妙地生气了。

罢罢，就按他的意思，先到市中心看看吧。

彼时的突尼斯城，大概是因为跟的黎波里一样，稍后即将陷入战乱的缘故，大街上略显萧条。从码头开到市中心，隔着车窗，我看到许多原本可能很有趣的小店，都已经关门停业了。漆成各种颜色的卷帘门铁皮上，贴着大约是"门面转让"之类意思的阿拉伯文字，附带一串电话号码。黑子先生默默开着车，离码头越远，道路显得越来越窄、脏，周围建筑的阿拉伯特征也越来越明显。拐弯过后，丰田车开上一条形如农贸集市般的小巷。小巷两侧原本百无聊赖的摊贩们，看到有载着外国旅客的轿车驶来，立即一手抓了自己摊位上陈列的水果、旧书、地毯、刺绣围巾、工艺木雕、石刻……凑近后车窗位置，一面展示商品，一面向我比画价钱，手几乎要摁在我脸上。黑子先生不动声色地关上电动车窗，嘀咕了一句：

"麦地那，旧城区，一直这个样子。"

等等，所以这里就是那传说中的麦地那老城吗？难不成是特意绕路过来的？啧啧，口口声声说只去两个地方，却又耐心十足地带着客人在麦地那左逛右看，突尼斯人也真够可以的。麦地那城，这是此处原先的聚居地被罗马人肆掠、焚烧之后，由迦太基帝国的奴隶们兴建起来的繁荣都市，迄今已有将近一千四百年历史。据说，"麦地那"这个词，在阿拉伯语里本身就是"城市"的意思——换句话说，对于旧时代的阿拉伯人而言，这里便是他们曾经关于理想城市的想象范本。黑子先生，虽然不记得他的长相（抱歉），但显然也是位阿拉伯人。从他对麦地那轻描淡写的一句话评价来看，这里对他而言，是个时间凝固了的地方——或者，按照更欧美一些的表述，是他永恒不变的 nostalgia（乡愁）。

黑子先生将车拐入另一条小巷，再从一条更窄的巷子里穿插出来。前方赫然出现一座只看形貌便知道历史十分悠久的凯旋门。这大概就是麦地那城的旧城门，根据多年前翻阅的资料，似乎是某位喜欢在地中海各地到处造门的巴黎建筑师的作品。车必须要从这道城门中穿过去，才能抵达对面的新城。

说是新城，可实际上也是旧殖民者们的擅定：法国人统治突尼斯七十余年，直到二战结束后，才重新给予哈夫斯王朝的后人们以自由。哪里知道，独立后不过一年时间，国王就被废黜。突尼斯人乍一看是走上了法国式民主共和的效仿之路，可实际上，随后五十多年时间里，这里先后掌权的两位总统，也不过是本地化后的罗伯斯庇尔和拿破仑罢了：冥冥之中，历史仍旧惊人地相似。

车出了小巷，抵达新城，逼仄的场面瞬间退散。轿车开在一条长到望不到头的大道上。怎么说呢，这是一条十分古怪的大道：最外侧是宽得要命的人行道，路牙旁整齐栽种着之前在利比亚见过的、修剪得如圆桶似的行道树，往里，是双车道、相向而行的车行路。奇怪的是，两排车行路中间，竟然还额外隔离出了一条比车道还宽的步行街。两列带绿化带的大树（比最外侧人行道上的树大得多），悠悠然地给中间行走的行人提供足量的阴凉。如果仅是这样倒也罢了，步行街上竟然还突兀地冒出一个足有十几层楼高的钟塔：四方形，灰白色水泥底座，上承一段被切了顶的深褐色底色的四棱锥，拼接一长段同样深褐色的长方体，最顶端是欧式钟面、撑得满满当当的四面钟，顶上连接一个四棱锥的金顶。整体而言，像是一颗造型四四方方、行将发射的核弹头。形制上看，和宣礼塔多少有些相似，但设计风格却是现代的，略微南斯拉夫。

"这里就是布尔吉巴大街。"黑子先生不紧不慢地说道。

匪夷所思，简直是那种只有苏联人才干得出来的规划。我望着钟楼前面修成正圆形的巨大喷泉水池发呆，喷泉周围四面八方插满了红色的突尼斯国旗，足足有二十来面。旗帜被风吹得执拗地偏向一边，离旗杆不远处茂盛茁壮的大片棕榈树，叶子也纷纷顺着旗帜飘起的方向低垂。稍远些的位置，有个倒扣的阶梯金字塔形建筑，十分醒目，感觉像是酒店。车比刚才多了不少，行人们满脸的不高兴，不知道在为什么而生气。天空蓝得可怕,堆积的云层,如山峦一般集聚在钟楼周围,造成雪山崩塌的即景,再往远眺,隐隐约约能看见海、船和集装箱。码头已经离得很远了,我不禁在心里感叹了一句:"好一派北非风情!"

"这个广场叫什么名字?"我指着钟塔所在的广场,问黑子先生道。

"噢,11月7号广场——原本是叫共和国广场的。"

得得,北非人的取名口味。到哪儿都一样,简直是商量好的。

刚才不是说过么,突尼斯独立后不过一年时间,便废了国王,建立了共和政府。第一任总统叫哈比卜·布尔吉巴,跟这一整条大街同姓,明显是作为建国者好大喜功的纪念。布尔吉巴当了足有22年总统,整个一位独裁官形象,不愧是突尼斯的罗伯斯庇尔。就连钟塔原本所在的位置,竖立的也是布尔吉巴的铜像。直到他退位之后,因为继任者本·阿里的干预,这尊铜像才被送回布尔吉巴的故乡莫纳斯提尔城,改为建造钟塔。据当地人说,之所以要在原本是布尔吉巴铜像的地方修建钟塔,乃是因为本·阿里名字中的"Ben",和英国"大笨钟(Big Ben)"的"Ben"暗合。钟盘造型、高度,也与伦敦原物基本一致。换言之,这个钟塔其实等同于本·阿里的铜像,只不过相对含蓄些罢了。至于11月7号,正是本·阿里的就职纪念日。不得不说,军队出身,因为"茉莉花革命"倒台——目前已逃亡沙特、病倒昏迷的本·阿里,还真有些暗合拿破仑一世大起大落的生平。

且不提这些琐碎的玩意儿。单说布尔吉巴大街，撇开树木修剪的北非风不提，但就马路两旁的店铺、商场、建筑风格等等具象化的东西来说，倒真与千里之外法国首都的香榭丽舍大道有些相似。法国大使馆设在这条大道上，天主教堂也在，古典风格的国家大剧院也在，沿路还有数不清的欧式咖啡馆，以及书报亭、酒吧，窗明几净的大型商场，频繁出现的殖民地式建筑……怪不得黑子先生认为，欧洲来的旅客会对这里嫌烦。我倒是不介意再神游一次巴黎，但天主教堂、美术馆、商场、咖啡店什么的，欧洲不缺，也不想再在这里做些比较鉴定的工作了。布尔吉巴大街很长，黑子先生车开了有十多分钟，才从一头开到另外一头。他沿路做了不少讲解工作，诸如"这个那个都是些什么"这样的，我一丁点儿都没听进去。只有离开布尔吉巴大街时说的最后一句话，直到现在也还印象深刻：

"如此这般，对应前面的钟塔广场，这一边也有个广场，从来没改过名字，就叫独立广场。"他向我介绍道，"你看，那个铜像，是伊本·卡尔敦的纪念像——他是整个突尼斯，乃至伊斯兰世界最伟大的历史哲学家。他的铜像不会被推倒，因为，只有这种尊重，才能超越时间。"

伊本怎样我不知道。反正，此时此刻，说出这样了不起话语的黑子先生，才是我所认识的、伊斯兰世界最伟大的历史哲学家。

3

如果时间宽裕,我倒真想去圣城凯鲁万看看奥格巴清真寺。西迪布虽好,毕竟太欧式和希腊化了。黑子先生把我丢在村口,车一停,约定好返回时间后,也不多跟我说话,就溜进某家似乎相熟的店子,喝薄荷茶去了。我则开始漫无目的地闲逛起来。

说是"蓝白小镇",还真是实至名归:到处都是的白墙且不论,蓝色招牌上必写白字且不论,所有铁艺制作的部分如路灯、窗栏、各种支架,以及所有木制的门、窗、木杆都刷上完全一样的蓝漆也不论。路过某家咖啡店,外面摆着的所有桌椅都是蓝色,一个穿着蓝色牛仔裤、纯蓝色汗衫、蓝色耐克旅游鞋的人,正坐在一堆蓝色当中,大口抽着同样也是蓝色的水烟枪:这就有点过分了。理性上说,我原本打算直接无视他,沿着罗马人修筑的石板路,走一条曲径通幽的小道,前往小镇高点的餐厅,俯瞰其下蓝白分明的全景的。被群集出现的蓝色激发起来的好奇心,却怎么也按捺不住向他攀谈打听点什么的欲望。犹豫片刻之后,我还是走到了他的身边,坐在了那张桌子旁边一个空下来的蓝色椅子上。

"我等你半天了,东方客人。"他放下烟枪,对我咧嘴微笑。

原来,他也一直在观察我。

随后的大约半小时时间里,直到道别都不知道对方名字的两个陌生人,开始热情地讨论起水烟枪、老虎机和茶马古道等等稀奇古怪的问题来。眼前这个老烟鬼,抽了足有三十年的水烟，家里藏有十多杆烟枪，无一例外，全部都是蓝色的。不止在家吸，他还对西迪布儿家重要水烟馆的位置如数家珍，经常约了朋友，到烟馆里围桌而坐，一边抽烟，一边打一种规则难于理解的当地骨牌游戏。水烟这玩意儿，埃及也有不少人抽，之后去过阿尔及尔和达尔贝达之后，我才意识到，这简直就是北非男人最喜爱的日常消遣项目。水烟馆在突尼斯的历史十分悠久，几乎与奥斯曼帝国的统治史保持了平行同步。蓝色先生（姑且这样称呼）劝我也试试这种爱好，且推荐我去不远处的杂货店里买一杆带回国去，或者至少买个合金烟嘴也好，可以作为旅行纪念品，自用送人皆宜。

"比抽烟对身体的危害轻得多。你看看，烟从这儿进去，过了一道水，不好的东西……尼古丁之类的，直接就被水给吸收、净化了。除了烟草以外，还有蜂蜜、红酒、牛奶、果汁等等基料，味道的深度，是香烟没办法相比的。"

说得好，不过还是算了吧。

"你这么爱水烟，家里人都吸吗？"

"哎，女人不吸的。我四个女儿，还有老婆……否则，你以为我为什么要到外面来吸烟？"

阿拉伯世界的女人们，尽管如今的地位未见得跟过去一样低下，但像水烟这种凡俗具体的传统，受自幼得来的俗规教育影响，潜移默化，还是没有人敢主动去吸的。男人们在抽水烟时，也不希望有女人在场。

我辞别蓝色先生，踏上刚才就打算走的、拾级向上的古道。

一家开在斜坡上的杂货店，墙上挂满金银铜三色、大小不一的纪念盘，还有用塑胶包装封装妥帖的、全新整套的水烟枪——同样是金银铜三色的，并同时出售各种相应小配件。我很想弄清这金银铜色在艺术形式上的具体含义，跟店主咕哝比画半天，发现他除了阿拉伯语，什么其他语言都不会说，只得作罢，继续向上。

　　上到顶，见到的是一家名为 Cafe des Délices 的咖啡店。点一杯双份意式特浓，坐在巨大的蓝色遮阳伞下面，凭栏远眺，看蓝顶白墙的房屋，一层一层向下推移，最终与淡灰黄色的沙滩交错远去，延伸到简陋的码头，再过渡到一望无际的海上。这天天气十分好，可以一直望见清晰的海岸线，以及零星碧绿色的海岛。身形壮硕的海鸥，敢于飞到咖啡馆这边来觅食，游客们也乐于向它们投喂食物，总之是一派祥和的场景。坐了一会儿，有卖茉莉花的小童过来，用半熟不熟的英语向我兜售鲜花：我以"无人可送"来推脱，他却说"可以留下，直到想给的人出现，然后送给她"——这话说得绝妙，因此最终还是不得不买。三个当地第纳尔，还额外加送一只海螺，也算公道。

　　就这么悠悠闲闲地消磨时间，不知不觉已到下午三点。我辞别了咖啡店，从另一条路往下走。走到一半，竟然被我找到了一家专卖二手黑胶的小店（不好意思，就是这种斜在半山腰的店铺最有意思）。店里阿拉伯音乐和欧洲古典音乐各占半壁江山，播的却是民谣蓝调的小碟片，倒也符合下午慵懒的心情。

　　总之是各种愉快，回到约定地点，发现黑子先生过得似乎也不错，黑色大胡子掩饰不住笑意："走吧，载你去吃本地菜。"

丰田车开得飞快，去的是一家名为 Dar Slah 的伊斯兰餐厅：伊斯兰风格的黄漆拱门，外庭很大，里面是白墙绿顶加大吊灯的装修风格，有个 loft 式的二层阁楼，墙上整齐挂了不少泛黄的旧照片，用黑边相框镶嵌装饰。店里干净得难以想象，桌子摆得整整齐齐，桌布平整，杯碟跟新的一样干净。木靠背椅子，连椅背进出的距离都完全一致——店主估计患有严重的强迫症。

菜是黑子先生点的（当然最终还是由我来买单），菜名完全搞不清楚：给我上的主菜是很大分量的番红花炒饭，摁成山丘形状，上面堆满烤炉现烤的鸡肉、胡萝卜、青椒和洋葱。还有一道菜，是有点像鲫鱼的淡水鱼，烹饪方法是煎烤，配柠檬和鹰嘴豆。店里的盘子全部是特制的，镶蓝色青花边，装点蓝色补丁样图案，很有地中海的感觉。

值得一提的果然还是薄荷茶：虽然突尼斯目前并不禁酒，但人们出于习惯，还是中意喝这种历史悠久的饮料。黑子先生叫的是大杯冰薄荷茶，Dar Slah 的独家配方，是大约三分之二的绿茶兑三分之一薄荷汁，然后加点红糖和红酒调味，最上面摆一枚稍稍挤压过的薄荷叶，可能还放了一两滴柠檬汁——这是黑子先生透露给我的，是否真实无从知晓，好喝却是真好喝。

当地人对闲余爱好一贯十分讲究，除了水烟馆外，也设有薄荷茶馆，和酒吧地位相等，是交友聊天的好去处。据说，一家叫作 Golden Tulip 酒店里的茶吧是最好的，可惜没有时间，

北非之星 57

否则就跟黑子先生一起去尝尝了。

吃过饭，太阳已西沉到突尼斯湾中，时间倒是还早——也没必要这么早就上船。昨晚虽然一夜没睡，现在却并不怎么困，估计一半是阿司匹林的功效，另一半得归功于咖啡与薄荷茶（恐怕还有少许水烟）。

"之前在开罗时，去过那儿的博物馆吗？"黑子此时已经跟我很熟了。

岂止去过，还在纪念品商店买了一本叫作 The Treasures of Islamic Art: In the Museums of Cairo 的精装书。去埃及的人，如果不知道开罗博物馆是非洲最大的博物馆的话，是会被当地人鄙视的。

"当然去过。"

"那么，估计巴尔杜你也会喜欢。"

"北非之星"之旅彻底结束的半年之后，我才发现：与"小香榭丽舍"的称号类似，这座名为"巴尔杜"（Bardo）的博物馆，竟有着"小卢浮宫"的绰号。仅次于开罗博物馆，巴尔杜在全非排名第二。馆址建筑亦是旧哈夫斯王朝的王宫遗址所在地，称得上是游览突尼斯必去的景点之一。

既然被称为"小卢浮宫"，想也知道，巴尔杜里面的展品数量极其之多：总共分为上下三层，三十四个展厅，以年代来区分上百万件收藏品。幸好，在售票处遇到了一位绝对善解人意的导览员，在知道我要赶游轮，不够时间参观全部展品之后，她问了我一个言简意赅的问题：

"打算欣赏最重要的宝物，还是走马观花一遍突尼斯历史？或者钱币、油画、迦太基、本地王室、欧洲风格——请任选其一。"

"最重要的宝物。"

"那么，直接去苏斯展厅就好。"

我在那里看到了世间最大的镶嵌画：《海神尼普顿的胜利》。这幅1888年在苏斯出土的巨画，画幅竟然有将近140平方米。从画面上看，与其说是镶嵌画，给人的感觉倒更像是织毯：海神拿着三叉戟，骑在由四匹海马牵引的战车上，这便是巨画的主题，无论怎么想都有点儿缺乏新意。倒是海神周围用海蓝色圆形和六弧边形双描边的交错粗框围起的56位骑着不同神兽、表情姿态各异的仙女，从构图和形式上，更值得细看和思考。说远些去，伊斯兰教文化那种繁复装饰重复图案和纹饰的风气，早在迦太基时代就已经起了苗头。

在巴尔杜的收获，并不止这些镶嵌画。顺带逛过钱币展厅之后，我终于明白之前在西迪布那个语言完全不通的杂货店里，为什么会售卖大小不同的各种金银铜材质金属圆盘了：在突尼斯出土的腓尼基古钱币，全部细分金银铜三种材质。而杂货店里的三色圆盘，其实是放大了的腓尼基钱币，连上面压印的图案都一模一样。

心满意足地离开巴尔杜，黑子先生用最快的速度将我送回了码头海洋领航者号的登船口处。临别之际，他似乎想要对我说些告别的话，但最终什么都没说，只是挥了挥手，并且塞给我一张印有他电话号码的名片。我一直保留着这张名片：尽管突尼斯现在仍旧风雨飘摇，时局彻底安定下来之后，如果还有机会再去那里，我肯定还找黑子做我的司机。

这次一定要把他的样子记住，起码也得合一张影。

回舱简单梳洗之后，我打电话叫了客房服务。希望为潘泰莱里亚的美景，向曼苏比道谢。

来的却是完全陌生的另外一位服务员，十分年轻、内向、羞涩。我问她曼苏比去了哪儿，她只简单回了一句：

"回家了……他，住在突尼斯港，你不知道？"

我终于清楚曼苏比在赌场里对我道声"再见"的含义。虽然似乎欠一个挥别，到底还是没有辜负他的好意。

阿特拉斯耸耸肩

1

沿着北非仿佛漫长无边的海岸线，在纬度变化不算多的前提下，一鼓作气地改变经度位置——虽然之前一直没有提到，但现在既然已经抵达阿尔及尔了，还是有必要稍微说下有关时区更改的问题：首先，从德国到开罗，需将手表拨快一小时。然后，埃及跟利比亚是同区的，利比亚到突尼斯后，又得拨慢一小时。突尼斯和阿尔及利亚也是同区，但过了直布罗陀，到摩洛哥后，还需要再拨慢一小时……尽管初登游轮时，负责接待的乘务员（也就是曼苏比），担心客人压根儿没有留意购票时附带的港口时区变更提醒表，特地再次说明了需要提前调整时间的两个港口。然而，因为彻夜赌博的缘故，船在突尼斯港泊岸时，我还是不出所料地忘记了对表。下船广播没细听，出关时挂在头顶的圆盘钟看也不看……直到车快开到西迪布小镇了，为商定碰头时间，才后知后觉地与黑子先生对了表：有惊无险地拨慢一小时，不至于错过登船时间，被无情遗忘在突尼斯湾狭长、悠闲的海岸线上。

如此这般，才刚踏上千年古城阿尔及尔的辖地，我便任凭这条件反射来的恐惧心理摆布，迫不及待地低头抬手，打算将手表再度拨慢一小时（当然全无必要）。这番不必要的混乱狼狈，令我与似乎是在港口巡逻的某位柏柏尔族军人撞了个满怀。

这家伙一手端枪，一手拿着灰色文件板，蓄满头满脸的大胡子，完全看不出脸上表情是喜是怒。我一时间脑子短路，听他嘴里不断重复蹦出两个音节——呆若木鸡好一会儿，才发现他说的其实是蹩脚难听的中文"你好"。

"哦哦……你好，你好。"我赶紧开口回应，同时转身向右，抱着与往常一样的打算，想去找个港口租车的司机。

哪里知道，大胡子军人却突然伸手摁住了我的肩膀。嘴里不再冒出两音节的"你好"，转而说起某个仿佛答录机卡壳似的单音节词来了，听起来似乎是："盐、盐、盐、盐、盐、盐……"

估计还是中文，那么就是在找我要盐？如果没记错的话，采盐业可是阿尔及利亚的支柱产业之一，当地常见且便宜的调味料，又怎么可能会莫名其妙地向我这个东方面孔讨要？可除了盐以外，还能是什么……正不知如何是好之际，身后竟传来一声地道的京腔："烟！他要的是烟——哎，有的话，给一盒。"

原来如此。

烟的话，倒真是随身带着了：想到沿路租车或许需要跟司机套近乎，临别开罗的时候，买了两盒红标万宝路，烟盒上有张垂死肺癌病人的大头照，以及分别以黑、黄两色为底的阿拉伯语禁烟宣传。一直搁在随身旅行包的侧袋里，从未拿出来过。

当即取出一盒递上去。

军人颔首，接过烟来瞅了一眼，随口道声Sayonara[1]，头也不回地走掉了。

"别怪他，及尔多的是这种人。不是恶意，习惯罢了。"那位同胞拍了拍我的肩膀，安慰我道。

同胞姓魏，土生土长北京人，法语专业毕业后，在名为中鼎国际的公司找到一份外驻翻译工作。本以为会被派驻法国，结果一飞飞到阿尔及利亚，眨眼六年时光过去，连妻子都娶了当地女人。他告诉我，因为长期保持劳务输出的缘故，这边的中国人数量相当多，大部分是建筑工人，法语和阿语翻译也不少，他们口里，都管阿尔及尔叫"及尔"——像是哪里哪天偶然约会过了的女人名字，显得十分亲昵。早些年来的那些同胞，小半发了财，便举家搬迁北非，在城里各处开了亚超和中餐馆，满足后来者们的胃袋需求。

1　日语的再见。

他又告诉我,说别找阿尔及利亚人司机了,见中国人都宰客,就像刚才主动伸手拿烟一样,简直理所当然的事。哪怕正规公司的出租车,大部分也不打表,随口出价,中文多半只会那军人使的一两句而已,兼带夹杂一两句日文。英语,更是一塌糊涂。倘若会说法语,或许还可以碰碰运气。

"原来如此,既然早先是法国殖民地,法语自然畅通无阻。"我虽然这样说,却到底因为自己只懂得纸面法语,听说方面近乎白痴,不觉心生焦虑——那样的话,不是只能纸笔交流了吗?这样折腾一天,也够辛苦的。

"不会法文?"

"估计够呛……"

"得嘞,我来带你。"

意想不到的进展。

因为工作稳定,相对富裕,中国小伙在非洲十分吃香,往往是媒人踏破门槛,燕瘦环肥任君选择的节奏。老魏虽然与伊斯兰姑娘结婚,却并未选择入教。这天碰巧妻子带女儿回娘家,参加亲族的清真寺婚礼。阿訇事先嘱托,说对家较为传统,非教徒还是别来为妙。老魏便独自开车到海边散心,正好遇见了方才左右为难的我。

也不是义务帮忙,费用多少还是要收的。他拿了我剩下的那包烟,以及5欧元现钞,还有几枚随身的塞浦路斯、希腊欧元硬币,可算是极端低廉的价钱了。

"现钞算油钱,硬币拿回去送给女儿,烟留着以防万一。"

老魏这样说道。

前两项倒是懂,用香烟以防万一又是怎么回事?

我犹豫是否该问,他却转眼把车开过来了。是辆方方正正的老雷诺,白色,脏得厉害,像是几年没洗。才坐上去,雷诺就提速狂飙,顺着应该是叫 Rue d'Angkor 的海滨大道一直走,结果是连目的地都没来得及问。

"那个……如果是法国人的话,在这城市里岂不是可以混得相当滋润?"

"也不见得,及尔当地人的法语,一半讲得极好,另外一半至多也就国内法语本科水准——老人讲得明显比年轻人好,富人比穷人好。法国人在时,倒是坚持用法语来教育。可惜人走茶凉,独立之后,阿语重回官方语言。不过五十年光景,便折腾成了现在这副模样。你待会儿在路上走一走,会发现大街上都用阿拉伯语聊天。去西餐厅时,却必须改用法语,这是礼仪。"

历史上,及尔受伊斯兰文化影响的时间长达千余年:早在八世纪时,阿拉伯人便已牢牢占据这个曾属于罗马人的港口。凭借地缘上的优势,大航海时期,它逐渐成为地中海区域最活跃的交易港之一,是奥斯曼帝国重要的收入来源,海盗一度猖獗。1830 年后,及尔成为法国殖民地——直到 1962 年,赶着非洲国家独立大潮奋起斗争独立为止,被法国化的时间,只有短短 132 年,与伊斯兰化时间相比,似乎是微不足道。然而,说奇怪也奇怪,尽管嘴上不承认,及尔人却普遍是相当亲法的。

沿路看到的汽车，大多是雷诺、标致和雪铁龙。最有钱的及尔人会选择开布加迪，只因为它是在法国生产的。旧城区殖民地时期的法式建筑，全部受到政府妥善保护，基本不会拆毁。法国球星齐达内，因为是阿尔及利亚第二代移民的缘故，当仁不让地成为整个阿国的民族英雄，他是否愿意"归国"执掌阿尔及利亚国家队，也成了球迷们闲暇聚众喝咖啡抽水烟时长盛不衰的话题。

开不到十分钟便是一个急弯，经过一座山脚下的医院，吭吭哧哧下了快速路，上到名为 Khelifa Oulmane Blvd 的半山道上。老魏指了指右手侧一座体量颇大的建筑物，笑着对我说：

"看那个，那是外国人管理局。"

外国人管理局又如何？

"我们这是要去哪儿？上山顶吗？"

"噢，忘记跟你说……先去 Madania 区的三叶草看看，那儿有趣。"

答了等于没答。

好在车快，不多一会儿工夫，就看到远方一座长得像是科技馆路标般的巨型纪念碑的轮廓。这座纪念碑，本身造型是前南斯拉夫式的前卫，周围除自然植被和棕榈树外便别无一物，孤独耸立在圈起整个城市的低矮山脉的最高位置，多少隐喻了神秘图腾的守护者意味。这里的树都经过悉心培育，纪念碑的周围不允许有其他建筑破坏它的威严。

车行得愈近，纪念碑的外观也变得愈加清晰：细看起来，碑体好比由三根超过百米长的巨型扁象牙，以尖端相互接触的方式，堆成侧边内凹呈弧线状的三棱锥。纪念碑的倾斜角度和整体高度，令人不由自主地联想到叙拉古城那座 Santuario della Madonna delle Lacrime[1]，尽管用处截然不同。

毫无疑问，这就是 Madania 的三叶草。

老魏随便停了车，我跟着他一起步上台阶，去到碑下架空的空隙中央，抬头仰望。这尊由水泥块堆砌的雕塑，在我们头顶收聚了伸往一切方向的曲线，仿佛正在刺探宇宙的奥秘。纪念碑周围，几十面阿尔及利亚国旗一排排布满。山顶风急，旗帜顺着风向一致飘扬，像是安迪·沃霍尔的某件装置作品——又是凭密集取胜，复制的魅力，典型阿拉伯式爱国主义风格。

景点介绍全是阿拉伯文，一句也看不懂。问老魏，他说这是国家独立二十周年时立的碑，我说的扁象牙虽然形象，三叶草或者更像，但其实是三片棕榈叶来着。据说，当年商量推翻戴高乐、赶走占领军时，为避开殖民地警察们的眼线，反法先驱曾悄悄聚集在这处山丘上开会，可说是革命狼烟燃起的策源地。

"解放阵线组织之类的，估计你也没什么兴趣。不过，这哈马山顶上的观景台，俯瞰全城最适合。直接带你来这儿，离码头近，不用花多少时间——先从高点的地方，看清这城市，找到想去哪儿的感觉，确定好了，再一个一个开过去，岂不是最

---

1 叙拉古流泪圣母朝圣地。

舒心的事?"

我站在一长溜儿阿尔及利亚飘扬旗帜的阴影底下,凭栏远眺,呆望无穷远处无边无际的海与天。稍近些的码头上,码放着如同联排公寓般整齐的、五颜六色的海运集装箱,红黄两色的专用起重机,从足有半条街长的远洋货轮上,卸下大概半小时之后就会被转运走的货物。及尔的城市建筑,大部分是白色的,也没有过多的装饰。随处可见的工地与盖了一半的楼房(某处或许就是老魏正在负责跟进的项目),带来蓬勃生长的跃动感。城市仿佛正在呼吸,拥有宛如新生婴儿般的耀眼未来。

身后是山——壮美而不蛮荒的山脉,连绵不绝,没来由地带来身处南美的错觉。

"这是什么山脉?那么多树,完全不像是在非洲了。"

"你读过那个……那本书——安·兰德的《阿特拉斯耸耸肩》没?"

令人费解的反问。

"读倒是读过。"

"那最好。不过书无关紧要,最有趣是在那标题上:阿特拉斯,希腊神话里的大力神,在不少银行的门口可以看到,是那种用尽全身力气举起地球的力士形象……"

小时候读罗马诗人奥维德的长诗《变形记》,说珀尔修斯用自己凭镜子砍下的美杜莎头颅,将阿特拉斯石化,变形成一座高山,镇守希腊世界的西陲边境。原来一直以为"化山"的传说,不过是奥维德的信口胡诌。此刻老魏这么一提,我倒一

北非之星 67

下子醒悟过来了：原来，眼前的正是阿特拉斯山脉——大力神化成的群山。"阿特拉斯耸耸肩"，便有了及尔这个城市。有趣，有趣。

2

"嗐，这样的话，干脆去山里看看得了！"老魏不耐烦我这不赏城市，独观群山，无言琢磨到浑然忘我的傻样子，直截了当地给出了最彻底的解决方案。

可不是说说就算。话声未落，他就开始拽着我往泊车的方向走了。

"这……怕是时间不够用了。"

"远虽然远点，但有世界文化遗产，而且还是濒危级别的，不去岂不可惜？"

等等，世界文化遗产是怎么回事？

上车坐定，老魏详细说了目的地之后，我才弄明白：并不是任由直爽性格摆布，突发奇想，打算将萍水相逢的客人带到非洲的群山里去那么简单——这个名为 Tipaza（提帕萨）的古罗马遗址群，是整个北非地区保存最为完好的罗马帝国城市遗迹，恰恰是来及尔短途旅行时适合前往游玩的景点之一。

实话实说，"北非之星"之旅一路下来，去过的那些国家里，无论哪个都拥有不少世界文化遗产。远的且不说，利比亚没去塞卜拉泰，突尼斯没到凯鲁万，已经是相当可惜。提帕萨离市区中心不过一小时左右车程，直接从哈马山出发，还要更近一些，如果再不鼓起勇气去看看，未来回想这次北非之旅，多少会有遗珠之憾。

车保持了一百二十迈的速度，沿着阿特拉斯山脉下宽敞的国道行驶。雷诺车副驾驶座这边的车窗敞开着，我看见远处山的身形，笼罩在诡谲变幻的积卷云下方，仿佛一层层墨绿色凝滞但不冻结的巨浪，随着路的蔓延轻微摇摆。马路两旁是成片成片整齐规整的农田，灌木和乔木都是欧洲式的，偶尔路过的农庄和小镇，全是南法风情画的格局。没有沙漠，没有枯黄干涩的砂岩，没有丝毫的非洲感……我渐渐理解了殖民者们当初不愿轻易离开的心情，作为自然景观上几近完美的新国土，及尔给法国人提供了兴许可以重新创造故乡的模糊可能性。

现今的北非，究竟算不算真正的非洲，也是件多少存疑的事情：住民以阿拉伯裔为主，闪族后裔，跟欧洲白人一样，同属高加索人种。真正的非洲黑人如刚果人、埃塞俄比亚人，在这些阿拉伯国家里普遍受到边缘化的待遇（好吧，这是个"美洲是否应该属于印第安人"式的问题）。沿着海岸线方向，似乎越接近大西洋，国家给人的感觉也就越欧洲化——稍后将去的摩洛哥，勉勉强强归入欧洲也未尝不可。听老魏说，阿尔及尔人最讨厌的是美国人，口里也骂法国人，但内心里都以能够成为南法人为荣。如果有机会去法国领事馆逛逛，总能够看到大批等待审批赴法工作或移民签证的阿尔及利亚人，每个人都是翘首以盼，希望好运赶快降临到自己头上。

不过，仔细想想也挺神奇——我们现在将去的提帕萨遗迹，却是与及尔现时的居民们完全无关的另外一群定居者的遗物。蒙古人固然曾经打到维也纳城下，到底还是游牧民族作风，攻城略地犹如潮汐涨落。千年之后，除了耳熟能详的铁蹄传奇外，几乎没留下什么可供观瞻的遗迹。与钦察汗国的统治者截然不同，亚历山大大帝热衷于造城，沿着远征东方的路线，陆续造出数十座希腊式的城池，从露天剧院、斗兽场到澡堂，皆照搬雅典形制，一应俱全。虽然帝国很快便分崩离析，但修建稳固殖民地的思想，却深深影响了后继者们。几百年时间里，希腊人和罗马人又陆续造了许多城市：石灰石堆砌，大理石雕塑，辅以马赛克拼花装饰，令这些城市在战事纷纭，人去城空之后，还能保持历史旁观者的视角，冷冷注视着那些后来者，诉说世事无常的悲凉与沧桑。

提帕萨罗马遗迹的历史，可以上溯至公元前一世纪。当时，罗马人赶走了北非的迦太基人，沿北非海岸建立了许多军事堡垒，这些堡垒逐渐发展为城市。因为是占领来的地界，罗马人起初并不重视这些非洲城市的建设，直到出生于大莱普提斯的塞普蒂米乌斯·塞维鲁（没错，这是个的黎波里人！）被拥立为皇帝，建立塞维鲁王朝之后，终于开始大规模发展故乡经济。作为战略要地和贸易港口，提帕萨很快被授予独立城市（Municipium）的等级，进入极大繁荣时期，不止拓展城市范围，达到了两万以上的公民数量，还进一步开山凿石，修建宏伟的神庙和高耸的城墙。可惜好景不长，一场大地震动摇了北非诸邦的发展根基，重建遥遥无期，进而又遭到汪达尔人的洗劫和占领，罗马人最终还是远离了这些经营了数百年的大城市。其后的占领者们无心建设，拜占庭人、腓尼基人、基督教传教士与黑摩尔人在此分分合合，各自留下了一些逗留痕迹。不过，与皇帝故乡大莱普提斯不同，提帕萨终究还是得到了阿特拉斯山脉的庇佑——有群山绿树来隔阻沙漠和海风的侵蚀。阿尔及利亚的这处古代遗址，并不像利比亚或埃及的大型遗址那样，几乎要被风沙同化，打磨殆尽，反而是如玛雅人遗迹或者吴哥窟那般，分外完整地被保存了下来，留下足够让游客们遥想当年居民生活的证据。

诗人奥维德曾经多次乘船往来西西里和北非，无怪他会将守护提帕萨的这道天然屏障，想象为大力神阿特拉斯被石化后的遗躯了。

尽管是世界遗产，门票却便宜得"令人发指"，不过20第纳尔而已。游客没有多少，误以为老魏会兼做导游进行讲解，便没拿法英两语的导览册。等到顺着长满杂草的泥路，步行到老提帕萨城一处像是广场的所在地时，我兴致勃勃地指着地上一处深坑问他："这是什么？"

"这是什么呢……还真不知道。"他倒瞬间摆出了满脸为难的表情。

算了，就什么也不知道地在这偌大城市遗址里四处闲逛吧。

遗址道路没有经过任何修葺，到处都是污泥。几乎所有石头上都长满青苔，浸一半湿气，予人以极为沉重的质感。不似那类爽朗干脆的建筑残余，提帕萨的断壁残垣恰恰因为相对完整，反而愈发渲染沧桑，几乎令人喘不过气来。我沿着石造的屋基行走，看那些建造粗糙的圆拱门和石桥。临近崖壁的位置，曾经修有墙壁厚实的瞭望堡，现在只余下最底部的三分之一，原本该让士兵戍守的位置，密密麻麻长满一人高的苇草。顺着整块的黑色石级登上古堡墙壁所在的位面，看得见旧剧场所在的圆台，还有澡堂的影壁，上面的拼贴画已被整块掀下来，收在了不远处的小博物馆里。在左手侧一个半坡的位置，明显能够看出千年以前房屋林立的社区经营痕迹，但此刻剩下的，只有上百根仅余小半截的房屋承重柱而已。

从古堡上下来，横穿据说可以容纳三千人观看演出的旧剧场，去到一处完全石砌的平台上。这里过去大概是神殿，市政厅，集会所，又或者是处决犯人的场所？无论如何，现在只余下一截截柱头，其余什么也没有了。从平台高处，可以看到整个遗址的形貌：每一条街道、每一座房屋的地基残骸——城市应备的格局，规划者最开始的雄心壮志。然而，无论我怎样努力，这座罗马城市过去欣欣向荣的场景，仍旧无法从脑海中浮现出来。取而代之的是格格不入废墟式的凄凉感，使我心生彷徨，只想躲藏。

于是躲到小博物馆里，看墙壁和柱头雕塑的残片、花岗岩上的罗曼式花纹、不算精美的拼花罗马文字，以及刻在木片上的罗马奴隶卖身契……馆内领队的工作人员，是位讲得一口流利英语的白发老人，体形瘦小，没有多少精神，说起话来有气无力。唯独在向我展示当地发掘出的一堆塔斯干式柱头时，夹带私怨地说了一句：

"你们可知道，这里的大部分石头，都被贱卖到欧洲去了——哼，我们阿尔及尔的优秀儿女，也跟这些石头是一样的命运。"

我隐约明白他为什么要故意这样抱怨：现场听讲解的游客，除我之外，另外五个都是欧洲当地人，甚至就是法国人（在德国住得久了，就会自动装上辨别法国人的专用雷达）。老人的孩子或许已经移民欧陆，就跟这些本应作为国宝的石头一样，主动或被动地流失掉了：对于经历过独立运动，过分热爱自己国家的那群人而言，显然是难于容忍的事情。

五个法国人默不作声，安静承受老人的责难。

回德国后，我调查了提帕萨这处世界遗产被定义为"濒危"的原因。有一种说法，是认为二十世纪初期，遗迹被荷兰人发现之后，因为其巨大、完整，引起了全欧洲的震惊。然后，在缺乏管理制约的情况下，包括法国、英国等殖民列强，纷纷前来抢运石料，作为价格低廉的建筑材料运输回国。法国殖民期间，当地兴建的不少法式建筑，也是在拆卸掉提帕萨的古建筑，重新打磨后修建的，为的是节省建造成本。

或许，那五个法国游客，也是早就知道这点，才选择保持沉默的。

3

"回港口，吃烤鱼和牡蛎去，如何？"

雷诺开在 Didouche Mourad 大街上——这是及尔城中最繁华热闹的购物街，小商店和咖啡馆众多，国际大牌林立。楼房是清一色的白色：法式建筑，大部分新古典主义风格，也有不少巴洛克式样、带复杂雕塑装饰和塔楼式飘窗的漂亮屋子。阳台铁护栏和木质门窗全都刷得五颜六色，乍一看像是巴黎，但又欠缺巴黎的阴郁，如果硬要总结一番，那应该算是雅致的殖民地遗风。

伊斯兰国家的缘故，在及尔是完全吃不到猪肉的，不少阿尔及利亚人甚至连猪这种动物长什么样子都不知道。能吃的餐厅有三大类：法餐、当地菜和海鲜餐厅。法餐的话，毕竟是欧洲那边晃悠过来的，在法国吃也全无问题。如果偏要在及尔尝试法餐——虽然我并未实际去过，却可以负责任地推荐一家名为 Hippopotamus 的餐厅。理由很简单，因为 Hippopotamus 是连锁牛排餐厅，全欧洲有上百家分店。巴黎、里斯本、斯特拉斯堡的分店我去过。因为近，斯特拉斯堡那家还去过多次。不论哪家店，相同的菜色，味道基本保持一致——及尔的 Hippopotamus 总不至于会自毁名声。

当地菜也即阿拉伯式非洲菜，照老魏说法，通常是"炒得湿乎乎、味道很重的家常小炒"之类玩意儿：既无卖相，也不好吃。唯一例外的是烧烤的牛羊肉，特别是烤羊仔肉，因为运用了特配香料的缘故，滋味十分特别。老魏尤其推荐 Havana 的烤牛肋骨配薯条，店子位于新城区，靠近机场——环境西化，口味却正宗。如果是坐飞机往来的话，倒可一去。

除了将要去的海鲜餐厅，中餐馆数量同样不少，但也并不怎么好吃，是一如既往的欧洲中餐馆口味。老魏带我去的店，按照拼写来反查，应该是叫作 Le Gourbi 的、装修和侍应生打扮都仿若法国南部家常料理餐厅的小店。地址大约是阿尔及尔大学附近，离最初下船的码头也不远，具体路名记不得了。侍应生看样子是法国人，由老魏负责全部沟通，结果端上来的是足有半扇房门那么大的不锈钢方盘，上面放了堪称海量的海鲜，计有：烤海胆二十只，蒜泥煎虾二十只，配酱生牡蛎一堆，大马哈鱼般大小的烤鱼一条，以及沙拉佐菜。

上的是埃及产的 Stella 啤酒，中规中矩。烤海胆怎么也吃不惯，生牡蛎却是又大又嫩，酱味像是柠檬酸橘路数，配些橄榄末样的玩意儿，也是一绝。好吃到跟嗑瓜子似的，根本停不下来。烤鱼肉当米饭处理，生吞活剥了半条。虾子剥开薄壳，显出来是晶莹、弹口、紧实——像是剥出的荔枝般的一团肉，滋味美到舌头要化掉。

酒足饭饱，我执意买单。法国服务生应了声，却久久不愿过来。我觉得好奇，打算过去看看，是否发生了什么事情。老魏拦下我，若无其事地解释道：

"没事，算账呢。"

原来，及尔人的算账能力奇差无比，一两笔数额的加法，都必须用上计算器——说得夸张一点，就算用了计算器，他们也常常算错：平日里到杂货店里买些东西，多找钱的情况十分常见。给出 100 第纳尔，找回 120 的情况屡见不鲜。照此看来，侍应生虽然金发碧眼，恐怕还是及尔生人，八成是法阿混血。

总之，包括小费是 5000 第纳尔。因为最后数字也不知对错，我总疑心他可能算便宜了……听说这家餐厅现在已经更名易主，搬到阿尔及尔湾的另一侧去了；但愿不是因为长期算错账的缘故。

大学离卡斯巴哈旧城区很近，两座重要清真寺也在那里。"北非之星"停泊的一号码头，正对着老城的七个入口之一，步行也就三五分钟的距离。

"老城里大部分地方不能行车。我把你冒险带到 Ketchaoua 清真寺门口，就此别过，你觉得如何？"老魏向我提了建议。

"冒险？"

"唔，那块儿巡逻的警察，特别爱管闲事……"

似乎是不方便多问的问题。如此这般，我也只好任凭他依着自己意思，以市内一百迈的高速，朝着 Ketchaoua 清真寺方向行驶。说起警察，及尔市内的交通警察数量，可真是大大超出想象：每个警察都佩一把 AK47，与军人相比也没什么两样。他们表情严肃，态度认真，死死盯着街道上的每一辆车，像是有几百个逃犯需要同时追捕。

"言灵"这东西却不能不信：雷诺才拐上 Ahmed Bouzrina 大街，就被一位高个儿交警用手势示意，靠边待查了。

"你那包烟总算要派上用场了。"老魏恹恹地熄火，准备下车。

"为什么？大家不都开一百迈么？"

"确实,大家都开一百迈。问题主要在于——我没有驾照。"

后来我才知道,因为办理驾照认证十分麻烦,大部分在及尔开车的中国人,都是没有当地驾照的。交警基本不会抽查中国人,对于无照驾驶,通常是睁一只眼闭一只眼。万一不幸被拦下来,递上一包烟就能解决问题:烟差烟好无所谓,但不能少于一包,算是行价。

关于这个规矩,另一位曾经在阿尔及利亚当地新闻社工作过好几年的朋友告诉我:过去及尔人还很穷的时候,一包烟已是奢侈品了。杂货店里的香烟,曾经论根卖过。现在当然是好得多了。

忧心再碰到警察将没烟可给,或许会陷入拘留窘境,老魏只得提前与我道别了。好在此时已进入了卡斯巴哈城区,土黄色的城墙残骸,早在一分钟前就已被远远抛离。走不多一会儿,Ketchaoua 清真寺便已耸立在我眼前。

八角形宣礼塔,正立面双塔结构,塔楼多处残破斑驳,立壁、三拱门、支撑柱的状况,也好不到哪儿去。配色多少有些倾向于埃及模式:寺庙通体呈沙黄色,在周围清一色白色墙壁粉刷的房屋之间,尤其显眼。Ketchaoua 始建于十七世纪初,奥斯曼帝国在北非统治极盛的时期。法国人过来后,将它改建为基督教堂,阿尔及利亚独立后又还原为伊斯兰圣所。之前几个城市里,清真寺已见得多了,Ketchaoua 不比别人更华丽,但比别人更显苍老——明明只有数百年历史,却仿佛是提帕萨城里罗马遗迹的亲兄弟,被强行劫持到城市热闹位置,安置在一堆格格不入的崭新屋子之间似的。再举一个更能令大家理解的比方：像是在罗马老城闲逛，突然一个拐弯，冷不丁看见万神殿一般。

正是那样的苍老感。

离 Ketchaoua 不到二十步远，是被法国人唤作 Dar Mustapha Pacha 的、由宫殿改建成的博物馆。与 Ketchaoua 的苍老形成鲜明对比，这栋仿罗曼式的宫殿，粉刷得像是今年才刚刚建好一般。里面的展览物倒无甚可提，古物陈列和马赛克拼花为主。值得一提的是正方形的天井式内院：每边五根鎏金螺旋纹的装饰柱，支撑四个土耳其式拱顶。拱顶上方大约半米多高的墙额，缀满产自西西里的琉璃和瓷砖马赛克装饰，配合内院强烈的对称倾向，营造出庄严肃穆的气氛。大院旁边另有小院，柱子数减为每边四根，拱顶也相应缩为三个，其余建制保持完全一致，令人啧啧称奇。所谓建筑的神性，细想起来，也无非几何学、历史及装饰细节：虽然并无宗教性要求，游客们却都不敢大声讲话，甚至在参观时还会主动脱帽，表达敬意。就连内庭中央六角形水池上放置的绿色植物，时不时也会像圣像一般，受到来客们的合十礼拜。

按导览册上的说法，这里原本是土耳其皇帝的行宫，后被赐给阿尔及尔的一个公爵夫人，成为府邸。这位屋主极度喜爱西西里装饰风格，不停给宅子添加装饰，据说当法国占领军进到院子里时，发现没有哪一面墙是空白的，全都细心嵌满琉璃装饰，或者饰以金粉，十分洛可可。今天所见相对"简陋"的状况，是因为教廷指派的法国主教住进来后，觉得太过奢靡不利于教化，便对原有装饰物进行了简化，并能适当增添一些"法国感"。就游客的观感而言，究竟有没有"法国感"也相当微妙。不过，公爵夫人府邸内部各处的天花板四分肋，倒是与卡塔尼亚大学的教室走廊极为相似，应该归功于"西西里感"才对。

唯一稍有"法国感"的地方，是府内某处悬挂的彩色玻璃大吊灯：制作者很巧妙地将红蓝橙绿四色玻璃一条一条嵌入类似中国宫灯的吊灯外围，配合八个玻璃圆柱体互相衔接而成的立体结构，安置在大四分肋的曲线交叉处。灯亮起时，原本应是直板玻璃条的简单映射，却因为天花板天然的弧面结构，创造出了仿佛巴黎圣心教堂玫瑰花窗般的美丽景观——取巧又讨喜的法国感，仅限于此。

公爵夫人府旁边就是阿尔及利亚国家图书馆。此时此刻，却提不起多少瞻仰古书的兴趣。我顺着破落逼仄的石板路前行，偶尔能见到墙上镶嵌的瓷砖画，还有冷淡路过的瘦猫。卡斯巴哈古城的行道极窄，也就一辆普通雷诺车的宽度，道路两旁的楼房，普遍两三层楼高，木百叶窗长期紧闭，窗外有突出的晾衣架，间或晾着些五颜六色的衣物。除了正午时分，路面几乎晒不到阳光。巷道与巷道之间纵横交错，搭配时上时下的楼梯，有时还会出现黑漆漆的拱道，和迷宫没什么两样。

毕竟仍是贫民居住区，卡斯巴哈整体都很破落：墙面鲜少见到不斑驳的地方，凡是铁质物什，差不多都着了厚厚的一层锈，墙根和街角脏得一塌糊涂，时不时还能看到神龛、孤坟和烟熏气，竟至于给人一种身处印度瓦拉纳西的错觉。

不过，下到 Bab El Oued 主道上后，情况就好得多了：不止看得到购物中心，路面也宽阔起来。以 Place des Martyrs 城铁站为路标，我开始向着阿尔及尔大清真寺的方向前行。

名为 El Kebir 的大清真寺，紧挨着海湾修建，造型完全不像清真寺：远看像个火车站，或者贩卖鲜鱼的大型集市。即使走近了看，靠近街面的廊柱和马蹄形拱顶，也及不上 Didouche Mourad 大街那边的殖民地建筑壮观华丽——不，甚至可以说是简陋。塔楼部分，只有一根四四方方的古怪塔柱，与其认为是宣礼塔，倒不如说是军事瞭望塔还更合适一些。便是这样一座朴实无华的寺庙，因为重新粉刷的缘故，感觉至多不过是二十世纪初修建的、敷衍当地教民需求的新造建筑而已。可实际上，El Kebir 的建造历史，比 Ketchaoua 还要早六百多年，之所以外形简单，大概因为它是由柏柏尔人所造的寺庙，在皈依穆斯林的源流中，相比装饰主义，更讲究实用的缘故。

El Kebir 很快就不再是及尔最大的清真寺了。回国之后偶然看到的新闻：中建集团承接阿尔及利亚政府的建筑项目，将在穆罕马蒂亚区修建新的大清真寺。占地二十公顷，光是宣礼塔就有近三百米高，是非洲最大、全球第三大的清真寺。中国公司承包非洲清真寺，听起来似乎是顺理成章的事，却总觉得在哪里存在些许的违和感。一不小心让阿特拉斯听到，恐怕也要耸耸肩。

说奇怪也奇怪，在及尔的这一天游历，与之前几个城市大不相同，总感觉疲累得要命。除了海鲜餐厅能够让人稍微放松之外，其他无论任何地方，都紧绷着令人难以忍受的沉重感。回船，吃饭，洗漱，睡在皇家大道观景房拼起来的大床上时，我首次回忆起今天一天的行程：三叶草塔、提帕萨遗迹、卡斯巴哈古城……彼此间的历史沉韵，原本大不相同，似乎是风马牛不相及，却出人意料地给出了几近相同的压迫感。若说是因为担心出现汽车炸弹，意外失掉生命，倒也不存在——利比亚岂不是更加危险？

直到数年过去，隔远了距离来反省当时的心情，才慢慢看出些端倪来：在殖民地影响尚未消除的情况下，及尔的本质是分离主义的；当时的利比亚，却是一派独裁式的团结，反而令人安心。可不是么？提帕萨属于古罗马和毛里塔尼亚王朝，卡斯巴哈是奥斯曼帝国的遗馈，柏柏尔人闯入修建了城里的大清真寺，法国殖民者打好了商业和教育基础，中国人则包揽了城里的一切建造生意，还剩下哪些是阿尔及尔人的？就算纪念独立的三叶草塔，也是交给波兰人设计，由加拿大施工队来承包完成的。

以这个视角去评判，阿尔及利亚乃至整个北非世界的真正独立，大概还远未完成。

北非之星　81

Farewell，"北非之星"

1

"北非之星"的行程即将完结之前，我花了整整一天时间，陷入即将完结的气氛中。

如果可能，此时我想永远漂浮在地中海上，活在一座移动的钢铁孤岛当中——愉快的游轮之旅大概都有如此的功效，甚至使我在脑海中冒出了"在船上当个厨子也不错"的荒唐念头。真的，离开阿尔及尔后，我就开始胡思乱想起"旅行"这一人类行为本身所存在着的根本悖论：迷恋旅行的奇怪之处在于，你必须时刻不停地到达、离开、到达、离开……无论乍一看去多么令人难忘的地方，一旦扎根下来，结果虽然不至于绝对糟糕，但不如惊鸿一瞥，却几乎已是铁板钉钉。不是吗？我们每去一个城市，都打算在有限时间内，走遍城市旅行指南（或者其他任何可能的信息渠道）里属于这个城市且我们感兴趣的所有景点；倘若时间十分有限，或许还会按照指南的评级系统，挑选出星级最高的那几处；要是时间短到不行，只有几小时，我们可能就直接赶去最有价值的地方，别的都忍痛割舍掉了。如是观之，像康德那样的人物，一辈子不离开自己生活的柯尼斯堡，是因为多出来的时间一刻也没有，倒是可以理解。反过来讲，即便时间多到用不完，我们又会选择在同一个城市逗留多久呢？去过几百个城市之后，回忆一番，感觉卡尔斯鲁厄或哥本哈根大概得要三天尽兴，柏林或莫斯科一星期，巴黎或罗马一个月，布宜诺斯艾利斯或东京一个季度，佛罗伦萨及伦敦，则至少需要一年……北非？我希望能够一辈子游荡在这条海岸线旁，偶尔徜徉，靠港透一口气，但是——请一定不要停留！就让它仿佛一场重现的奥德赛，甚至毫无道理可言的梦境一般。

然而，直布罗陀却仍旧无可挽回地到来。

船在大约上午十一点时接近海峡。接替曼苏比却不知道名字的，年轻、内向、羞涩的女服务员半小时前去过我的房间，提醒我将要下船，不要坐过了港：驶离卡萨布兰卡后，"北非之星"的下一站将是里斯本。噢，不对，到了那时，就不该再称呼这艘海洋领航者号为"北非之星"了。里斯本，尽管这个城市我也去过多次，听到服务员 A（姑且称她为 A）对我提起时，却仿佛哪个外星殖民地一样陌生了。不可思议，在将我放在最后一个港口之后——我的脚一踏上达尔贝达的土地，"北非之星"即宣告自我终结，毫不留情地 Farewell（告别）。

"请提前收拾好行李，检查随身物品，不要遗忘贵重物品——您的房间，很快就会安排新住客进来。" A 说话的声音听起来单调又黯淡，她给我递上一杯带点矿物质甜味的水，用惋惜绝症病人生命的口吻嘱咐道，"曼苏比说，可能您会需要服药——因为烈酒，或者通宵博彩，或者其他什么……"

出于服务礼貌考虑，A 欲言又止，将两粒未拆封的阿司匹林片放在靠近皇家大道一侧的边柜上后，便转身离开了房间。

得得，看来是无可挽回地留下了无可挽回的印象。

我将半拉着的窗帘完全扯开，隔着不能打开却里外擦得铮亮的玻璃窗俯瞰皇家大道——街上的迪士尼狂欢节已经结束，现在正举办威尼斯假面游行：演员们穿戴着一看就知道是威尼斯风格的覆面面具和宫廷小丑服装，表演杂技、四重奏和水平堪忧的默剧。路人的数量，还不及前几天狂欢氛围最兴盛时的一半，付费照相的闪光灯也几乎不来打扰我了。没来由地，我猜想会有不少游客也跟我一样，将在摩洛哥下船，再经由穆罕默德五世国际机场离开非洲，前往世界其他各种想得出来想不出来的角落。

我猜想他们此时不会如我一般干巴巴地坐在房间里，毫不抵抗地久候那个汽笛声，然后再一声不吭地提着收拾好的行李下船。于是，我也和他们一样离开这游轮内封闭又单调的细胞结构，乘电梯到有慢跑轨道和沙色装饰的那层甲板，静静等待直布罗陀海峡。

风比从亚历山大一路过来的任何时候都大得多，仿佛整个大西洋的海潮都集中在了一处，使劲鼓吹出"不要接近"的警告信号。扶住眼镜，低头往船下看，可以看到浪从外海一层一层涌进地中海。自大航海时代以来，船员们便已知道地中海的水是只进不出的，远航归来时，顺着洋流滑入沿岸随便哪个港口的怀抱，都是件十分惬意的事。我并非地理学家，即使知道相关原理，也不太明白一个只进不出的洋面，缘何保持水量不变这件富于神秘主义意味的事——尼罗河从布隆迪高原一直下流，淡水同样注入地中海，地中海也仍旧咸得要命……直布罗陀海峡，挟制两个大洲的咽喉命脉，最狭窄处甚至不足十海里。

今天天气晴好，能见度高，早在船行至如海上沙丘般孤独耸立的休达半岛前时，顶着凛冽海风，极目远眺，便已能隐隐约约瞧见欧罗巴大陆的身姿。休达基本是个朝着地中海内海方向伸出的港湾，与英属直布罗陀遥遥相望。船在驶进海峡时，略微靠近北非这边，也就更看得清休达一些：在左手边最前方处有座白色灯塔，位置极端突出，给人一种"这莫非是非洲最北端"的错觉。船过灯塔后，能够很清楚地看见围坝式的大型港口，还有休达市区不高但林立的楼房。背后庇佑整个休达半岛的，是连绵葱郁的山脉，和一座山顶略有积雪的、半高不高的山峰。据身边站着的几个游客讲，那山峰就是希腊神话中的赫拉克勒斯海角。

海的颜色深得仿佛沸腾的墨水，城市呈现出白色的基调，近海山峦植物特有的墨绿色——几年之后，当我乘飞机前往布宜诺斯艾利斯时，隔着飞机的舷窗，又一次见到了相同的场景。照此判断，临近直布罗陀的海岬景致，通过糅合两个大陆、两个大洋的生态、物料、气候乃至神话，意外呼应了南美大陆时刻张扬的某种活力。一个人如果经常旅行，就总能碰到这样的情形：心里明明知道距离相隔万里，但眼前景象——包括色彩的气息、光线的氤氲、人声混杂的程度、视线动态的切点——却确凿无误地映射到自己脑海中某处，似曾相识，早已得见似的。懒得细想的人，习惯用 déjà vu 来搪塞。我倒觉得 déjà vu 固然有 déjà vu，不过极端相似的氛围，也不能说没有，起码直布罗陀与布宜诺斯艾利斯港湾——如果哪位朋友也同时去过这两

北非之星 85

个地方的话，不妨比较一下，天气晴好时是否确实如此神似。

驶过休达，船头略微左拐。此刻，我们已正式来到海峡夸耀千年的通行航道上。身边游客们又嚷嚷着什么"一眼跨两洲"。从字面意思上说，也就是一眼望见欧非两个洲各一部分的风景：a view of two continents，这个说法在地中海旅行家们当中素来是十分有名的。当然，一般欧洲游客要去看"一眼跨两洲"，都会选择前往英属直布罗陀的巨岩，称作 Rock of Gibraltar 的景点（因为相对而言方便抵达——总比去到海峡中间简单）。至于邮轮上能看见的，又是别样的风景。

船临时走在一条不偏不倚的直线上，在约莫十来分钟的时间里，我们就像是行进在一条水面极宽的河流里——或许有些类似亚马孙河？如果乘着殖民地式的汽轮，在亚马孙河内最宽的那段水面行舟，所见是否也是类似的情景？看导览小册上介绍直布罗陀海峡，提起海峡最窄之处是西班牙马罗基角与摩洛哥西雷斯角间的这段距离，真正经过时也曾左右张望，试图寻找，但十分可惜，最后也没能弄清楚到底哪里是哪里：游客们倒是一阵又一阵地赞叹，不止因为时不时能望见大约是古罗马人留下的断壁残垣，隐隐约约的西班牙或者伊斯兰式村落，看见巨型货轮、海警船甚至豪华游艇时，他们也要跟着喝彩、起哄。壮观的风景简直跟烈酒一样，容易使人迷醉。

但其实两边海岸都很远，只是"看得见"的程度罢了。除去那些人类活动留下的痕迹，都是相同的土褐色海岩，同样的植被，莽原玉带的整体观感——欧洲与非洲之间究竟有什么区别？不过是分离了洋流和海岸的两片土地而已。船临近大西洋的海口处，因为海水发生的咸度变化，大量鱼类顺着巨浪跃出海面，鳞片在阳光下如同银子般闪耀，强壮的尾鳍奋力扭曲、挣扎，昭示显而易见的、海洋所包容的无限力量。

不知不觉间，船悄悄改变了航线，不再顽固地跟着海峡画几近平行的直线了。于是，非洲的景致逐渐亲近，欧洲则远成了一层若隐若现的薄暮。等到进入大西洋后，船拐过丹吉尔湾口，延展在西非航路上，欧洲便被彻底抛在了海平面外，被迫成为地球形状的有力证明。

2

慢慢地，连非洲的景致也渐行渐远了。站在船头，左手边略呈弧形的岸景，已完全消失殆尽，船又变成了孤岛。鱼不再从洋底飞跃而出，之前听过大西洋抹香鲸的传说，也不像是能够轻易见到的样子。因为很快就要离开游轮，我不想再站在甲板上吹风，就坐电梯回了房间，将 A 小姐给我的药片收起，喝一口水，简单检查了一下随身的物品。不多一会儿工夫，汽笛连响了两声，卡萨布兰卡到了。

多少学过一点西班牙语，卡萨布兰卡这名字，casablanca 拆开看，casa 的意思是家，mi casa 就是"我的家"；blanca 则是白色，合在一起则是"白色房子"的意思。不少去过卡萨布兰卡的朋友，都强调从飞机或者游轮上俯瞰城市全景时的感触，"确实都是白色房子"之类的，作为与古代西班牙航海家们的观

北非之星　87

感产生共鸣的证据。不过，沿着北非逛过四五个城市之后，我却疑心这"卡萨布兰卡"的白色，实际上并非那么显著的特点——至少在当下，坐在船上看及尔，看亚历山大，看的黎波里，也基本都是白色的。光是颜色这点上，彼此之间真没有太大区别。较真的话，及尔甚至比卡萨布兰卡更显得白：卡萨布兰卡的整体观感，与其说是洁白，不如说是掺杂一种带点粉色的岩石灰色，这些都和当地建筑的材质使用偏好息息相关。如果是在十五世纪，从遥远印度洋一路艰辛奔波而来的西班牙私掠船队，突然见到这座靠近地中海的发达港口，情不自禁地喊出"卡萨布兰卡"倒也不算奇怪。况且，被葡萄牙炮舰和军队彻底摧毁的那座"卡萨布兰卡"，原貌究竟如何，我也并不清楚。目前的城市基础，毕竟是十八世纪末期才逐步建成的。二十世纪又被法国殖民占领，整得或许比及尔还更加法国化、西欧化……总之，"卡萨布兰卡"单从颜色上而言，并没有特别"布兰卡"——这便是我登岸之后的最初印象。

　　港口区十分繁华，包租汽车的司机们，吆喝得跟土耳其摊贩一样卖力。因为已经看得到哈桑二世清真寺的塔楼，估计走着也能很快到达，也不想再单独租车，我便沿着名字忘记了的沿港马路，朝着清真寺的方向慢悠悠走过去。

　　卡萨布兰卡的街景给人的整体感觉，有些类似巴黎市内那些比较老旧、破落的街区，欧洲化的倾向十分明显。因为旅游业兴盛，路上各色招牌使用英语或法文的程度，甚至超过阿拉伯文，基础建设上同样比照法国和西班牙的设计来安排，甚至路上行走着的欧洲人比例，也远超我之前去过的那几个城市——如果不是远方体量巨大到无法忽略的宣礼塔不断强调着自己的存在感，我几乎都要误认为自己回到了欧洲。

好吧，即便哈桑二世清真寺，同样也有褪不去的欧洲风味藏身其间。与在前几个城市里看到的那些清真寺不同，这已是一座十分现代的清真寺了。看寺庙外完工奠基的铭牌，完成时间竟是1993年，承办建造的也是法国的工程公司。大殿安装的都是遥控操作的自动门，宣礼塔内甚至设有电梯。为了体现摩洛哥人祖先由海上前来的历史，工程人员选择了填海围堤，将一部分建筑放在了海上，从游艇码头的方向看过去，有种类似安藤忠雄光之教堂一般、建筑创造神迹的错觉。

沿港大道走到一半，迎面看到一块中间写着"Reserve RICK's CAFE"白字的禁止停车告示牌。心想这莫非就是奥斯卡获奖电影《卡萨布兰卡》的主要剧情场景——里克咖啡馆？电影里豪华咖啡馆的场景，实际上是在好莱坞影棚里搭的布景。那么，这间实实在在的里克咖啡馆又是怎么回事？或者，是卡萨布兰卡人对电影场景的复刻，以作为那段传奇战时故事的缅怀？

还是先去清真寺看过后，再过来咖啡馆里小坐吧。

说回哈桑二世清真寺，这座号称"伊斯兰世界最西端镇守者"的大寺，第一时间令我联想到的，却是梵蒂冈的圣彼得大教堂。这样的联想并不奇怪：同样由廊柱和圆拱围绕的巨大殿前广场，同样恢宏气派又鲜少开启的寺堂正门——这扇精心浅雕上伊斯兰式传统花纹的古铜色合金大门，搭配两侧繁复瑰丽的大理石拼花，或许因为全部崭新、使用了欧洲大理石材质的缘故（听说还恰恰是从罗马进口的），风格上不太像是伊斯兰建筑，反而更类似于圣彼得堡外墙的处理方式。排队等待参观大殿时，耳闲听到后面旅行团导游的介绍，说一旁这扇合金大门重达近四十吨，没有钥匙，是用一组密码锁来开门，只有摩洛哥国王驾到时才会打开。当初修建这座清真寺时，摩洛哥政府向整个伊斯兰世界募资，海外穆斯林的捐款如潮水般涌入。清真寺的设计者 Michael Pinseau，为了彰显伊斯兰世界的雄厚实力，处处与代表天主教至高地位的圣彼得大教堂较劲。听导游说，他专门针对圣彼得大教堂的各项数据进行了统计，包括正门大小、广场面积、大殿高度、穹顶总高等等，务求任一方面都超过天主教的圣所，又不至于太过张扬。哈桑二世清真寺的宣礼塔足足有 210 米高。天主教世界里，德国科隆大教堂和乌尔姆大教堂的塔楼算是数一数二，也不过 160 多米而已，圣彼得大教堂的穹顶结构就更矮了，广场上的立柱也未见得高到哪儿去。因此，宣礼塔至少在高度上，至今为止还是占据着较大优势的。

　　排队排到最后，却不让进，说大殿只对穆斯林开放。好说歹说，最后也只能够在线外站着往大殿里面看一眼。虽然只是匆匆一瞥，却不得不给出或许会令任何一位哈里发感到遗憾的印象：里面的氛围更像圣彼得大教堂。立柱是两侧一字排开的，地板全部用大理石拼花，又不注重伊斯兰花纹，和大部分清真寺使用手织地毯铺满的风格大相径庭，更类似巴洛克装饰风。单说立柱，使用了伊斯兰世界里不多见的四方柱，外铺大块磨亮的大理石板材，柱顶色彩相对单调，是欧洲装饰惯用的颜色，与其说是伊斯兰风格，不如说是哥特或者洛可可装饰风。吊灯的东欧风（说更明白一点，罗马尼亚风）挥之不去。

回欧洲后仔细查了一番资料，关于设计师 Michael Pinseau 的信息少得可怜，也就得不出他为何能将清真寺设计成这样的结论。转念一想，有钱的穆斯林在建造意图彰显宗教伟绩的建筑时，似乎又一向是颇为宽容：迪拜不是有很多现成的例子吗？反过来看，让天主教或新教的设计师们，做个带伊斯兰拱或圆顶的房子，可能才是不可能完成的任务。

3

原路折返，去里克咖啡馆。

说是咖啡馆，其实也是餐厅，这点同样是遵照电影内的设计。餐厅靠街，白墙黑窗，两层楼高，顶楼似乎有个露天酒吧。正门口分立两株两层大棕榈树，殖民地式六角形大理石板楼梯，上去之后是漆成橙红色的厚重木门，以及一位长得十分拉斯维加斯赌场保镖范儿的门卫。我用英语问他：

"能进去参观吗？"

他十分粗暴地摇了摇头，回应我道："什么参观，这里是咖啡馆，又不是博物馆！要进去的话，就快进去。"

这态度倒很有电影味道。仔细看门口左侧的黄铜铭牌，发现这家咖啡店其实 2004 年 3 月才开业。进去后细看咖啡馆介绍，得知它是由一位名叫 Kathy Kriger 的女士创立的。这位女士曾经作为美国对外贸易服务机构的一名员工，在摩洛哥工作了四年时间。作为一个十分喜爱《卡萨布兰卡》的电影迷，这个波特兰人四处张罗资金，还原了电影中的里克咖啡馆，并令它一举成为摩洛哥的必去景点之一。Lyons 出版社出过 Kathy Kriger 的传记，书名就叫《里克咖啡馆：在卡萨布兰卡将电影传奇带进现实》(*Rick's Cafe: Bringing The Film Legend To Life In Casablanca*)。

说回咖啡馆。进到屋内，实际上是带有中庭天井的典型构造，最上层的屋顶是强化玻璃制造的，白天不用开灯也十分明亮。内里四周的支撑由纯白色的阿拉伯柱完成，柱与柱之间的拱结构没有任何装饰，纯白色，但也因此营造出独特雅致的气氛。由侍者引路，上到二楼，选了一张靠近天井的桌子坐下。白色的用餐布之下，桌布和餐巾都是深墨绿色的，椅子是简单的殖民地靠背皮椅造型，用的同样是深墨绿色的鞣制皮，坐上去很舒服。桌上整齐摆放着吃法餐用的整套刀叉餐具，以及三四个倒扣的水晶酒杯。每张桌上都有一个黄铜质地的小台灯装饰，廊柱四角摆着高大的镂空刻全黄铜台灯，天花板上则吊下来具有北非伊斯兰风情的吊炉灯，气氛慵懒。

侍者的态度倒是很客气。她自我介绍，说自己名叫伊尔沙——这显然是电影中英格丽·褒曼所饰演的捷克革命家妻子的化名。如此浪漫的即时扮演，我自然也不便道破。请伊尔沙介绍餐厅的招牌菜,她推荐沙拉、带骨鱼酱羊排、摩洛哥特色炖菜和橘子冰淇淋甜品的顺序,还有特色espresso[1],便按她说的叫了。菜一道一道上来,也确实都很地道。羊排处理得特别绵软,也没有一丝膻味。所谓鱼酱,是用当地产的金枪鱼肉和橄榄、莱姆、罗勒等几样配料搅拌调和出的某种调料,加热过后浇在羊排上,带点酸爽的口感,特别促进食欲。至于摩洛哥特色炖菜,说穿了就是胡萝卜、土豆、牛油果和鹰嘴豆,跟切成丁状的肉块一起炖煮,等到全部糊成一团之后,再用鲜奶油和细豌豆芽撒上去的家常玩意儿,很烫,且调味正宗,一点也不酸,和软且韧的法式餐包一起入口,相当有饱足感——从非洲菜的角度讲堪称一绝。橘子冰淇淋小小一团,搭配樱桃核糖浸苹果,无功无过。

倒是特色espresso这家伙,相当神奇:一般说到摩洛哥咖啡,印象大抵是酸,油脂重。但这个特色espresso却是甜苦型的,一杯给过来的量,跟星巴克里四个shots的espresso差不多。油脂很重,却不腻口。一杯下去后的效果,提神就不必说,关键是之前所有菜品的味道,仿佛被扔进黑洞里一般,完全消失,无论口中还是脑海中,一点余味都找不到了——只有肚子是饱的,但完全不觉得自己吃过饭。

这大概也是电影式的效果,里克咖啡馆的咖啡,简直神奇。

我招呼伊尔沙过来买单,付了她称得上可观的小费。问她

---

[1] 浓缩咖啡。

附近还有哪儿可去看看。

"Notre-Dame de Lourdes[1] 教堂的花窗不错,还有王宫门口,相当气派,也可以过去见识见识。你已去过哈桑二世清真寺了吧,觉得怎么样?"

"多少有些像圣彼得大教堂,太新了点儿。"

"是的,新才好,聚礼日礼拜的时候,舒服得多了。"

寻访装饰繁复、美轮美奂的古迹,到底是游客们的想法。按照年轻教徒们的观点,清真寺似乎反而应该与时俱进,建得越现代越好,毕竟不是大规模崇尚苦修的年代了。

这个卢尔德圣母堂不太好走,伊尔沙特地帮我电召了出租车过来,送我上车,并向司机嘱咐过之后,才重新回咖啡馆里。

司机几乎是无口系,一路一言不发。左拐右弯的街景,多少有些单调。卡萨布兰卡街头到处栽种有粗壮的大棕榈树,还有某种叫不出名字的、单从叶子看去有些像是枇杷树的绿树。无论是棕榈树还是类似枇杷的树,叶子都四散张开得厉害,没有去刻意修剪,更不可能像的黎波里街头那样,将树冠小心仔细地剪成圆柱或立方体形状。开车路上经过几处广场,每处广场上都有一团一团聚在一起,或坐或站悠闲聊天的当地人,还有沿街摆地摊叫卖的商贩。老人们坐在路沿上,一面掰面包屑来喂鸽子,一面有一搭没一搭地聊天,间或开怀大笑,把好不容易围拢过来的肥鸽子们吓得纷纷飞起……

---

[1] 卢尔德圣母堂。

这悠闲程度，估计可以跟西班牙群众一较长短。

圣母堂说到就到。这是座现代建筑，白色狭长，左右有围肋结构，造型相对简单。如果不是正门顶上高悬的白色十字架，估计路过时会被当成是哪家中学的集会礼堂。下车之后，门口迎面又是一大棵棕榈树，几乎跟道路两旁的路灯一般高了。绕过大树，来到教堂大门前，抬头仰望，感觉又多少有些破旧，像是在意大利哪里见到的那类小城市兴建的火车站候车厅似的，由于缺乏人手打理，支撑柱、立面和天花板上都沾上了浮尘，结满蜘蛛网，造成一种早已被荒废掉的错觉。

里面的布置十分朴素，墙体毫无装饰，全部是混凝土预制板直接搭砌之后直接使用，连简单粉刷都没有做过。但四周墙面竟完全以花窗玻璃来制作，讲述诺亚方舟、天使报喜、耶稣复活等圣经故事，画面华丽瑰异至极，圣坛也直接以花窗表现，甚至支撑柱之间的空隙处，也全部用方块彩玻璃来装饰。我猜想这一教堂的设计，即是以强烈对比来突出神性伟大，从而给人心以感召和慰藉。德国不少新教教堂都采取了这种对比强烈的设计处理方式，包括西班牙和意大利在内的一些南欧国家，在进行新教堂设计时，也偏好这一风格。我起先认为这是个新教教堂：毕竟摩洛哥是以伊斯兰教为国教的国家，相比伊斯兰教的老冤家天主教，基督新教教堂耸立在市中心，不至于那么容易就让人联想起十字军东征等。直到看见花窗下相隔数米放置的忏悔室，我才意识到，这里根本就是战后建造的天主教堂。

当时我还觉得奇怪，等到后来细查资料，才知道在伊斯兰地域修建天主教堂，或者在天主教中心修建清真寺，原本是近二十年来西方宗教交流、融合的流行。罗马也拥有由建筑大师保罗·波尔托盖西（Paolo Portoghesi）设计修建的现代风格大清真寺（虽然我并未去过，或许下次去罗马时会过去看看），意大利的穆斯林多达120万人。在欧洲化最盛的卡萨布兰卡见到天主教堂，并不算是什么稀罕事儿。是我自己少见多怪了。

出了教堂，想起还要去伊尔沙提到的皇宫。出租车毕竟不是包车，早已接客开走。出租车停靠点完全没有车来，说是徒步，又不知该往哪个方向走。正打算找人问路，一辆小货车在我旁边停下，司机是位四十岁左右的阿拉伯大叔，穿着随便，说的倒是一口标准英语：

"小伙子，迷路了么？"

"没……唔，想去看皇宫大门，应该怎么走来着？"

"上车吧，带你过去好了。"

原来，伊尔沙所说的皇宫，是指卡萨布兰卡市政厅旁的国王行宫——这里是城市的正中心位置，有一座十孔的大型音乐喷泉，也是当地人平时最喜爱的散步地。司机大叔货车里面运的，全是郊区新摘的牛油果，一桶一桶装好，急送往哈桑二世清真寺附近的酒店，似乎是要作为大型晚宴的素材使用。

"那酒店不错，你今晚要是打算在卡萨布兰卡过夜的话，可以考虑住住。"

我支支吾吾地答应着——可惜，因为无可奈何的缘故，今天必须离开非洲。最多再在市区停留一两个小时，就必须尽快前往机场了。

大叔放我在市政厅前下车，匆匆说过这里是穆罕默德五世广场，穆罕默德五世正是哈桑二世的父亲之后，就加紧带着一桶桶的牛油果开远了。

眨眼之间，离开已是近在咫尺的事情，似乎一切人与事都忽然变得急匆匆起来。我无意知道穆罕默德五世是谁，他做了哪些事。过了马路之后，已经能够见到伊尔沙所说的皇宫，显然金碧辉煌，雄伟壮观，我却连一点点走近细看的兴致都没有，只是找了个路边长凳坐下，抬头望着市政厅的白色钟楼发呆。钟楼似乎是西班牙殖民地风格建筑，形制上与哈桑二世清真寺的宣礼塔倒有些神似。阳光很好，从这里看去的整个城市，远远近近的楼房，倒真有点全数"布兰卡"的感觉了。

站起身来，朝着喷泉所在的方向，漫无目的地散步，消磨时间。此时此刻，是我到北非的这些日子以来，第一次有"哪儿都不去也行"的无所谓感觉。旅行，追随"北非之星"的足迹，一个城市接着一个城市，夸父追日般的愚者游行：如此的找寻到底会不会得到某个真正的结果，又或者什么都没有？在北非，我似乎了解到与欧洲彻底不同的生活状态，像一条细长的源流般，从亚历山大一路流淌至卡萨布兰卡：水烟、司机、棕榈树、北非菜、宣礼塔、罗马遗迹……还有那些皇帝、革命家和继承者们各式各样的致礼和遗产。我追求的"北非之星"，或许也并不是生活表象，而是某些贯穿现世的遗存，藏在我如今一笔一笔记录下来的文字之间的某种东西。

走到广场正中，喷泉旁边的花坛那里。园艺人员在尖刺状的热带植物附近，精心种植了紫色的洋杜鹃、百日红和黄花石蒜，一团一团点缀得十分耐看。我见到一门被废弃的大炮，放置在花坛旁边，炮身用黄褐色的、仿佛是从哪个古罗马城市遗迹里搬出来的巨型方砖支撑。这门大炮没有任何说明或铭文，我第一时间想到了罗马人，然后是柏柏尔人、西班牙征服者、法国殖民者、纳粹、摩洛哥人……不止摩洛哥，像是整个北非浓缩的历史走马灯。不知哪个时代的青年，在炮身上涂鸦了各种各样的图案、文字，其中有枪、战争场面，有裸女、烈酒、说唱歌手，还有康乃馨、玫瑰这样的花朵——涂鸦层层叠叠，大部分斑驳掉落，也有一些是新涂甚至重复涂抹的。在这些涂鸦当中，我意外寻到一颗白色的五角星：仅此一颗，估计是用剪纸喷涂的方式弄上去的，因为边缘十分清晰、锐利。阳光正照在这颗五角星上，反射铸铁的基底，不像是白色，反而耀眼得像是阳光本身的颜色了。

　　这或许正是我要找的北非之星，谁知道呢？

微醉在安达卢西亚：转小城至乡间

酒庄之旅

那年夏天在莫斯科偶遇伊万老伯，说自己喝够了辣嘴烧胃的伏特加，做梦也想去安达卢西亚猛灌一顿雪利酒。

伊万卖体力为生，腿脚不利索，从未离开过普列斯尼亚区。酒鬼倒是真酒鬼，告诉我人人都以为伊比利亚半岛的葡萄种植和相关酒类酿造起源于安达卢西亚地区，这其实是不准确的，对那群一到半岛北岸便立即开始酿葡萄酒的凯尔特粗人来讲，不怎么公平。我问他，若去安达卢西亚，该先到哪块儿试饮，哪知老伯咕哝出一长串名字后，便即刻卧倒在吧台木桌上，任我怎么摇他肩膀，也再吐不出一个字儿来。

一醉几年，我忽而弄清伊万所说的多半是桑卢卡尔-德巴拉梅达（Sanlúcar de Barrameda）。某位在荷兰学品酒的朋友（名字不能写出来，遗憾）听我念叨这故事时，仅凭三五个支离破碎、浸着俄罗斯醉鬼口音的音节，便轻而易举地解答了微微困扰我多年的疑惑，甚至还顺带猜透了伊万老伯的心思：

"试饮这种事，肯定是非去当地不可。桑卢卡尔那边产的曼赞尼拉（Manzanilla）不错，不过，只在新鲜的时候才最美味。别说你在德国，哪怕离了安达卢西亚，味道都得减损个……唔，七八成吧。"

真有那么夸张？那倒非去不可了。

好吧，于是由斯图加特坐 ICE[1] 到法兰克福，再转飞机降落塞维利亚。住临近王宫的阿方索十三世酒店，找前台导游问桑卢卡尔该怎么走。

"谁去那地方啊，还是请多在首府玩几天，如何？"

但塞维利亚实在已经看遍，客气不得，只好不依不饶追问。哪知阿方索导游（偏巧也叫阿方索，跟皇帝同名）也很顽固，声称即使硬要往那个方向走，最好也别多在小镇逗留。从塞维利亚市中心乘班车到滨河科里亚（Coria del Rio）的码头坐船，沿着瓜达尔基维尔河一路向南，去到加的斯湾入海口的城镇，便是桑卢卡尔。以桑卢卡尔的码头为出发点，便可前往一般旅客不常去的安达卢西亚两大旅游胜地：多尼亚纳国家公园（Parque Nacional de Doñana）和加的斯市（Cádiz）。国家公园里有伊比利亚猞猁和帝雕可看，世界自然遗产，自然景致犹如将

1　Intercity-Express，城际快车。

美国大峡谷、北非和澳大利亚的种种好处糅合在一起；至于加的斯湾，不只帆船比赛厉害过巴塞罗那，沙滩也很值得一躺。

"还要去桑卢卡尔吗？"

"非去不可。"

"噢，想快点的话，租车也是可以的——走 A4 国道，到赫雷斯-德拉弗龙特拉（Jerez de la Frontera）后，转 A480 高速，一直开过去就是。快得很。"

真搞不懂阿方索是怎么想的，莫非这桑卢卡尔倒像是纳西索·塞拉多尔（Narciso Serrador）导演的那部恐怖片《谁能杀死孩子》（1976）里描绘的那样，是远道而来的游客们的噩梦不成？于是直接托他打电话租了辆手动挡的西亚特 LEON，从斗牛广场那边过桥，经塞维利亚外环上国道，一路呼啸到了桑卢卡尔，耗时一小时四十六分。除了两姊妹镇（Dos Hermanas）一带的收费站颇为折磨人外，其他一概爽快。

住在市中心叫 Los Helechos 的旅馆，二星级。地方很难找，且门前路窄，但有内院停车位，开车过来很方便，设备一应俱全。或许因为日晒强烈，房间个个用黑栅栏加白窗帘封死，坐在屋内一点意思都没，外面也一点不热闹。但一出酒店，迎面便是 La Cigarrera 酒庄的后门。它家出的酒在德国也有卖：兼带斗牛士和墨西哥风的红色庄名，标志是一位看上去凶巴巴的黄长袍悍妇。酒标上"曼赞尼拉"的字样，和我所住旅馆铭牌上用的一模一样，许是家族经营？反正，旅馆内招待的雪利酒，倒都是 La Cigarrera 出品的。

荷兰朋友张口闭口"曼赞尼拉",说来说去还是种特殊雪利——菲奴(Fino)和奥罗路索(Oloroso)中的一个变种(准确点说,算是种陈酿的菲奴)。闻名全球的雪利,和波本、香槟这些酒中豪门类似,都是因产地得名。"雪利(Sherry)"是西班牙语"赫雷斯(Jerez)"的英音异化,后者恰是安达卢西亚地区内因酿酒成名的重要区域:这一带的土壤中饱含石灰质,在此根据古法培养的巴洛米诺(Palomine)白葡萄便是酿制雪利酒的独门利器。

不过,毕竟地质条件只是石灰质而已,"赫雷斯区域"说大也大,最优秀的部分却正是由之前开车经过的赫雷斯-德拉弗龙特拉市、刚刚到达的桑卢卡尔-德巴拉梅达镇,以及陆路前往加的斯市时会路过的圣玛丽亚港(似乎不该说路过,圣玛丽亚港可要比加的斯有名得多了)所组成的三角地区——这一部分夹在安达卢西亚地区辖内最长河流瓜达尔基维尔河(正是前文提到的那条河:自塞维利亚那边缓缓流过来)和最有名的河流瓜达莱特河(当年穆斯林军队横跨直布罗陀海峡,击溃西哥特王国时,便是在此,史称瓜达莱特战役:该战役影响了整个欧洲历史进程)之间,水土自然肥沃。葡萄园每年的日照时间超过三千小时,糖分积累得悠闲自在。夏季和秋季的少雨季节里,该地区特殊的石灰质土壤会结成一层特殊的坚硬白色外壳,能够反射阳光,把水分保持在土壤深处,保护葡萄树免受干旱困扰。总之是得天独厚,十分了得。

近在门前的酒庄,自然该最先去看。从 Los Helechos 旅馆出来，左边 La Cigarrera 酒庄那纯白色的、奥斯曼帝国风格的高墙和黑铁栅窗，三株茂盛得仿佛具有动物般生命力的巨大棕榈树和修剪得郁郁葱葱的花坛。再往前，右手边两株结满果实的苦橙树，左边转，是伪装得如同教堂入口般肃穆庄严的酒庄正门。

开放参观时间上午十点到下午两点半，每半小时带队一次，讲英语和西班牙语，全年无休，周日除外——不仅 La Cigarrera，全安达卢西亚的酒庄大抵如此。若是午餐时间参观，试酒时多半还会顺带赠送当地下酒小菜，比如切成小块配乳酪的辣香肠、生火腿和血肠，等等，更厚道的，还有以番茄、黄瓜、青椒现制的特色酸辣冷汤。La Cigarrera 酒庄建于1758年，酒窖本身脏得可以，酒桶都是用了两百多年的"原桶"，桶面乌黑陈旧，结一层白色糖垢，光照上去没有半点光泽，层层叠叠摞起来放置，人少时看上去多少有些骇人。黄漆庭院的内庭，摆放着许多植物，又种植了爬墙虎，布置得倒算清新。听完酒庄介绍，坐在内庭的露天酒吧舒舒服服喝一杯新鲜的"曼赞尼拉"，那种惬意得仿佛可以置身时光之外的闲适感——准确点说，是仿佛能够与安达卢西亚所拥有的、某种凭借数千年历史酝酿的地域化特色的具象面对面交谈的快感，伊万老伯的梦想到底没错。

曼赞尼拉的酒精度数在15度上下，口味比一般菲奴要咸一点，干一点，入口带草香味，后劲很足，微微如杏仁般苦口，是属于成年人的复杂味道。离开 La Cigarrera，时间还早，又去了赫赫有名的 Barbadillo 酿酒厂——安达卢西亚最大的曼赞尼拉酒厂。实话实说，酒窖规模要比 La Cigarrera 大得多，桶虽然旧，但一点也不黑，高高的木梁天花板和规矩悬挂的白光吊灯使人无比安心。然而，大概因为葡萄在赫雷斯-德拉弗龙特拉的工厂里经过了机械处理的缘故，试饮的曼赞尼拉尽管新鲜，却有脱之不去的、冷冰冰的工业时代苦味。

为了强调"曼赞尼拉，每季饮用味道均不相同"的特点，Barbadillo 特地设计了四季不同的动物酒标。我在柏林机场的免税店里买到过印有伊比利亚猞猁的夏季版（秋季版的貌似是帝雕），去吕贝克吃鱼时打开喝了，味道实在和 Barbadillo 厂内亲尝的差了十万八千里。据说出口酒因为要确保保质期，会在装瓶前过滤，这就彻底丧失了曼赞尼拉的独特口感。故此，得证荷兰朋友所言非虚。

至于阿方索说没说错，这里就不得而知了。阿方索十三世酒店虽然想再去，却终究再也没去。如果他那句"谁去那地方啊"的感叹，是说小镇太小、生活无聊的话，我无论如何都没办法赞同。安达卢西亚西陲的那几个小镇，是我个人认为最与西西里岛南部居民生活步调相似的地方，尽管相隔千里，却意外具有某种细节上的一致性：包括阳光照耀的角度、美酒的气息、木质躺椅嘎吱嘎吱缓慢摇动的声音。

格拉纳达

安达卢西亚所辖地界，基本位于欧洲大陆最南端，直布罗陀海峡贯通地中海与大西洋，最窄处仅13公里之隔，位置险要，简直可直接拿来作为"兵家必争之地"的实例注解。因此，会被北非阿拉伯人占领、统治八百年之久，想想也是理所必然。"安达卢西亚"（Andalućia）这名字，本就出自阿拉伯语 Ál-Andalus，意为"汪达尔人的土地"——因为一帮反基督教的日耳曼海盗曾在那里居住过，并一度立国，作为征服者震慑整个地中海海域，而后又迅速销声匿迹，遗踪成谜。哈里发国会选用这一名字，似乎多少有些为当时宗教战争摇旗呐喊的意思在，具体是不是不知道，总之是格拉纳达某酒吧内一起喝酒的某位大学生在半醉不醉时信口搭讪告诉我的。

可不是么，格拉纳达。因为得知"最好的酒产自西边，运往东边"这一说法，便告别桑卢卡尔，回塞维利亚，换跑A92国道，直奔格拉纳达。途经无数小镇小村［在名为洛哈（Loja）的小镇上休息过］，最终在名叫 El Ladrón De Agua 的小旅馆住下，近旁是一家贩卖吉卜赛织物的小店，五彩斑斓。前后耗时共四小时二十八分。

且先不提格拉纳达，以小镇洛哈为例，说说遍布安达卢西亚的小镇小城。

与大部分之前看过的、以西班牙荒村为背景的六七十年代影片中的印象大不相同，至少安达卢西亚各处国道、高速附近的村子都是十分现代化的。包括完全按现代标准修建的（也即全球各地看去都差不多的）、全然称不上高雅美观的建筑，造得笔直整齐的标准双车道马路、国际标准指示牌和路灯（同样全球相似），其性质颇类似于尤以德国为代表的、力主在全欧完成"卫星城市"安居理念的欧盟第一梯队国家。洛哈到处都是六层楼高的平民住宅，白色或红色铝合金窗，配上防盗用的铁栅栏，墙面灰头土脸，空调装得乱七八糟，一楼尽是些让人完全没有购买欲望的杂货店、装修店、发廊、药店，等等，人行道偏窄，密密麻麻停满中低档的轿车和 MPV[1]。开车在路上跑着，时不时出现一两座某某某著名建筑师受市长恩许，噼里啪啦一股脑儿建成的前卫建筑，色彩鲜艳得仿佛从外星坠落的陨石，格格不入却又因习以为常而被当地人忽视。

从某种角度来讲，旧镇正在迅速死亡，历史久远的大城市如科尔多瓦、格拉纳达反倒更具历史韵味。我在洛哈一家外面种满苦橙树的小酒吧外站着，想到这一切，但西班牙人——无论中青老年，往往不至于产生如此想法。尤其安达卢西亚人，灵魂里不断跳着弗拉明戈舞，每天皆处于享受生活的巅峰状态，根本闲不下来，无暇思考关于时空、整体、发展方向上的大问题。在欧洲，那些过去由希腊人、最近由德国人负责忙活的事儿，安达卢西亚人很少关心，他们仅需要做两件事：表现自我，和维持自我。如此而已。

格拉纳达确实不赖，走在老旧、狭窄，因为飘窗、植物和凸出楼面的窄阳台设计而颇具魔幻感的街道上，忽而感觉路上很多地方大概一年四季都没有阳光直射。这时便想起莎士比亚

1　多用途汽车（multi-purpose vehicle），20 世纪 80 年代发展出来的新车型。

说雪利酒乃是"将西班牙阳光满满装进瓶子里"的神迹，大感不可触摸之物一旦因修辞而变得可触可摸之后的奇妙。

除热带植物，格拉纳达沿路意外地有很多梧桐树，配合石板路和四处都差不多的现代建筑，以及多少显得有些郁郁寡欢的行人们，造就出类似巴黎街头的错觉。为了反对这一误解，必须前往阿尔拜辛区（Albaicin）和萨克罗蒙特山丘（Sacromonte）晃荡一番才行：这两处表达格拉纳达多样性的地方显然对比强烈。阿尔拜辛老街几乎不种树，路窄得可以，且到处都是乱七八糟的涂鸦。买不起涂鸦喷筒又渴望表达的青年，则使用粉笔在石墙上画卡通机器人、五角星和比例不太对头的旋涡。连商店橱窗、装饰、灯光、立体字，等等，也统统走起波希米亚式迷幻风，五颜六色、光怪陆离。站在十字路口不知如何是好的情况（准确点说：走哪个方向都有不祥预感），在阿尔拜辛屡见不鲜。若将所有都市流行文化带来的坏影响一次性除去，这一带倒有些类似那不勒斯和巴勒莫的街景：旧的欧式黑漆路灯，鹅黄色墙面及造型简朴的地中海风格教堂，小广场阳光足以将游人晒得意乱神迷。

萨克罗蒙特山丘则维持了吉卜赛人营地的旧态，除了白色穴屋和矮窄门窗，树木多得惊人，但热带类型却几乎没有（仙人掌类除外：过某道拱门时，甚至能看见成片的仙人掌田），配合远眺的山丘及葡萄地，是一种结合了爱琴海小岛和海德堡城堡俯瞰风情的风景。只是，这里的白色，相比希腊而言要陈旧得多。

有了如上所述的漫长铺垫，在走进吉卜赛人洞穴之后，突入而来的传统弗拉明戈洞穴舞甚至会带来某种怪异的时空错乱感：全部观众效仿吉卜赛人的方式，围坐在狭小房间里，中间空出大概能容两三人并排躺倒的表演空间。穿着如火烈鸟般绚丽的吉卜赛舞者在吉他伴奏声中起跳，而裙摆就在你眼皮底下飞扬。四处墙上挂满吉卜赛风格的旧照片和绘画，屋顶则高悬传统黄铜器皿，包括盆、杯和酒壶等。灯光是一览无余的明亮暖黄，被黄铜器皿如无影灯般反射到狭小、拥挤洞穴中的每一个角落，而琴声和舞者的歌声，更是毫无缝隙地围绕观众。看完这一个多小时的表演，喝一杯随赠的小酒，整个人都要临近虚脱。

阿兰布拉宫和大教堂，大家都去的地方，看不看倒是其次了。我个人感觉，格拉纳达目前的城区气质更倾向于吉卜赛，久远的伊斯兰遗风正在缓缓消散。

典型安达卢西亚人

若需请我区分德国人和西班牙人，必定乐意效劳，因为那是一目了然式的简单：西班牙女人妩媚修长，男人火爆热情，多少带点居住在北非殖民地的欧洲移民感觉（不觉想起卡萨布兰卡）。但若请我区分安达卢西亚人和其他地区的西班牙人，则到底有些强人所难。说他们是"西班牙人中的斯巴达人"恐怕微妙，性格上讲比巴塞罗那一带人温和倒是事实。吃饭没北方同胞讲究，海鲜爱跟蘑菇配，面包硬邦邦，火腿好吃得紧，都算特色。对了，他们那边也做油条，炸出来是旋涡形状（因为是将揉好的明矾面挤进大油锅中成型的），蘸巧克力吃：并非主食，纯当点心。

总是如此。去西西里的时候，分明能捋清卡塔尼亚和叙拉古人的区别（巴勒莫和墨西拿人之间自不必说）；就算是在安达卢西亚，马拉加和科尔多瓦人之间也感觉有差异。可这些感觉，仔细思量却发现是城市本身作为背景强加给我的、类似底噪性质的东西。某个不特定的塞维利亚人，与某个不特定的桑卢卡尔人之间，恐怕终究也没多少不同。在科尔多瓦犹太人街上买挂碟纪念品时，有位老者用半熟不熟的英语找我搭话，一听说我德语地道，便马上转用地道如普鲁士出生的犹太人般的德语跟我交流起来。不过，倒也不是犹太人——他是真真正正土生土长的安达卢西亚土著西班牙人。

"安达卢西亚人，具体是怎么一回事儿？"我问他。

"这个嘛……唔，各种人都有，说不好。不过，这边靠海，靠南方，没准有些南方人的通性：皮肤黝黑、个子较矮、心态好、市井、会做生意——正如克里特岛之于雅典，香港之于中国。"

香港，没错，例子是不错。我似乎明白了一点，但仔细想想，却仍旧是一头雾水。借由博览旅行、电视节目、广播音乐、互联网络的帮助，欧洲年轻人的想法，尤其是大学生们的想法，逐渐趋向于"泛欧洲化"——从直布罗陀到冰岛，将语言无碍的任一孩子抛到欧洲任一城市待上一阵子，都能够很好适应当地环境。诚如前文所言，城市（尤其是新兴小镇和城市的新区）逐渐变得缺乏个性，欧洲的个性（包括安达卢西亚地区的个性）目前尚由老城固守，但老城同样在逐渐衰老，被如格拉纳达街头涂鸦一般的某类态度上强势的文化或现象所掩埋。

我最后去的一座安达卢西亚城市是加鲁查，小镇、东岸、地中海、沙滩、旅游胜地，人口不到一万，一多半是渔民，其余则多是酒店和餐厅经营者和码头工人。这城市的小楼房也五六层，和在洛哈以及许多沿途小镇上见过的没有不同（海滩酒店当然不错，尽管淡季时形如废城）。夕阳西落时，成排新漆的小船、大批棕榈树和晒成橙色的居民楼立面，不知怎的竟带有些许毛里求斯或者牙买加风情。

懒得再多想，照例找一家人多、拥挤、混杂汗臭味与飘着海盐腥味的小餐厅吃饭。不要雪利了，来一扎啤酒，冰镇的，附赠"塔巴（Tap）"一份：这次是夹了小片黑脚猪生火腿的汉堡。方才在鱼市上，见新捞的小乌贼不错，身体红得像玛瑙，眼珠鼓起，触腕乱动，莫名其妙买了一斤。现在找酒吧厨师炒起来，用的理所当然是哈恩省产的初榨橄榄油、大块自晒海盐、现磨胡椒和醋，鲜爽得让人恨不能马上"跳海"，此生无憾。

自带海鲜请餐厅厨师帮炒，一般不收钱。觉得不好意思，多叫上两扎啤酒便是。南方人果然会做生意，安达卢西亚终究是个不容小看的地方。

图书馆朝圣

大英图书馆在倒塌

看题目也知道是对戴维·洛奇老爷子那本《大英博物馆在倒塌》的戏仿——尽管 *The British Museum is Falling Down* 也是对儿歌《伦敦大桥垮下来》(*London Bridge is Falling Down*) 的戏仿。大文豪博尔赫斯有云："天堂是图书馆的模样。"说是如此，但这座天堂图书馆的形貌，终究得跟阿根廷国图有七八分相似。南美我至今没去过，遗憾。大英图书馆倒是去了的，是位于伦敦圣潘克拉斯区（St Pancras）的新馆，名声在外，地上地下总计十三层楼高，号称馆藏品超过一亿件，藏书一千四百万册，排在号称全球藏书量最大的图书馆美国国会图书馆后面。无奈实际在场的感觉，除了"可真是够大的啊"，就别无其他了。

可不是吗，千里迢迢坐"欧洲之星"从英吉利海峡隧道过来，除了在贝克街 221B 买些乔装成烟斗形状的稀奇古怪纪念品，最想见识的无非是大英博物馆内金碧辉煌、雄伟气派的圆形阅览室（Circular Reading Room）了：蓝白金三色在巨大穹顶上的等分运用，多少令人无来由地想到白金汉宫和 Wedgwood 牌火山岩瓷器。穹顶高达 32.3 米，阅览室直径为 43 米，相当于把半个标准足球场用十层楼高的半球形罩子给整个罩起来。19 排阅览桌一字排开，可供 300 多人同时埋首苦读。可惜，四周如栅栏般环起来的三层书架，加起来不过七米多高而已。便是此种雄赳赳震慑至上实用至下的建筑类型，某位尚在研习中的建筑师朋友说得漂亮：堪称空间浪费的典范之作。

这圆形阅览室其实就是之前大英图书馆的所在地，所谓旧馆。

大英博物馆的历史开始于 1759 年。当时，由英国国会向公众募资修建的蒙塔古（Montague）大楼成立并正式对公众开放，堆放已故收藏家汉斯·斯隆爵士一生搜集而来的七万多件藏品。这些藏品中有不少珍贵的文献书籍，被馆员们分类收藏在蒙塔古大楼内的文献阅览室里，堪称大英图书馆的雏形。到了 1824 年，因为大不列颠军人在全球各地的搜刮行为日益猖獗，带回首都的文物宝藏不计其数，蒙塔古大楼内部堆得拥挤不堪，文献阅览室也已塞得满满当当。博物馆方面委托建筑师罗伯特·斯默克（Robert Smirke）爵士（此人堪称十九世纪英国新古典主义建筑旗手）在旧大楼北面修了博物馆新楼，也即今日闻名遐迩的大英博物馆建筑群。

据圆形阅览室内闲着无聊的年轻见习馆员路易莎小姐八卦，罗伯特爵士在设计新楼时并未考虑扩充文献阅览室的面积，不过在原有文献馆基础上加修了两间中等大小的缴送书本收纳房而已。1709 年由英国皇室颁布的《版权法案》中，强制要求大不列颠的每本出版物都必须向文书厅呈缴九本，自蒙塔古大楼时期起，大英博物馆阅览室也需负责收纳其中一本（官方授权则要等到 1911 年）。十八世纪初期，出版物少且昂贵，出版商们也常常无视《版权法案》，延迟或根本不上缴新书，阅览室每年入库的藏书总量，不过百余本而已，难怪爵士要如此设计，腾出地方来摆放各地送来的异宝奇珍了。

哪知工业革命前夕，出版物竟莫名其妙地丰富起来，包括拉尼米德《大宪章》(1215)、古登堡《圣经》(1454)等古卷也需要更好的存放条件。固执坚称"纸张书本什么的，要得了多少空间呐"的陈词滥调已彻底过时，博物馆方面又延请建筑师悉尼·斯默克（Sydney Smirke）修建了如今的圆形阅览室，专门用来存放手稿、贵重书籍和一般出版物。有趣的是，这位建筑师恰恰是罗伯特爵士的弟弟。

更有趣的是，自 1973 年起，英国正式立法规定大英图书馆成立作为国家图书馆，一切受版权保护的、在英国出版的书籍，按照《法定送存法》规定，均需向该馆投递至少五本。而此时圆形阅览室早已不堪重负，光是古文献都没处摆了。

于是就有了文首提到的圣潘克拉斯新馆。实话实说，由建筑师 Colin St John Wilson 先生殚精竭虑修建的这座红墙黑瓦、

图书馆朝圣　113

略用白瓷砖装饰点缀的现代主义庞然大物，和斯图加特的州立美术馆新馆之间，有着某种微妙难言的、形式上的一致性。且不使用难于捉摸的建筑术语去归纳，按偶然在圣潘克拉斯地铁站北口小咖啡店里遇见的某位庶民的审美观点看，是这样的：

"那鬼房子造得跟个新式监狱似的……嘛，说好听点，像个老式火车站吧，或者贵族中学、火力发电站——唔，总之除了大就一无是处。"

这番评价刻薄得还不够彻底。实际上，关于新馆，尚有两则全伦敦路人皆知的逸闻段子（同样是由路易莎小姐八卦给我听的）。其一是在1998年6月25日，图书馆隆重开放，女王亲自过来剪彩，剪完彩由随从陪着去趟厕所，出来竟找不到路了。因为新馆刚开，负责引路的志愿者们也跟着迷路，一大帮子人在馆内四处乱转，花了两个多小时才从"书架迷宫"中逃脱。次日《泰晤士报》上的报道也堪称绝妙："女王在新图书馆内流连忘返。"

其二则需回溯至1996年底，第一批馆藏书籍抵达图书馆，各界名流受馆方邀请前来，见证这历史性的一刻。入馆仪式结束后，客人们陆续离馆，此时，某位工作人员发现有位老先生似乎是迷路了，犹犹豫豫，不知该往哪条路走为好。负责的员工赶紧过去搀扶着他，带他出了图书馆。

这位迷路的老先生，正是该馆的总设计师Colin St John Wilson。

整个二十世纪里全英国最大的公共建筑，便是这么回事。

正门也丑陋：笨拙的立方体红砖结构、廉价的馆名字体（那个变形的定冠词"THE"尤其败兴），搭配镂空金属雕刻，最终压抑出窄小的入口，形状令人想起柏林的大屠杀纪念堂。走进去，站在新馆外有着爱德华多·包洛奇（Eduardo Paolozzi）所制牛顿铜像的宏伟格子广场上抬头张望时，发现墙面太多窗户太少，不由得担心室内照明会否不佳（后据考证，少窗是为了遮阳，以便保护书籍，竟是好事）。但真正进去了，却又感觉还好，阅览室环境也还舒服，遂问管理员能否办借书证。

"您是外国人吧，没英国本土地址不行的，抱歉。"

罢了罢了，书多也没什么意思（何止，甚至连广场上的牛顿像也被德里达式的解构主义拼贴整饬得像个正在膜拜神秘圆规的机械木匠了），还是转车回圆形阅览室小坐吧。

说起小坐，不觉想起伍尔夫、狄更斯、列宁、马克思都曾在这同一穹顶之下小坐过。此时斜靠在以蓝金二色装饰的靠背皮椅上，抬头望一眼满架古书，故人旧影即如鬼魅般与现实光影重合。计算一下百多年前伍尔夫小姐在这说大不大的相对空间内端坐我身旁的概率，某种难以言明的、超验主义的肃然感蓦地自骨髓中涌起，身体凛凛寒战，心里觉得："果然，图书馆还是有点历史感为佳。"

将这主张告诉闲得发慌的路易莎小姐，她却来了兴致，反驳我道：

"早翻新过几次了，看起来旧，其实都是新东西。比如这带轮子的靠椅，旧吧，也不过十年历史，坐垫衬木上有钢印为证。

图书馆朝圣

且不论细节,就拿整体看,没准圣潘克拉斯那个还更旧些也说不定。历史历史,主要还是那种感觉,对吧——比如海盐的西涧草堂、宁波的天一阁、瑞安的玉海楼、余姚的五桂楼……"

英音眨眼变成字正腔圆、一字一顿的普通话,说的都是江浙一带当地知名,但对普通外国人而言明显冷僻无比的家族藏书楼,我惊得说不出话,仿佛莎士比亚、王尔德、艾略特、简·奥斯汀同时回魂,齐刷刷站在我面前似的。

"噢,忘了说,我是剑桥东方学部的。"

东方学博士也不过当个见习馆员,看来这大英图书馆,一时半会儿是倒不了的。

往西西里去

伦敦归来后,坐在德国科学院金属所内部图书馆的大书桌前时,有个疑问总在我脑海中萦绕回旋,挥之不去:

一座图书馆的价值,到底体现在哪里呢?

体制规章上讲,全球各地的图书馆(尤其欧洲)其实都差不多:凭借书证一次可借几本到十几本,三周到三个月一续期,续期两到五次,逾期不还罚款,形式之外,无非数值上的差别。又比如几家大馆甫一推行"24小时无人还书"制度,便一股脑儿都贯彻此项体制。网络时代兴盛后,免登录的资料库在线查询系统几乎成了图书馆标配。相似的还有远距离文献传递、馆藏数字化、网上借书、全国馆藏索引、全球信息资源共享等等服务，一有百有。大到伦敦大英图书馆、埃及亚历山大图书馆，小至我所在的科学院内部图书馆，所能提供的服务大体保持一致，仅有的差别不过书多书少、馆藏专业性偏差而已。

以此观之，"图书馆"概念并不像是某种相对时间而言几乎静止的简单定义，反而更倾向于一系列随科技或潮流扩充、变化的系统标准：只有达到并维持在某一标准之上，方可被冠以此一档次的"图书馆"名号。社区、研究所、大学、地区、城市、国家图书馆之间的等级划分，不可谓不森严。大英图书馆2009年公布的全年运营经费高达1亿4200万英镑——维持世界一流图书馆的行业标准，即便是公共项目，也不是闹着玩儿的。

至于各自引以为傲、印在小册子上的稀有馆藏——比如大英图书馆里，莫扎特的乐谱原稿、顾恺之的《女史箴图》、古埃及《亚尼的死者之书》，等等，寻常参观者们至多隔着足有手掌厚的防盗玻璃远眺一两眼，还不如在图书馆的网络资源库中看扫描件真切、实在。仅可远观的荣耀，跟可以拿在手里阅读的"馆藏"基本上没有交集。甚至当年英王乔治四世捐赠的大批皇室藏书，如今也被摆放在巨大玻璃罩内：美其名曰"国王的图书馆"，却仅将书脊朝外，供参观者们考究书名、装帧和品相罢了。就算是文史方面的研究人员真有需要，也必须向馆方上交申请，层层审批过后，才允许在馆员的全程监督下小心翼翼地阅读——不得影印、不得拍照、不得擅自带离阅览室。

珍贵书籍类藏品，与其收在图书馆中，倒真不如安置在博物馆里。凡此种种，照路易莎小姐的说法：也就那么回事吧。

因为工作缘故，我常在科学院图书馆网络中利用索引词寻找项目所需的参考文献，一旦见到似乎合适的摘要，便马上请馆员米勒夫人帮我致电相关图书馆索要文献全本影印件。既然能在网上找到，对方基本上也就予取予求。我因此陆续收集到诸如 1971 年列宁格勒大学的俄语文献（幸好所需的只是图表）、巴塞罗那大学战时收缴的军方研究档案等等来源上可说是千奇百怪的资料。唯独一次资料收集被拒的经历，是来自西西里岛卡塔尼亚大学图书馆的管理员，理由说奇怪也奇怪：

"这个不能给，有摘要也……反正就是不能给。"

神秘到连米勒夫人也只能耸肩摇头的地步，同时也使我好奇到难以释怀。随手调查了一下，发现卡塔尼亚大学来头甚是了得，始建于 1434 年，由奄奄一息的尤金四世教皇亲自颁布圣谕承认，在"全球历史最悠久的大学"中排名前三十，也是西西里岛上的第一所大学。拒绝给我文献全文的大学图书馆，历史同样长达五百多年，是不是西西里岛第一不知道，但肯定比大英图书馆要悠久得多。

千思百虑，不如一见。于是直接买了柏林航空的票，自斯图加特坐飞机经苏黎世至那不勒斯（偷闲在那不勒斯待了两日），再转速度并不很快的 ETR500 快车抵达卡塔尼亚城（中途火车开上了船，慢悠悠一边看两岸风光一边靠岸墨西拿，重新接轨）。以卡塔尼亚标志"象门"（Porta Garibaldi）为起点，向着大教堂方向徒步走，看到"Collegiata"[1]路标，立即拐入小巷，走十分钟便到了大学。

西西里岛意大利语可真没办法应付，半句也听不懂。所住Casa Tina Maugeri酒店义务跟过来帮忙的前台小哥，英语讲得稀烂，德语勉勉强强，一路折腾比画下来，除了知道名字叫巴雷西（Baresi），其余一无所知。一见进了大学，他又咕咕哝哝了一堆：阳光很好，波兰建筑师Stefano Ittar在1758年设计的西西里巴洛克式教学楼外墙华丽漂亮，立陶宛风格也不错之类的，当时自然是不懂，可事后小伙巴雷西热情地将介绍文字配上照片，用邮件给我发了过来（确实，西西里人都这么热情）。虽是意大利母语，拿翻译软件捣鼓一番之后，结合亲身经历，竟也能明白个七七八八。此处撰文为免描述烦琐，姑且假设他讲一口流利的汉语得了。

"如此这般，教学楼外墙是Stefano Ittar最有名的建筑作品了，可知道？"

"内饰部分呢？"

"前厅的内饰用了对柱，拱的设计相当精彩。看那些肋的部分，由功能至上上升为装饰至上了。不过，可不是Stefano的设计，内部是由建筑师Antonio Amato和耶稣会教士Angelo Italia共同完成的。然后……"

"唔，图书馆在哪儿？"

---

[1] 此处指仁慈之母圣殿。

"这里。"

进去是一间如德国室内旧货市场般感觉的阅览室，照明仅凭垂下来的简陋吊灯，光线不甚理想。靠墙一字排开六七层分隔的巴洛克式白色书柜，全部带锁，书柜上又是乏味的白墙，稀稀落落挂着些辨不清身份的名人像，以作装饰。供读者用的椅子一看即知简单廉价，书桌也一看即知：颇有历史，非大英图书馆那些翻新仿古货所能比。

没什么年轻人在读书，看书的都是些在北非也需要穿毛线衫的老教授。看的书同样很不一般，全是些四开本烫金皮面精装的古籍，三四本摞在一起，翻页都得费半天工夫。一些极古老的希腊、罗马文献，收在两重柜门的古书柜中，上了三道锁，依稀看得见书名，却不好读懂，问巴雷西，也不知道。当值的图书管理员见我在柜前似有觊觎，赶紧过来要求验明正身。巴雷西取出一张临时印刷的导游证，那位明显是兼职大学生的管理员只是扫了一眼，并不买账。无奈之下，我只得掏出科学院的身份卡。哪知她一见到学会的密涅瓦女神徽标，便明白过来是怎么回事了：

"竟然是……噢，追文献追到这里了，德国那边研究所的经费，有这么充足么？"

说的是标准的意式德语，简直太好了！

姑娘名叫乔凡娜，意语文学研究生，主攻西西里小说方向。她说自己的婶婶原是这里的管理员，前段因为某起"渔民暴动事件"受了伤（"渔民暴动事件"具体怎么回事，至今也不清楚），不得不在家休养。她是临时过来做兼职的。

"所以，不愿递交影印件是怎么回事？"

"那个……传真机不会用，唔。"

所以，就因为对方的代工馆员不懂如何发传真，不得已而远行两千公里吗？这情节倒真堪比西西里小说了。倘是纯为文献而来，听到这回答，不止口中无话可应，心中也自然叫苦不迭。

"别忧心，哎，其实是来旅游的——顺便过来问问。呃，可以让我试下传真机，把文件传回研究所吗？"

结果却仍是"不行"。因为这所图书馆中，履行一项相对封闭的分类规定：凡是归在ST类的文献，除了校内相关项目的研究人员，是不允许对外共享的。不过，为了奉行意大利教育部的大学联合规定，摘要部分必须共享。而今，西西里岛的全部大学都在努力全球化，可毕竟大部分学校的历史悠久，各自多年来奉行的规定大相径庭，"学术无国界"进程完成得也有些不甘不愿。不知为何，我却觉得乔凡娜们这种稍显死板的作风，尤其可爱。

"图书馆"概念的无门槛趋势，诚如大英图书馆这样的，将所有出版的书籍都纳入馆藏，每位公民都可以办证借书，所有资源全部网上共享——如此对传统图书馆机构的去形式化，究竟是否算是一件漂亮事儿呢？方便诚然是足够方便，以往象牙塔高门槛的消亡，也令不少笃信"知识是白白地得来，便也要白白地舍去"这种类似福音传道性质理念的人们由衷高兴。但细细一想，倘若图书馆在形式上消解了自身，"图书馆的价值"又凭何体现呢？诚如路易莎小姐所言："大英图书馆搬出了圆形阅览室，一半人认为它仍在这里，另一半则认为它在那里。"前一半人认同载体，后一半人认同内容。从已落笔的文字中可知，我是不喜欢新载体的——我的"不喜欢"，大约正体现了"图书馆"概念的价值，它恰恰形如如今纸质书与电子书之间各有倚重的对峙。旧图书馆和纸质书均隐喻那些因为科技发展，已可被逾越却坚持不去侵犯的边界，它多少有些类似于社会关系中的道德边界：它的价值，在于其所承载的不可割裂的历史本身，也即传统。

说回卡塔尼亚大学图书馆，据乔凡娜所讲，前厅里藏了不少小说家乔万尼·维尔加（Giovanni Verga）的手稿真迹，正是她研究西西里小说时需要的。不仅如此，走过相对狭窄、格局与前厅类似的中厅，可以看见里间的大书架区——里面全是那种需要用到扶手梯的、足有四米多高、密密匝匝摆满古书和珍贵文献的书架群，但门外却很不友善地安上了数字锁。显然，此处令爱书人心有戚戚焉的圣地，同样是"闲人免入"的了。

虽说原则上喜爱这可爱的封闭，身临其境，到底还是感觉遗憾。我和巴雷西向乔凡娜道谢、告别，去了校园的中庭，这里如墨西哥城市般种满了巨型仙人掌和棕榈树，阳光好得一切都似乎要黯然失色。

"这样的图书馆可好？"我问巴雷西。

"我中意有原则的地方。"

多少有些答非所问，可一细想，似乎又别有深意。

眨眼回了德国，余兴未消，又去拜访了一趟斯图加特大学位于法伊英根的图书馆：与圣潘克拉斯新馆一样，是典型现代建筑，但却十分友好地用玻璃包围起来，采光极好。里面坐满国籍、院系各不相同的学生，书堆得到处都是，有新有旧，就随便摊在阳光下受着照耀，感觉分外亲切。

突然想到，书的毁弃，大约同时亦是书的重生。

不如自己开家图书馆

鉴于所见各式各样图书馆都难以令人感到满意，加之欧洲待得久了，平日嗜好买书，藏书逐渐丰富，终于决定主动开一家私人图书馆得了。

一旦决定就立即做起来：将十来箱原版书托DHL空运回国，连带自己也捎了回去。成立公司，注册机构，并联络相熟的媒体、出版社和文化公司，在各个相关方面予以协助。

私人图书馆这一概念，在老欧洲由来已久，意义上基本相当于中国民间的藏书阁，实际是私人藏书家安置众多藏书的别馆，分门别类，并雇专人看守管理。历史上大部分著名的私人图书馆，皆是不对外人开放的，或等藏者故去，后人便遵遗嘱，将藏书烧毁、散掉，或捐给大大小小的公共图书馆，扩充馆藏。这些依靠私人渠道、口味和财力建立起来的图书馆，馆藏丰富度自然无法同大型公共图书馆相提并论，可公共图书馆往往着眼于齐全,却在不觉间失却了个性和深度。相比之下,私人藏书家的收藏却可说是独一无二、颇具特色。

例如英国藏家莱昂纳多·斯密瑟斯(Leonard Smithers),专注于收藏情色书籍。王尔德是他好友,曾感叹"只要跟女人相关的,他都有收"——限于格调,这些书当时的大英图书馆断然不会收录。而莱昂纳多家书楼的布置,据王尔德的说法,亦是奢侈荒靡的做派,与正气凛然的圆形阅览室对比同样鲜明。收藏家约翰·柏格弗,别的不收,仅将古籍扉页裁下来作为珍藏,经年累月,所收集的扉页装订起来竟有百多册,可见身后所余的残本有多少。至于中世纪泥金手抄本,每卷都是世所罕见,巴黎一位开旧书店的藏家,竟一次展出百余卷,且均为珍品,单就手抄本这一领域的收藏,十个大英图书馆也比不上了。

我要开的私人图书馆,却并不打算走"别处不存、唯我独享"的收藏家路数,其形式更倾向于一个"罕本书楼"与"类型书图书馆"的交融,以收费会员制的模式向社会开放,所收取的会费,除了维持书馆日常运作,其余全部用以购置馆藏——确切点说,会员想读什么,我们便购入什么。不论新旧,合理范围之内,不计成本(也因此,小馆至今仍保持在馆长长期贴补的状态下。亏损倒是没怎么亏损,会员普遍喜欢,名声也在外)。

如今民营书店竞争不过网络书店,一家接一家倒闭,整体经营难以为继。究其原因,无非是单本价格缺乏竞争力,顾客在比价之后主动投向具有绝对价格优势的网店。书店的"售书"

功用，在未来必将完全褪去，利用旧有藏书，转型成为一家私人图书馆，或许是身处这一时代穷途末路的书店经营者们最为理想的解决之道。至于另一条路——那些以读书为名、行贩卖咖啡糕点之实的"书吧"们，与"阅读"本体之间相距太远，不提也罢。

自己的私人图书馆，最终选在武汉市江汉路步行街旧英租界区一栋百年洋房的二楼，开张初期馆藏有一万多册，原版两千册，其中有不少国内罕见的德语古籍珍本。一年下来，馆藏陆续增加至一万四千，原版也超过了三千，并额外开辟了手冢治虫专区，专事搜集手冢大师的绝版漫画。

内部环境方面，致力于保持百年古宅的原貌（算是考察过圆形阅览室的结果），选古朴雅致的巨型沉木画桌为阅览桌，楷模风格配以大马士革花纹的软靠背椅，搭配许多欧洲各地搜罗来的古董、挂碟、浮雕酒杯和佳酿红酒……倒不是想效仿王尔德奢靡旧友的做派，无论如何，一切以读者的舒适为优先考虑——国内公共图书馆那吵吵嚷嚷、灯光惨白、形如大学自习室的阅览间，阅读环境是无法同私人图书馆相提并论的。

说回藏书：珍本讲究品相，自然不能按寻常图书馆的贴标插码制度来处理。哪怕只是在书脊贴一张分类标签，往扉页上盖一方馆藏印戳，对藏书造成的损害也是永久性的。既然不是作"唯我独享"的自私考虑，便须尽力保存书籍出版时的原貌，1971年之后欧美出版的图书，全都印有 ISBN 国际标准书号，馆内便以此书号作为建立数据库索引的依据，用条码枪扫过即可完成借阅、归还等日常。之前出版的藏书（尤其是十九世纪珍本），权衡再三，使用了书名简写录入的方式：取书名单词首字母加编号，索引起来也很方便。大部分图书馆均有"古书不外借"的规矩，小馆亦如是。

如今小馆在德文原版书、欧洲古籍珍本、手冢治虫漫画这三个方面的藏书质量，即使号称可与国图一较长短，也不算夸口。此种类型的书馆，虽然乍一看来，似乎是新鲜事物，国内仅此一家，但说到底，终究还是老藏书家的调调：看准某个领域，深挖进去，动用各种手段，一门心思收集——这正是众多公共图书馆的软肋，也是付费私人图书馆的生存空间所在。

爱尔兰 Vision

引言

"喂,爱尔兰怎么样?"偶然在开罗遇到的都柏林中年绅士,在某个热得要死又枯燥无聊的约莫午后两点时分,没来由地问出了这么个问题。

不是身临其境,读起来当然不觉得这问题有什么了不起。然而,我可是几乎一辈子都在跟这种敏感又棘手的玄问较量着。仿佛听过恩雅演唱会后,恩雅突然不动声色问你一句"说说,我唱得如何?"或者,被都柏林哪支酒吧摇滚乐队的贝斯手当街拦住,满嘴酒气、莫名其妙地狠狠质问"都柏林的乐队,给个评价吧。"甚至——设想一下,被穿格子裙、戴黑色熊皮帽的爱尔兰风笛队老笛手们团团围住,大声喊问:"怎样,咱们的风笛,可不比苏格兰的好些?"倘使遭遇如上种种情况,却又实在对凯尔特人们引以为傲的各类音乐毫不感冒,该如何诚实作答,才不至于显得像是在往他们满胸满怀的炽热骄傲上猛泼冰水呢?

"爱尔兰,不错,挺好的。无论哪方面都……唔,不错。"我泛泛然地答了这泛泛然的问题,呷了口当地原产、味道腻歪歪的 Stella 啤酒,霎时感觉口中泛泛,身心俱疲。

"想到音乐了,对吧,爱尔兰音乐?"绅士抹了一把额前干掉的汗盐,挥手甩在黄如沙漠的酒馆地板上,"嗐,不过,我可真讨厌我们国家那劳什子音乐。也不知算不算是时代肤浅的结果,现在无论哪里的人,只要一提起爱尔兰,便开始大谈恩雅、都柏林乐队和风笛。仿佛去趟爱尔兰,只带耳朵就够了——喷,显然是远远不够的……"

虽然之后就莫名其妙地转而聊起远比 Stella 好喝的 Sakara 啤酒,但绅士的这番感慨却实在是深得我心。若说我对 U2、西城男孩、奥康娜或者罗琳娜·麦肯尼特素来深恶痛绝,也未免显得太假。实话实说,是"不喜欢也不讨厌",仅此而已(对世上很多事物,也是这种态度)。然而国内也是一派绅士所说的"时代肤浅"的风气——随便抽一本旅游书或者杂志出来,凡是谈爱尔兰的,或多或少都得"音乐"一番,仿佛不如此便无法体现出这岛国的本质。然而国家本质真可仅凭一两个方面来凸显吗?某方面过于霸道,是否其他低调但美好的方面,反而会被遮蔽住,令外人不觉间得到自以为全面的片面印象呢?

那么,这次干脆以视力奇好无比,但音感却糟糕透顶的音盲视角，去好好审视爱尔兰一番吧。

如此这般，题目似乎就应该定为《爱尔兰视觉》……但这么一来，又容易造成"内容强调设计感"的误解（实际上，跟设计感根本毫不沾边）。是吧，"视觉"到底还是被动了些，所以——不妨将"视觉"改为"Vision"算了：糅合思考和想象力，估计更贴近悄无声息的爱尔兰原色。

而我所窥见的"原色"，恰恰是爱尔兰国旗上的橙、白、绿三色。请勿担忧——因为，这种感受上的契合，跟新教天主教，或者和平战争之类的原始定义毫无瓜葛，纯粹属于与情绪宣泄方面的色彩心理学对应。用这三种颜色，足可以为爱尔兰绘一幅细致生动的肖像特写了。

无论如何，既然是爱尔兰，就请容我先呷一小口 Guinness 黑啤，方便如下娓娓道来。

橙色：狂欢的历史记忆

七年前，坐在飞往都柏林空港的颠簸客机上时，我对爱尔兰共和国几乎一无所知。除了知道守财宝的彩虹小绿妖 Leprechaun 是来自那个岛国的传说——但那也已经是一千多年前的典故了。乔伊斯笔下的都柏林于此时此刻毫无帮助，萧伯纳的话真假难辨，叶芝和贝克特的诗主打现代、华丽和大欧罗巴共性，统统无济于事。至于音乐……这次不谈音乐，于是再无话可说。

爱尔兰航空回爱尔兰的班机,除我这别大洲出生的过路客以外,坐的大约全是本地人。客机才刚刚掠过伯明翰,躁动难耐的心情便从座椅四面八方呼啦啦弥漫了过来。你们懂这种躁动:虽然悄无声息,却仿佛能听到周围每个人的心跳频率都加快了不止一倍。欧式理性与公共场合礼仪,像疯人院里的束身衣一般,禁锢住乘客们的身体、声带和面部表情,让爱尔兰旅人们一眼看去"尚属正常"。但这却绝非事实:包括邻座大叔解开衬衣领口的姿势、金发小女孩儿手指摆动的节奏、空姐推着过道车经过时的步幅……一切细节都指向某种故意不言明的躁动。

陌生人腹诽多疑,却又不便多问。抬手看了眼手表:3月17日,星期五——丝毫无助于解惑。等到飞越圣乔治海峡时,邻座竟兀自哼起未听过的小曲来。上午11点24分,客机从名为Woodbrook的高尔夫俱乐部东岸(那地方紧挨风景如画的Bray镇)进入都柏林大都会区,大略沿着M50高速一路曲行向北,画一遍都柏林全城的轮廓线,徐徐减速、出轮、着陆。起落架触地时的颠簸感,与满机爱尔兰乘客们雷鸣般的欢呼声和掌声,差不多同时响起。机身停稳、出舱口对接完毕后,又是一通震耳欲聋的喝彩。

实在无法理解这帮王尔德同乡们过于炽烈的亢奋心,不过阴雨天的阴郁感倒是一扫而空。

就这样稀里糊涂出了机场,搭出租车去市中心。一路基本通畅,但靠近利菲河北岸时就不行了:黑压压一片人山人海,远方鼎沸人声,像是在举办大型游行。车在 Dorset 街时已走不太动,七拐八拐地来到帕内尔方场北的休雷恩市立现代艺术美术馆门口,停了下来。

"抱歉,奥康纳街的 Lynams 酒店,实在到不了。"壮得足以开十六轮大卡车的司机,扭头过来腼腆致歉道,"走过去也近:公园旁边叫 Rotunda 的医院走到头,左拐,看到公车站后,再右拐,沿路走一段就到了。临街的米色墙旧屋,一楼有家 SPAR 小超市,紧邻麦当劳,挺好找的。只不过……"

"不过怎么?"

"这种时候,住那地方可不太妙。"

打算再问时,却见沿街抄表的交警悠悠地凑过来。只好赶紧给了 15 欧元(含 1 欧元小费),下了车。

没什么行李,就几件换洗衣物、小包洗漱用品,统统收在小旅行包内,拎在手里。小雨转阴,不需要伞,按司机的指示一路走过去。尽管路面湿漉漉的,凹处时有积水,人倒是越来越多。开始时,只道是运气不佳,赶上工人大罢工了。发现所遇大部分路人,穿的都是暗色系外衣——绝非偶然。深灰色、深蓝色、黑色:这三种躺在沥青路面上便可充作迷彩的布色,是爱尔兰人外穿衣物中占绝对主流的色调,不分季节——里面鼓鼓囊囊像是塞了好几件毛衣棉裤时,心里还暗自嘲笑都柏林人,认为他们的着装品味跟施瓦本农民一样土气。再往前走,开始见到成群结队穿绿色外衣、戴绿色礼帽,举着啤酒瓶叫个不停的青年和孩子。其中不少男士,还专门戴上齐胸的马克思式假胡子,橙色,脖子系上国旗花纹长围巾,正面看去就跟……彩虹小绿妖 Leprechaun 的样子一模一样!

当时还不知道什么圣帕特里克节,也不知道爱尔兰人竟会把这么个跟宗教联系极为紧密的日子,定为自己国家的国庆日。心里只想着:"完了,狂欢节可比罢工日麻烦百倍!"

素来如此:在欧洲,罢工游行无论大小,多是在诉求形式。"需要发生的,发生便好"——无论公会、治安警察,还是特地前来参加游行的工人和围观者们,所抱持的大抵都是这种毫无惊喜可言的态度。罢工日会提前一周下发通知,开始和结束的时间、朗读宣言的顺序、示威牌上可写不可写的内容……一切早在开始之前便已安排妥当。但狂欢却大不相同,无论在科隆、巴塞罗那、里约热内卢还是里斯本,狂欢的形而上层面,均与酒神时代的浪漫主义情怀保持一致:惊喜、尽兴、无序。通过追溯历史记忆的方式,融入拥有共同源流的集体当中去,暂且释放或忘却个体烦琐无聊生活中积聚起来的压力,让来年有个盼头——节日的意义,照我看来无非如此。相比那些因为文静、孤僻、小众而快要被人遗忘掉的节日们(比如,国际矿石收音机日之类),狂欢节无疑是最能履行节日浪漫情怀的那个。但对于碰巧住在狂欢中心某间小旅馆中的外来客而言——如果急需睡眠的话——声嘶力竭、五光十色、通宵达旦的狂欢,跟从地底下突然冒出来的地狱也没什么差别。

万幸,昨夜睡得算是充足。照眼前绿帽子军团们集结欢呼的态势,挤去奥康纳街,一时也不太可能。倒不如安下心来,凑到前面去看看狂欢花车和全情投入的路人们得了。

每到一处,我都期待能够发掘出当地民族性中,不同于周遭所有的那部分特质。狂欢节四处皆有,但都柏林毕竟是都柏林,这儿的狂欢节,在形式之外,多半也应能体现出事关爱尔兰民族性的东西。我是指,将绿衣绿帽、国旗……一切具体的形式抛开之后,还剩下的**某些东西**。

全世界花车队的运作模式大体相同,令人怀疑是不是存在某条限定了行进速度、亮相礼仪、欢呼声浪、花车密度……等等宏观参数的法规。细节自然是不同的,比如巴西花车队素以华丽、繁复、奇幻拔群著称;科隆车队队长则热衷于提高向围观群众撒糖果时所能抵达的最远距离;巴黎志愿者以无事献殷勤为行事标准,希望能马上开始一两段异国情缘;米兰花车夸张、大胆,时常拿文艺复兴时期的名作名家们开涮,可惜围观的意大利群众,往往只顾自己吃吃喝喝、聊天逗乐,不太拿精心准备的花车当一回事。

话虽如此,但爱尔兰花车队却实在是……极难描述。没错,就是**极难描述**——或者说是晦涩、抽象,难于理解。设计者们偏爱使用鲜艳大胆的颜色(草绿、天青、鹅黄、大红……彩虹色和撞色系亦是惯常搭配),且倾向于以尽量少的体块堆积来完成主题。比如,若要讽刺欧洲央行在政策上的不得力,西班牙人大概会精心造出一尊西装革履但丑态百出的巨大行长像,并朝它猛掷西红柿;德国人毫无疑问会展示碎掉了的欧元标志;轮到爱尔兰人时,他们会在一个贴满黄色绒毛的巨大圆盘上插一根长长的蓝鼻子，画好眼睛，再给它披上彩虹色的头巾，并在嘴上画一个大叉——其中蕴藏的政治隐喻形同灯谜，且难度高到不立即公布答案恐怕就再也无人知晓的地步。

也不是全盘抽象，这点反而更奇怪些——毫无疑问的统一组织当中，却缺乏一致性。往往在走过十几种无法形容的抽象物之后，突然跑出来个色调阴沉、蒸汽朋克风格明显的精致花车，写实得仿佛从好莱坞科幻片场里直接搬过来似的：直升机、热气球、满是活塞和金属活动构件的旧式火车……如此认真负责了三五个回合后，又开始出现踩高跷、穿旧式凯尔特农民服装的传统文化方阵（说是方阵，人倒都很随便：交头接耳，走得东倒西歪，只不过踩着高跷而已）。接着就是一群群如捷克定格动画（准确点说，如史云梅耶导演的那些短片）中标本怪物一般的民间传说角色登场：无头骑士、喷火龙、玩偶熊、食人树……无论什么，全都一次性蹦出来一大群，装扮与其说是形象，毋宁说是滑稽。道具服装怎么看都令人觉得有些敷衍，套在戏服里的演员们大概也是临时找来的，还不如护栏外的围观群众敬业。比如踩高跷涂粉面扮男巫的几个家伙，走着走着就歪了方向，到路边贩啤酒热饮的街亭休憩去了（可不是一时半会儿的休憩，游行快结束时还坐在那儿喝掺了酒的爱尔兰咖啡呢，可谓岿然不动）。

接下来的方阵更不像话。所谓"万国方阵"，不过是每人撑开一面外国国旗，敷衍了事；"少女方阵"里尽是些穿着橙、绿、白衣，谈不上性感的啦啦队员们在跳来跳去，除了服装颜色勉强能与国旗（以及国庆）扯上关系外，再看不出任何在更深层次文化上相关的端倪；"袜子方阵"来的正是一大群用五颜六色塑料制成的巨型袜子，随便倒扣在行进者身上了事；"杂技方阵"……除了一位骑在独轮车上玩抛球的小丑，或许算是有些真功夫，其余随行人等，相比路人，无非穿得更绿些，脸上涂几道迷彩，直接拿普普通通的自行车充数了。

"唔，就这样，也能算是主游行队伍吗？"看到这里，我不觉自语道。心里想着，或许在都柏林的某个别处，正有更加正式、华丽，能够完完全全彰显出凯尔特人历史和文化的狂欢游行，正在同步进行着。

"算的，算的。国庆节嘛，就这样应付应付得了。"碰巧站我身边的某位日本游客样的老人突然开口，回应了我的絮叨。

"这么说每年如此？"

"每年如此。我是看了二十多年了，每年如此。"

多聊了两句，老人说自己祖籍福建，偷渡过来，结婚换的身份，目前经营一家小型亚超……如此这般，各地差不多都能听来的相似故事。

说着说着，雨又渐渐开始下，花车方阵仿佛无穷无尽，大家的情绪也一如既往，不甚高昂。我辞了老人，挤入人群，连连踩脚，连连说着抱歉，向着不远处的奥康纳街艰难挺进。

Lynams 不多一会儿就到了，果真是小得不能再小的临街酒店。前台坐着一位身材小得不能再小的女士，年龄四十左右，戴眼镜，看一本当期的《格兰塔》杂志。

爱尔兰 Vision 135

"来了？"听到门铃响，她放下杂志问道。

"不看狂欢节？"我把少少的东西搁在她面前，取出钱包。

"是教士帕特里克的忌日，不该叫狂欢节。"她接过我递去的信用卡，"你知道是什么典故的，不是吗？"

我摇摇头，但她也懒得跟我解释。于是便默默办完手续，去了自己的房间。房间很糟，外面吵。我躺在旧式带雕花的木床上，仰躺，看天花板上挂着的装饰繁复的水晶吊灯，心里无法不想着这狂欢节，或者教士帕特里克的忌日。

旁观过狂欢节，大概不能再算作对爱尔兰一无所知了。说得准确些，在知识性上仍几乎是一无所知，但却已有许多的直接印象。要是此刻身边突然有不相干的人过来问上一句"喂，爱尔兰怎么样？"虽不知具体该怎么答，脑中无数的画面之上，却似乎莫名其妙地蒙上了厚厚的一层橙色细纱：这个国家，天生具有那类仅为十六世纪海盗们所独有的豁达开朗，却又同时遭受生不逢时、无处冒险的约束——要用人物来作比的话，该是阴差阳错一辈子生活在陆地上的海雷丁·巴巴罗萨。悲壮谈不上，但花车和方阵、纪念驯服的狂欢，却不像是凯尔特人的历史记忆在所谓"故国"这一概念上，可被完全接受的缅怀。

怎么说呢，在客机上时，那样的狂欢、喝彩、期待，都是真的；游行队伍多年来的漫不经心，本质上不算认真在干的态度，也是真的。凯尔特人是凯尔特人，故国是故国，使徒帕特里克是使徒帕特里克……我似乎在狂欢的橙色中读出了三者间的决裂。而今，爱尔兰人后裔分布于世界各地，根据最新的统计结果，不在爱尔兰的凯尔特人接近一亿，而爱尔兰共和国全国的登记人口，也不过四百多万而已。那感觉，像是大部分同胞都漂泊在外。至于都柏林的 3 月 17 日，则类似于明知无法召还的召还。各地群起的响应，无非隐隐祈望能够在共同的历史记忆当中，寻觅昔日荣光、狂热、自由及共鸣。

作为一名偶然闯入的异乡客，将这一切归结为国旗上橙色的隐喻，并觉得贴切，大约不算是件多么过分的事情。许多年以后，再去都柏林时，我还是选择住在 Lynams，并且知道那位读《格兰塔》女士的名字，但她早已不在那家酒店做事了——即使七年前的那次，也只是代班而已。

最后还是由她给我讲了教士帕特里克的故事：说这位圣徒是在威克洛上的岸，凯尔特人本来打算将这传异教的人处以石刑，他却机智地道出三位一体的真义，不只救了自己的性命，也令岛上居民认清了基督神学体系的高明，最终纷纷过来受了他的洗礼，云云。

"祖先们太愚钝，或者太聪明。"她递给我一盘土豆派，还有热乎乎的大块炸鱼，"不过，你说的有一点没错：凯尔特人是凯尔特人，故国是故国，帕特里克是帕特里克……但爱尔兰始终是爱尔兰——所谓三位一体，就这么回事。"

"是橙色的感觉吧。"我挑了一柄叉子。

"没有更合适的了。"她迅速递上一满杯的 Guinness 黑啤。

白色：纯粹随性的悠远情怀

第二次住在奥康纳街的 Lynams 酒店，房间比第一次还更糟糕些，不只没有吊灯，床铺上还发现了一两只细小的虫子（明明看上去也像是刚洗过的被褥）。如果有谁要到都柏林住酒店，且无论如何都要住在奥康纳街附近的话，那请一定不要来这里，去住 Cavendish Row 的 Cassidys 酒店吧：老牌四星，就在 Rotunda 医院背后，价格虽然贵上个两三倍，带来的享受却远不止这个数。尤其，住过 Lynams 之后，便更能体会到都柏林其他任何酒店的优点和长处——实话实说，很难找到像 Lynams 这样，除了交通方便就一无所长的酒店了。

第二次来时没了狂欢节，街景寡淡得让人反胃。只好到街对面的一家日间照常营业的小酒吧里猛灌 Guinness 黑啤。在爱尔兰，喝闷酒到了一定程度，总会有人主动端着半满的杯子，过来与你搭讪。聊什么也无所谓，横竖都是无聊，说完也就忘记了，别太在意。

值得提的倒是啤酒本身：所谓 Guinness 黑啤，就是只有在都柏林喝，才能最大限度还原本味的一种东西。恰如考拉之于澳大利亚，渡渡鸟之于毛里求斯一般。喝完酒后大约下午一点，酒劲尚浓，不知当时自己脑袋里想了什么，既不打算去大教堂，也不想参观向往已久的休雷恩美术馆。一不做二不休，竟搭了奥康纳街的旅游巴士，要去 Guinness 的酒厂走上一遭。

不算出乎意料，这酒厂也是个景点。事到如今，已无法辨明当时是本就知道它的著名而去，还是去过才知道它的著名。总之先去看了 Guinness 的黑色大门，以及正中间漆成金色的竖琴徽标。门旁的黑色街灯柱，据说，和酒厂的历史一样长。参观这里是需要收费的，门票一直在涨，最初不到 10 欧元，现在似乎是每人 14.4 欧元。因为票价里含一杯附赠的新鲜黑啤，便有人说这价格正对应 Guinness 啤酒的单位成本——这说法估计不可信，但酒厂却是个实在有趣的地方。主馆建筑是早在 1904 年时便已建成了的，芝加哥学院派风格，现代又大气，是爱尔兰全境第一座全钢筋混凝土结构的楼房。参观的整个过程倒不必细说，因为，其实国内也有个类似的展览馆，乃是青岛啤酒厂附属的青岛啤酒博物馆，虽然风格不尽相同，但制啤酒的过程却大体一致，连展览"万国啤酒"的陈列墙，给人的感觉也差不多。另外，一样要收取门票，当然也一样赠饮啤酒。所以——若是因为种种原因去不了都柏林，到青岛去看看，也差不多能体味到那调调。

不过，细说起来，有两点却是即便去了青岛也体会不到的。第一是老式巨型蒸馏炉，整体由许多块铮亮的铜皮拼接而成，并用铆钉法固定。与青岛的黑色铸铁炉相比，Guinness 的炉子更大一些。以四周大量蜿蜒密布的金属管道，还有炉面上漆得斑驳古旧的白色警示标志和英文字为背景，很容易营造出二十世纪初时欧洲工厂中独具的蒸汽朋克氛围：新时代的蒸汽，糅合旧时代的虚构，亮得晃眼的黄铜色，以及怀古的心态。

另一点则是更厚重的历史感，厚重到足以凸显浪漫主义的程度。这么说吧，购票进入展览馆后，第一个玻璃大厅的正中位置，嵌了一纸租约在地板里：酒厂创始人 Arthur Guinness 向 Mark Rainsford 爵士的后代们租下办酒厂所需的一万六千平米土地，租金是每年 45 英镑。

有趣的是租约时限：足足九千年。

"你知道这黑啤为什么这么黑吗？"我依稀记起在去展览馆之前，一同在 Lynams 对街小酒馆里饮酒的大胡子酒客，举杯问了这么个问题。

"因为酿酒用的大麦，是特别烘烤过的。"专程研究过各国啤酒，这点常识性的东西，自然难不倒我。

"不，是因为都柏林的住民实在太多太密，酒厂被挤得照不进阳光。于是酿出来的酒，也就变成了这么个样子，哈！"

确实，爱尔兰的大部分民众都挤在首都：都柏林市所辖人口，超过爱尔兰人口总数的五分之一。这怎么想都不是件对劲的事儿，多少给人一种都柏林妇女统统酷爱生育的不当联想。哪次听新闻时无意得知，爱尔兰确实是全欧洲最乐意开枝散叶的国家：平均每个适龄妇女都会生下两个孩子，生育率长期居于欧洲首位。

2010 年冬天，受邀在北京大学做演讲时，某位林姓先生没来由地给我讲了些关于爱尔兰人对待婚姻如何忠贞浪漫的逸事，大致归纳为以下三点：第一，爱尔兰人领结婚证后便不许离婚；第二，婚姻是有期限的，结婚证可以领一年期的，也可领一百年期，按婚期分为多档；第三，一年期结婚证需交纳 2000 镑的登记费，且证书厚如百科全书，里面密密麻麻写满了婚期内应遵守的条条款款，巨细无遗。与之相对应，一百年期登记费只要半镑，结婚证就一张纸，上面是市长亲笔写下的祝福语……内容如何已忘记了，总之是浪漫得要死。

"看不出来呐，爱尔兰人竟是这样……"确实，凭以往几段对爱尔兰民众的贴身观察，丝毫看不出浪漫的迹象来：说是懒懒散散、缺乏外露的激情，倒恰当。但说浪漫，实在是……

"如此这般，我已选定了那边的研究所——对婚姻认真无匹，科研方面，自然也绝不会含糊。瞧瞧，不许离婚，实在是令人感到印象深刻。"

等到我弄清那"不许离婚"的浪漫不过是子虚乌有的谣传时，林君驻扎都柏林某研究所也已有些时日了。《禁离婚法》确实有过，但早在1995年时，因为半数以上公民投票反对的缘故，该法律就已被废止掉了。当初立法的理由，也不是为浪漫着想：据说，1937年，因为纳粹势力在欧陆影响日重的缘故，爱尔兰修法时特地加上了"不许离婚"这一条款，一为削减机构、节省开销；二为促进生育，增加人口，为可能到来的长期战争预先做好准备。

"喏，就是这些务实到略微阴暗的理由，和浪漫沾不上边。离婚困难，没错儿，但也不是不行。结婚倒不难，无论一年还是一百年，登记费都是20欧元。至于2000镑什么的，作为小说而言，算是相当不错的虚构吧。"

坐在Lynams酒店一塌糊涂的餐厅里，吃着比石头还硬的牛排时，这番偶遇对话并没能让情况稍微好转哪怕一丁点儿。我想起此刻正在同一个城市里为不知什么而努力奋斗的林君，忧心他在知道真相之后，该如何去搭建空中楼阁。好吧，成年人总归该独立面对各种困难。至少爱尔兰生育率常年居冠的历史原因，我们现在算是基本弄清楚了。

因为过分着迷于生育率问题，以及两三天时间里集中喝了太多啤酒的缘故，导致在游览并不怎么有趣的都柏林城堡和并不怎么宏伟的圣帕特里克大教堂时，整个人都处于半走神的状态。目前就算努力搜刮脑海中的记忆，对这两处不甚重要地标的印象也已模糊不清。倒是当时觉得是走马观花的休雷恩和作家博物馆，现在想起还犹在眼前。

休雷恩是大约下午两点，吃完加了很多芥末酱的大块炸鱼和土豆沙拉（又是这些！）后，悠悠然散步过去的。建筑古典，装修古典，大部分展品却极具现代气质，似乎正是此种高反差感，让人不由得难以忘怀。但特地过去的理由——很遗憾——却只是为了马奈的几幅真迹，尤其是《杜伊勒里花园音乐会》。至于自以为如何如何的弗兰西斯·培根后期作品，就让它们继续"如何如何"下去，也好。

参观免费，但正门并不起眼，"DUBLIN CITY GALLERY"阳刻在由四根爱奥尼式廊柱支撑的檐壁上——说出来仿佛新古典主义的感觉，但实际应该是折中主义的建筑，毕竟是由十八世纪后期的政客大宅改建而来。护墙以怀抱的姿势联结左右，无论怎么看，都有"欢迎进来"的诉说感。至于为什么将关于它的记忆与作家博物馆合并一处，很简单，因为两家位于同一条街的同一侧，出了休雷恩，左拐不到五十步，就能看到作家博物馆的红砖墙立面。不过，紧邻着的哥特式风格长老会教堂——白灰相间的正立面、高耸的塔楼、花窗及装饰肋……无论从哪一方面看来，都太过抢眼。游客们因而时常将教堂大门误为作家博物馆的入门，将真正的入口想成是譬如"博物馆日常维护协会"之类其貌不扬机构的窄门，过而不入了（抱歉，在下也是如此）。

但博物馆的收藏却相当精彩，爱尔兰那如天空群星般闪耀的文学大师们的原作手稿、书信、珍贵历史照片，等等，均从四面八方会聚于此。叶芝、乔伊斯、萧伯纳、王尔德……除了没有谢默斯·希尼。这里是完全可被称为"爱尔兰文学史全方位立体教材"的地方（甚至乔伊斯的打字机、叶芝的头发和眼镜等等不太相关的东西，也被拿过来做了展品）。对于藏书迷们而言，走上大阶梯后的图书馆，足可算是招惹妒意和感叹的马蜂巢：大师们的初版、签名版，种种同时代的评论、简报集，以及特别限定版的诸如王尔德、叶芝诗集，等等，大部分都是罕本，孤本，并且——绝不外借。

"你不知道，尤其针对患古书收藏癖如我的这类游客，看过后忿忿然想走又不舍的纠结心，不如被马蜂一针蜇死算了。"我向另一位也去过都柏林的朋友抱怨道。

"那地方？门票太贵，又小，除了书痴，谁去？或许你为此而错过了大饥荒纪念雕像群。走在那些形销骨立、面容如骷髅般的恐怖铜像之间——试着触碰，或者凝视他们的脸庞，无论是谁，都会有瞬时心悸的刺痛感。"

大饥荒铜像，我确实去看过，那处林荫道上空，确实有超越民族性、关乎人类种群层面的悲恸感盘旋。这一类型的表现力是十分了不起的，行走在柏林的犹太人大屠杀纪念碑群之间时，心里也涌起过类似的痛感。

"哎，爱尔兰的这部分，该是白色的了。"

"什么？"

我却没有说出口——那是瞬时之间产生的某种难以捕捉、描述的感触。不止都柏林，包括爱尔兰全境，对于游客们而言，应该都存在这种富于争议性的、情感与景点间共鸣的挑剔与甄选。无论在世界的哪个角落，均是如此。有趣之处在于，或许因为是在爱尔兰，就格外造成一种"无所谓了"的态度。比如作家博物馆和旁边的芬勒特教堂，比如饥荒群像、休雷恩、闻名遐迩的各种剧场（包括大名鼎鼎的艾比剧院）、监狱博物馆、华丽大气的国家考古博物馆、大主教图书馆或者国家图书馆……诸如此类，大概正因为居住在此的人们，性格里天生具有纯粹、缥缈、满不在乎的特点，才可以让乍一看来大不相同之物彼此交融。可不是吗？同族漂泊在外的人群如此之多，狂欢节游行那般随便，美术馆里既有马奈也有弗朗西斯·培根，萧伯纳与王尔德，皆为大师。

之前一直认为，爱尔兰国旗的白色，不过是夹在绿色象征的天主教徒，以及橙色代表的新教徒之间，象征两教派之间团结友爱、和平共处而已。此时想深一层,这白色更似凯尔特人素来博大随性的广阔胸襟——从接受教士帕特里克的雄辩开始,到 Lynams 酒店的前台女士,以及一路走来所遇到的似乎总是抱持"异见"的有趣爱尔兰居民们(也不算是?)为止。

仍旧不太好描述,仿佛亲手交出一方画布,自己不曾涂抹一笔,而最终画上些什么,也始终是"别人的事"。

如此看来,凯尔特民族,着实逍遥自在得太不像话了。

绿色:最后的战士们

早在两千多年前,古希腊史家斯特拉波,就已在他的名著《地理学》中,高瞻远瞩地对凯尔特人定了性:"这整个民族,都疯狂地热爱战争,能够非常勇猛且迅速地投入到战斗中去。不要招惹凯尔特人,即便他们不携带任何武器,也同样拥有无匹的力量和勇气。"

历史着实有趣。十一世纪中叶,英格兰王国与丹麦人的三百年战争临近收尾,因为丹麦王国的分裂,原本统治英格兰全境的丹麦人,开始受到英国王族爱德华风卷残云般的突袭。在某次战役结束之后,据说,有位从爱尔兰岛过来的军人,偶然看见泥地里歪着一颗丹麦军士的头颅,顿时心里来气,上去就是一脚,正好将那脑袋踢到了两棵树之间。这爱尔兰人觉得这样玩起来实在痛快、解恨,便立即找来一大群凯尔特人同乡,和英格兰军人们各自组队,一起踢起丹麦人的脑袋来。

"这便是现代足球运动的滥觞。"

爱尔兰来的小伙 Donal，在某场世界杯热身赛开球前，借着酒劲，给我讲了这么个活灵活现的野史故事。记得这场，正是绿衣军团对阵丹麦。赛果是记不得了，仅能忆起 Donal 在观看比赛时，恨不能冲到电视机里猛踢丹麦人脑袋的蛮族狂热——应该算不上蛮族狂热，因为他生得实在太瘦——比最瘦时期的 Erin O'Connor[1] 还瘦，且矮，唯一能参与的运动项目，大概只有国际象棋了。

伦敦人也跟我讲过情节雷同的故事，唯一不同之处在于：故事中出现的爱尔兰军人，变成了清一色的伦敦小伙。想必苏格兰人讲这故事时，也得让自家人登场。

因此，我便长期对这故事采取不信的态度，只当是凯尔特人爱国情怀开的一个小玩笑。但 Donal 这个人，简直跟十二年陈酿的 Redbreast 威士忌一般热情。硕士论文结束，回乡工作之前，他主动来办公室找我，希望能邀我前往利默里克市一游。

"至少，和我一起看场比赛吧。"

"唔，为什么这么执意要求？"

"因为你不信我——足球，真是从爱尔兰人开始的。"

好吧，就这样呼啦啦飞去了爱尔兰，转眼间站在了蓝军的球场上。1983 年才成立的新军球队[2]，却逐渐积累实力，成为豪

1　英国时装模特。
2　此处指 Pat Grace 因俱乐部所有权纷争改组的新球队，利默里克当地的足球俱乐部成立于 1937 年。

门，屡屡挑战爱超巨头圣帕德里克竞技。相比都柏林，位于香农河口的利默里克，可以说是个绝顶小城：居民只有区区九万多点，尚不及中国西北一个县城的平均人口。亲自去过之后，给人的感觉，却与县城完全不同：是个城市，五脏俱全，居民生活富足、现代、安乐，上下班高峰期常常堵车，酿的烈酒算是一绝，还能买到做工十分精到的手工皮鞋。要拿世界上其他城市作比的话，第一时间想到的是巴西利亚，第二时间想到的却是伦敦：柯布西耶那严整无人性的规划，搭配厚重如岩的历史感，再稍加一点点殖民地风情，便是走在十一月利默里克街头的印象。

"那些红砖，看上去多少有些像都柏林。"

"但这儿不是都柏林，是爱尔兰的利默里克——除了这里，哪儿都不是。"

总是这样，去柏林就以为算是去过德国，到过巴黎和马赛，就误认为了解了法国。可事实上，即便柏林、巴黎和马赛，也不过走马观花罢了。我在斯图加特住了十年，Donal 在利默里克住了二十年，但我们眼中的同一个城市，也不算是一个，而是我们各自心中的那个。

有趣的是，一切界限却都能在球场消解：因为种种客观标准，以及观看气氛、欢呼声和支援手段的限定，似乎全世界所有正在举办球赛的球场，都具有超空间层面的一致性。利默里克的比赛开始后，我跟瘦小的 Donal 一道，被淹没在如清晨浓雾般的对抗气氛当中。所有人都疯狂迷恋战争，明明兵不血刃，却足以取人性命：我开始强烈怀疑，当初在著作里评价凯尔特人的斯特拉波大师，莫非真是位名副其实的先知？

现代足球已如现代网球一般，进入了以技术分析和统计学来搭配球员硬实力的阶段，战术及策略发展一日千里，后起之秀往往很难突破强队壁垒。都柏林的圣帕德里克竞技俱乐部是1929年成立的，比利默里克的蓝军早起步五十多年，其所具备的优势显而易见。自成立以来，利默里克从未取得过一次联赛冠军。相比之下，都柏林的五支球队，除大学队，个个都是冠军榜上的常客，即使在都柏林之外，也有如德里和科克城这种两次斩获冠军的劲旅。按理说，面对强敌，从未尝过胜绩的利默里克蓝军，以及蓝军的支持者们，多少会显得有些沮丧、收敛才是。但利默里克人不这样：那团淹没我们的对抗气氛当中，张扬着利默里克主场高高在上的怜悯。没错，正是怜悯——即使对手是巴西国家队，这种由"明明就是更弱那一方"身份上延伸出的神秘怜悯，都无从掩藏。

"气氛是不是不太对？"我问Donal，"不是明明会输的比赛吗？怎么反而像是谦让了别人似的？"

"没有输赢——利默里克人向来竭尽全力，对手也一样。"Donal郑重答道，"我们都是凯尔特人，天生的战斗种族。或许，作为被普遍认同的'欧洲二等球队'，是怎么也无法战胜如德国、意大利这样的传统强队的。不过，哪怕让他们产生些许危机感，也可算是我们的胜利了。赢球当然更好，但悲壮的，同样也是英雄。一切都得慢慢来，不必着急。"

说出的话是慎重严肃的,这样的战斗,怎么想也觉得十分平和、豁达,令人无法不去联想起球场绿茵的颜色。爱尔兰国家队和林中绿妖都中意这颜色:它象征战斗的意志,却并不在乎比赛结果。

"永远不得冠军呢?"

"那我就永远来看。"

Donal 说得轻描淡写,但我知道,他肯定会这样去做:利默里克人行事,到底还是没有都柏林人那般浮华。我与 Donal 间,一直到不久之前都还有书信往来——他辞了研究工作,做起中学老师来,一开口,就说得头头是道,作业留得也少,大家都喜欢他。

我总怀疑,他的灵魂是不是也是绿色的。

酒店军团

旧本部军团制服考

"30欧元94欧分,女裤要贵2元——实话实说,除涤纶面料便宜些,其他成本都高。若要这个……啧啧,既然已开得起酒店了,也好意思让门童们站得腿痒痒。"

可以大批量定制酒店用制服的专门裁缝店,在维也纳闲得无聊、四处乱逛时,冷不防一连碰上两家。名字现在一个也不记得,总之是离 Schottentor 站不远处的某个拐角周围,环绕在老 Ludwig Reiter 手工鞋店两侧,俨然两名热衷于偷挣外快的侍卫。

择其中店面更老旧、朴素的一家进去,木纹斑驳的柜台后面,坐着位戴了老花镜读史蒂芬·金原版小说的先生。店中除我与他,再无别人——也是理所当然。

名字不知道，但职业确定是裁缝，因为在维也纳的缘故，姑且称之为 V 先生。于是 V 先生，放下书后相当健谈，基本用德语，一旦提到缝纫术语如 armhole（袖窿）或 hem（裙角）时则改用英语，原因不详。

"可就是有那种混蛋级采购商——尤其连锁酒店为甚：万事廉价为先，制服看上去挺括，大堂、前台来来往往，面子上过得去就够了……要知道，上档次的老派酒店，一贯请老派裁缝按期定制，领班制服的料子，不说选掺蚕丝的 Trofeo，最少也得是大洋洲那边进口过来的优质羊毛呢。至于内衬用的黑色真丝绸料，别的店不知怎样——我们反正长期跟意大利科莫省的 Mantero 大厂合作，不惜血本！"

V 先生言之凿凿，指节不停敲打台面。

"老派酒店的话，莫非连 Ambassador[1] 也直接找您家定制？"

"哪轮得到我们！他们有御用裁缝——待在那栋旧宅子里的家伙们，都挺莫名其妙的。"

莫名其妙就莫名其妙，不管怎样，我都得在 Ambassador 住上整整一周。要说老派，维也纳城地界上，(貌似)上百年历史的酒店确实不在少数：比如 V 先生裁缝店附近的 De France 酒店，门童和前台制服设计也算得上是出类拔萃，料子同样好到一眼即知。然而 Ambassador 的设计，相较其他就是有些不同。这种微妙又纤细的不同感，并非单凭堆砌用料来达成，如果硬

---

[1] 大使酒店。

152　孤独的旅行家

要考究面料的话，没准 De France 还要更胜一筹。怎么说呢……De France 接待雇员们的制服，即使将 De France 整个搬走，换成佛罗伦萨圣母百花大教堂旁风情十足的 Rivoli 酒店（此处亲身住过，值得推荐），穿起来也不会让客人们觉得突兀。甚至，同样的制服出现在大连 Conrad 酒店大堂，让正在负责"非洲美食节"自助的黑人讲解师们穿上亦可——只要身材合适，便依旧没有问题。这种普适性的"高级"感觉，在这一时代似乎相当流行。

无论如何，酒店制服只要有本事营造出不近人情的紧张感，就足够了。记得第一次住柏林阿德隆时，下雨，因为代表学会参加金属年会的缘故，意外享受了专车接送的待遇（事后得知，礼宾车也是阿德隆方面负责张罗的）。我穿了整套西服，质量算不错，也合身，但总觉得好像无法掩饰住不常穿西服者偶尔穿起来时的心虚感。阿德隆酒店内派出来接车的，乃是两位拥有夜总会保镖体格的壮汉，手执我曾一度以为只有在给"空军一号"接机的场合才会用上的巨大黑伞，面无表情地为我打开车门，引上红地毯，并用眼神示意门童赶紧推来金光闪闪的行李车：我仅随身携带一只登机箱，手提其实更方便些，但主办方既然乐意为多此一举的烦琐礼仪耗费巨资，试着努力接受礼宾级别的高规格服务，也不算是什么罪过。

服装方面也是高规格：两套白金竖线的灰底西装，对线完美、剪裁稳重，挺括得像刚从熨烫机里取出，举伞时连肘部弯曲处的面料褶皱都气派得宛如雕塑（气派成这样真没关系吗）。

酒店军团　153

衬衣的衣领和袖口与其说是用面料缝制，倒不如看成是直接拿白铁皮片儿锻打出来的。领带是灰白黑三色格纹领带，结打得很厚，袖扣、领带夹和方形的店徽都是黄铜质地，上面简单印了酒店的标志——勃兰登堡门剪影和酒店全称的组合。

当时可是一点儿经验都没有，后来听了 V 先生讲解，才算知道：欧陆老派酒店张罗接待人员制服，用料和裁剪上再怎么气派也罢，选色是绝不能张扬的。最稳妥的无非 260 克左右纯灰羊毛料，面料品牌一般参考英国 Holland & Sherry 或者意大利 Cerruti 即可，像阿德隆那样加白金线做宽条纹已属犯规，即使看上去并不起眼，也很有些自鸣得意的意思（英国人和瑞士人一般更热衷于捣鼓此类事儿）。衬衣方面，无论西服上衣是纯灰还是洗水蓝色，都必须统一为白色，且以"挺括"为至高要求，哪怕为此选择相对而言不够舒适透气的面料也在所不惜。能够定制袖扣，就不使用缝制扣，能够定制领带，就不使用成品带——领带的花纹颜色与衣色保持一致，真丝无碍，消光尤佳。至于白手套、绸马甲和蝴蝶领结，在餐厅、酒吧和赌场随处可见，高级接待人员却断然不会使用：迎接贵宾时穿上那些，仿佛瞬间折损了酒店的星级。

"酒店制服，反正必须将个性什么的，完全剥离。上至掌控全局的总管、总监，下至事事必亲力亲为的清洁服务工、钣金工，最好是一看衣服就知道是做什么的——不必看脸，就像军队中只按军衔下令行事一般，简单利落。某方面来说，酒店即军团，可懂？"

V先生如是说（说话时也不自觉带了些军队老裁缝的范儿）。果然，稍后check in[1]时，大堂接待员相比就逊色了不少：无论制服还是人，都显得皱皱巴巴、臃肿萎靡。西服、衬衣、领带、袖扣、店徽，一样不缺，颜色及样式上也与之前两位高级接待员保持一致，但就是怎么也提不起劲来的感觉：面料明显缩了水，锁边针脚有敷衍的迹象，甚至袖扣上使用的黄铜，铸造得都毛毛糙糙、缺乏质感……如此这般，连我这外行都看得有些不忍心了。如果以军衔来作比，前两位至少够得上中校，这位最多准下士级别。

酒店即军团，话虽豪迈有理，也只算说对了一半。美国的希尔顿、德国的凯宾斯基、意大利的博格尼，高级连锁酒店之所以高级，往往是在用富丽堂皇和标准化来区分阶级，用高档又低调的制服来消解身份：老欧洲酒店业天生具备"门第森严"的厚重质感，且凭着几百年不停歇的殖民地扩张和利炮坚船，使传统漂洋过海，去了美国、日本、南非、新西兰和澳大利亚。军队裁缝V先生长期服役的地界，乃是传统酒店精神生长茁壮的核心——老欧洲这些历史悠久的城邦，以及某些方面已被西化得彻彻底底的殖民区域——不只制服，连酒店本身，都仿佛是某个形而上"酒店"概念的克隆产物。似乎只有努力趋近某个实际上并不存在的理想主义的"酒店本体"，才能真正将旗下动辄成百上千家的高级酒店开好。同理心观之，组建军团无

---

[1] 办理入住手续。

非也就这么回事：效率最高的军队应是完全抹除个性、绝对服从的团体——这也是完全不可能达到，只能勉强接近的境界。

于是，越高级就越意味着人情味缺失，越国际化就越朝着无个性方向发展：最典型的例子无非巴黎雅高、华盛顿万豪，以及喜达屋旗下的喜来登，除赖以发家的几家老店，全球各地开枝散叶的一大堆细分品牌酒店、行政公寓或度假村，大多千篇一律、乏善可陈。不仅将任意一家酒店连人带楼搬到任意一座城市皆可，甚至随意更换楼顶的霓虹灯标识也无所谓。关于这点，有位常在国内线飞来飞去做贸易的朋友（名字须隐去）说得好：

"希尔顿、喜来登、威斯汀——不怕你笑话，这三家我从来就没真正分清楚过。助理在出发前事先预订下来，给个地址电话，只管过去 check in 就好。但住起来倒都是顶舒服的，没有惊喜，但也基本不会出现意外。"

"那么，这些酒店里工作人员们所穿的各种制服，有什么你觉得特别在意的地方么？"

"这个真没有……制服、套话、标准笑容、敬语和记不住的扑克脸——有时，我甚至会怀疑，这些人都是从流水线上批量生产下来的。虽然乍一看去给人'很高级'的感觉，但就是……会产生那种不怀好意的庆幸感吧：如果出行时遇见的都是这种人，似乎就可以极大节省脑内记忆体的容量了……"

所以，大概"没有意外"便是商务旅行的至高境界。

仿若隐身衣般的、整齐划一、普适性强、高级又低调的制服，倒不妨将这一风格命名为"旧本部军团制服"——V先生应该会欣然接受这名字。很遗憾，这个星球上的大部分高级连锁酒店（准确点说，"国际酒店集团公司下辖四星级以上酒店"）都是这么个风格，虽然——拿在阿德隆的遭遇来讲——那两位开门迎接我的中校，相比微胖的大堂接待员下士，显然更令内向人士们感到畏惧。即使同属一个军团，制服下隐含的阶级性也造成了某种类似"军威"的东西。

若要我举出旧本部军团内制服特立独行的例子，应该会毫不犹豫地列出那家"The Halkin"——地处剑桥，走几步就可到海德公园。这家酒店相当奇怪，内部装修刻意强调波普风（或者干脆说它是在致敬安迪·沃霍尔得了），床榻桌椅糅合北欧现代简约范儿和少许英伦古典韵味，工作人员却……出人意料地展现出精选提炼过的曼谷风情。没错，就是那种带着些许飘逸禅味的泰国调调：前台制服别出心裁，选黑色，绸制，相比雇员身型而言，略微有些松垮，但又不失精神。侍应生制服干脆走黑色短袖衫、亮色丝巾配合绸裤的搭配——此种制服风格，东南亚十分常见，但对于老派到骨子里的伦敦而言，怎么想也是种堪称离经叛道的设定。

住得心生好奇，打电话要了杯杰克丹尼，找来名牌上写有"Ms. J. Jones"的侍应小姐一问，果不其然：

"就是这么个设计，喏，名牌上也看得出来——印的'The Halkin by COMO'不是吗？显而易见，是连锁酒店了。"

"这么说，Halkin 是属于 COMO 酒店集团？总部在泰国的

酒店军团　　157

吗?"直到问出这句话时,我才留意到,房间斗柜上安放着树脂质地仿清迈佛像装饰,约一臂长,黑色——算是为酒店整体风格做出了明确佐证。

"哪里,总部在新加坡。不过,风格说是泰式的,也不算错。按员工手册上的提法,单纯从室内设计上考量,叫当代典雅主义,除了融合泰国风情外,据说还在主题中略微添加了些伦敦话里称作'Busk'的街头表演味道:在我看来,无非老爵士、手风琴和嬉皮笑脸的没品调侃罢了——算是专为那帮自以为了解伦敦的雅皮士冤大头们准备的盛宴。"

可惜,琼斯小姐是否仅为实习生,至今我也不得而知——否则,正式员工能够如此吐槽自家酒店,足可见其管理上不同于一般连锁酒店的胆识。

于是,这家 Halkin 酒店,若是打算以旧本部军团的视角去审视,该算是远东 COMO 集团军(这是个仅由十一家连锁酒店组成的小军团,也正因为小巧,才有机会具备那些掌控数千家酒店的庞大军团所无法企及的风格上的灵活性)驻本部的情报类机构吧:名义上遵循旧本部调调,军团成员也都是当地人,可实质上却充作了解远方最新情报的前哨站——无论如何,轻灵潇洒的黑绸面料制服,说明了一切。

可别忘了,还有 Ambassador 呢。从 V 先生镇守着的裁缝店出来,也懒得再坐轨道电车,我沿着大约名为 Herrengasse 或者什么的小路一直走,接连经过三个空无一人的公车站,到达 Michaeler 广场后,转入忘记了名字的小巷,几番周折,终于在一堆设在老屋里的餐厅与酒吧之间,推开久违的玻璃门,进入了 Ambassador 大理石装饰堆砌泛滥成灾的华丽大堂——头顶悬挂的豪华水晶吊灯,与墙面上带着点儿洛可可式繁复的山花浮雕、鎏金柱头相映成趣。石英花瓶里插的全是真花,略微有些败了,但熟透的凋零大概同样隐喻着浮华,如同颇具历史的大理石墙面上所呈现的古旧花纹:这一切都可直接取来做"老派"这个时髦词儿的注脚。

六星级的、堪称"老派中的老派"的 Ambassador 中各级工作人员的制服,还记得吗——之前曾提到过"微妙又纤细的不同感"。开始时是无论如何也想不明白,住到第六天时,因为中央空调突然罢工的缘故,打前台电话转维修部门,派了维修工过来检查。来的是上年纪、戴眼镜、秃顶、红鼻头的 W 先生,啤酒肚明显,绿色的工装牛仔布背带裤和深色棉布衬衣却依旧妥帖、合身——左侧胸口和背部均可看见 Ambassador 带六星的白色标识。无论怎么想,都应该是由 V 先生口中那位"御用裁缝"量身定制的,他(或者他们)甚至还为 W 先生的肚腩专门缝制了带活动纽扣的支撑带,防止他在攀爬梯子时,因为腹上肥肉的晃动,遭遇行动不便的尴尬。

"这套工装可真合身呐,专门请裁缝定制的吗?"我试着向 W 先生搭话。

W 先生却并不理会我,只是默默地修完空调,默默调试。临离开前,才想起来回复一句:

"三楼左拐,制服部在安全出口旁第二扇门——想看就去看，有空的话。"

啧啧，不愧老派作风，和 Halkin 的 Jones 小姐那种俏皮回答相比，算是完全两样的风格。

退房之前，特地起了大早，去到 W 先生所说的三楼位置，结果大门紧闭。说是制服部，却竟连个标牌都没有，什么都没，连点儿线头都看不到。只有偶然路过的、着白色清洁围裙的土耳其籍工人，友善地向我打了招呼，可也只是到此为止，不再多说什么了。

即便遗憾如此，离开 Ambassador 整整一年之后，我却突然弄明白了它在制服设计上，相较其他许多国际化"老派"酒店的那一点点"不同"，究竟缘于何处。说穿了其实也简单：Ambassador 搬不去任何地方，这里的人、事、物，只能在维也纳，只能驻守于 Kärntner 街 22 号的老房子当中——无关物质，而是出自某种信仰上的需求。

可不是吗，Ambassador 酒店的主楼，早在 1375 年即以 Mehlgrube 的名称传世了。其后屡次重建改造，无论作为商场、咖啡店、赌场、酒店甚至音乐厅（莫扎特和贝多芬都曾在这里举办过演奏会），皆是维也纳市民们最钟爱的地标建筑。数百年漫长时光中，Ambassador 工作人员的各类制服，经过神秘制服部御用裁缝（们）次数多到数也数不清的细节改造、积累，逐渐沉淀了 Ambassador 所独具的个性：粗看起来或许难以察觉，无法轻易概括、理解那些和希尔顿，或者凯宾斯基，或者其他酒店什么不同的地方，但细节臻美过程中久酿而成的完熟度，对客人们而言，一眼所能见的微妙之处，正仿佛直觉或灵感一般，无从逃避。

以上说法似乎多少有些故弄玄虚，仿佛酒店、制服、历史……全都浑然一体，氤氲悠长。没办法，语言只能做到这步，世间总有些东西，是飘忽在描述之外的。倘使要用旧本部军团的军衔来作比，Ambassador 的制服够得上中将级别了。

至于上将或元帅什么的，世界太大，仍需寻找。

殖民地多线作战

是的，世界太大：比如位于北非、东欧、南美和西亚的许多国家（东欧显然必须单独列出来：酒店业在东欧的侵袭历程，与其他三位相比，可谓大不相同），以及东亚、东南亚诸邦——无论酒店还是制服："老派"传统也罢，集团化管理也罢，早已悄悄改头换面为另一番生态了。诚然，"搬到哪儿就是哪儿"的不负责任态度依旧如瘟疫般蔓延，但如"Halkin 之于伦敦"这般的创新概念，在这些旧本部军团传统尚来不及盘根错节之处，显然会更为活跃且有趣。

根据在下并不算多的经验：凡是殖民主义侵袭过的地方，酒店制服都格外煞有介事，但一切仍以"标准化"为初衷，在"某时某地的某家酒店"这一基本单元中，好歹不会逾规越矩。

据说，领带这玩意儿，最初只是蛮族猎人们扎在脖子上的一根草绳，除了能防止兽皮粗制的衣服滑下来外，再没有任何其他作用。猎人们成了领主，系带传统仍旧保留，之后军队也用，贵族也用，服饰面料日新月异，系带样式花纹常换常新，最终衍生定型为今日的领带、丝巾和围巾。诸如此类，在人类服装史上堪称"活化石"般的设计，在漫长历史进程当中，也就不可避免地会被反反复复地重新倒腾、设计、赋义，发展到每一细项潜心研究皆可写出几册大部头专著的地步。其实，设计标准化制式服装的初衷，也不过是为了身份辨识。骑士团和盔甲时代将制服设计义无反顾地引向华而不实的方向，路易十四的奢靡个性助长了老欧洲对精致美观服饰的追求之心。对于制服而言，实用性往往只是顺便捎带，或者成为样式革新的借口。

老欧洲到底还是含蓄的，旧本部酒店制服，因为不曾或很少受到其他文化源流的滋扰（毕竟，现代酒店文化源流本身即来自西方），就算再如何细微变化，也不至于玩出多少花样来。比如 Ambassador，比如阿玛尼老先生、川久保玲、山本耀司或者 Vivienne Westwood 为跨国酒店集团设计的春秋季套服系列，无论不可替代还是个性张扬、低调含蓄抑或饱受争议，西方酒店集团委托人们本身固有的风格不会改变，真正得以实际应用的酒店制服，其实也都受了历史的制约——正如朋友所说的"没有意外"，在这点上，酒店大鳄和商旅客们的基本诉求保持了高度一致。

以上评价太过冠冕，其实也可直接怒吼："西欧就是这么无聊！"所以不妨告别 Ambassador，远离柏林、伦敦和维也纳，循着老欧洲酒店文化的殖民步伐，一路向东，继而借道东南，聊些我至今记忆仍深刻的、特立独行且生动有趣的制服个案。

最先想起的是华沙，住过一家 Hyatt Regency，也即芝加哥凯悦集团旗下据说最追求个性的酒店品牌，结论却很遗憾——毫无个性可言，制服（无论哪种职务、阶层）属于旧本部风格中最消隐个性的那一类型。这么说吧，这家 Hyatt，无论雇员还是酒店本体、一切装饰物或非装饰物，皆具有"全无特征"的奇特属性。坐在椅上仔细回忆半天，除了确定自己曾在这间酒店住过一晚，其他一切尽数遗忘：侍应生和门童穿什么衣服全无印象，大堂怎样装修全无印象，房间哪种风格全无印象……颜色、形状、光线、气味，没有一样想得起来。连酒店所在那条名为 Belwederska 大街四月晴朗天气里葱郁的街景和懒洋洋的气息，我都还记得一清二楚，这里却偏偏忘了个一干二净。用拟人手法来解说的话，华沙凯悦堪称酒店中的忍者隐士——它因为这没有特征的"特征"而被我牢牢记住，相当诡异，有兴趣的朋友们也不妨前往一试。

然后，该是位于罗马尼亚康斯坦察市内、名字大概叫作 Bulevard 的四星级酒店。可惜，我并未亲身到过康斯坦察，但这间在吸血鬼发源地宣扬二十世纪七十年代迈阿密风格、配色鲜艳、夜间霓虹灯亮得仿佛夜总会外场的神奇酒店，着实名声在外。但凡已去过罗马尼亚的朋友（其实仅有一位：戴眼镜的热心女士，名字隐去，简称 F 女士），回来后无不向我提起这间酒店，说布兰城堡可以不去，马拉穆列什的木教堂可以不看，

酒店军团　　163

但 Bulevard 非去不可。

"去过五次，都住那儿。相比伊斯坦布尔的黑海，我更爱这里的黑海，不知为何。"某次聚餐时，F 女士给我看了她在康斯坦察海边所拍的相片：厚厚两大本，约莫三百多张的样子，全是用撕拉片相机拍的，除少数黑白的，全为彩色，内容丰富。

黑海总归是同一个黑海，不同的是视角。康斯坦察的海更得 F 女士偏爱，或许是因为常住的 Bulevard 酒店，勉力营造出了别具一格的迈阿密风情也不一定。照片里同样反映出彼时彼处 Bulevard 的样子：晴天，五彩斑斓的外墙，远远看去仿佛乐高新出的玩具。拍照日期，规规矩矩写在相纸边缘，同时作为相册排序的依据。浏览照片的悠闲中，我看到许多 F 小姐在 Bulevard 享受假期生活的惬意画面。奇怪的是，只要是在 Bulevard 内的照片，每张里面都出现了同样一位小姐：尽管衣着各不相同，甚至头发颜色也有改变，但显然是同一个人。我留心了她和 F 小姐一同上镜的日期，发现其间的时间跨度长达五年。

这些照片也并非端端正正站在相机前拍的、那类朋友聚会留念式的影像——F 女士要么正在房间内读书，要么躺院子里晒日光浴，要么就穿了一身相对正式的衣服坐在餐桌前用餐。而那位姓名暂时不详的小姐，无论 F 女士正在做些什么，都只是面无表情、双手垂下、笔直挺胸地站在镜头前。如果这样倒还好，细看她的服装，似乎也十分另类：件件都好似百年前女性才会穿的那类古着套装，某几张里甚至还戴上了造型夸张的血红色帽子。联想到罗马尼亚疆域内流传甚广的那类骇人、诡异的鬼怪传说，不说惊惧，多少感到有些介怀。

"是你朋友吗？从没提过呢。"我指了指照片中的小姐，小心探询道。

"噢，不是，名字也不知道吧，语言不太通，总之是酒店工作人员。"

原来如此，所以才总会出现在画面中，倒也说得过去。

"制服每年一换？那张戴红色帽子的，算是民族服饰？"

"Bulevard 酒店的特色，尤其女性制服，是坚持走罗马尼亚民俗风的——每年都会请专人重新设计，这也是我次次都选康斯坦察的原因之一：君士坦丁堡可没人做得到这点，土耳其酒店的制服太无聊了。"

单就这句话而言，必须要提出异议：君士坦丁堡人也是不容小觑的。我去伊斯坦布尔时，住的是名字叫 Sultanhan 的、装饰富丽堂皇、风格犹如波斯细密画般的独立高级酒店。前往土耳其旅游的人们，在对酒店的选择上，相比国际连锁平庸化的舒适，往往更诉诸异域风情，于是，如 Eresin taxim 酒店、Acropol 历史酒店这类契合当地文化传统和对应建筑风格的高级独立酒店，通常更受游客们欢迎（尽管它们有时也是由大型酒店集团直营或控股的）。

Sultanhan 位置绝好，坐在特色餐厅里就餐时，可以看到朝阳一点一点爬过圣索菲亚大教堂的盛景。大堂制服是黑色系的，黑鞋灰袜白衬衫，没有袖扣，也没有胸徽，估计不是特别找裁缝定制的衣服，而是直接向成衣店大批量购买的套服。虽然没有选民族服装，但 Sultanhan 员工的穿衣风格仍看得出土耳其风貌——制服似乎都不合身，跟在 Ambassador 修空调的 W 先生身上那套衣服完全是两码事。揣测 Sultanhan 酒店的制服外套标准，大概觉得"能够在西服外套和衬衣之间再加穿一件薄毛衣"才是正道。于是大堂 H 先生（因为毕竟没有加穿薄毛衣的缘故）一举手一顿足，衣服上就瞬间叠起一堆褶子，好不壮观。

"制服？噢，也是定做的啊，明明量过尺寸，也不知道为什么拿到就大了些。对了，本来，领子上还要加一条红边的，但好像是出了样衣，觉得太难看，就没加了。你去餐厅那边看看，就明白我说的是怎么回事。"H 先生听了我的疑惑后，答得倒挺热情。

跑到餐厅里要了杯泡沫酸奶，发现侍应生服装跟大堂完全两个路数：亚麻色西装、金色纽扣配金丝领带，衣襟上长长一道红边，领班还需戴上红边袖章。唯一相似的一点——衣服照样大上一圈，仿佛提前为员工今后的发福做了规划。

这样理解倒也没差，毕竟土耳其人容易发福。三十岁往上走，不分男女，不管年轻时身段多么窈窕婀娜，都会如同吹气球般膨胀起来。Sultanhan 的制服洗得勤快，却不会每年更换，所以做得大点，并不是疏忽，倒是管理层深谋远虑了。

类似"制服地理学"这样的学科，大学里大概是没有的，可全球十几万家大酒店，没准也有人正悄悄做着这方面的研究：希腊、塞浦路斯的本地人大多精瘦，所见制服也普遍贴身；埃及人肤黑，西服选色就相应往浅色系走，样式更接近军服，笔挺庄严，客人们看了，精神自然为之一振。从西班牙、葡萄牙一路颠簸来到北非，突尼斯、摩洛哥、阿尔及利亚……大概因为天气炎热的缘故，地中海沿岸城市，无论制服设计还是酒店装饰，均不约而同地朝着海市蜃楼方向大步迈进——沙漠、绿洲、天青色泳池、妖冶鲜艳的花朵、仙人掌、棕榈树、热带水果和干树枝，事关酒店的一切，都围绕着这几个关键词来建立。诚然，照搬老欧洲酒店过来的情况相当多，但那些给我留下深刻印象的，莫不具有"从沙中来，到沙中去"的虚幻感。工作人员所穿制服，颜色更偏向天方夜谭中常见的色彩：缡丝金、松柏绿、赤绯红、象牙白……设计相比旧本部制服标准而言，往往也更时髦性感，女侍应们经常系上符合当地艺术风格的精致丝巾，戴上与制服同色的小圆帽，一缕流苏垂下来，令人无端端想起斯里兰卡航空的空姐制服：差不多就是这种感觉。

再往东行，乘飞机越过波斯湾，抵达迪拜之后，酒店制服的形貌，突然又变得跟土耳其差不多了。不过，帆船酒店还好，哈里发塔据说也还好，虽然多少融合当地风情，但整体还是随了旧本部制服的风范（理所当然，帆船酒店且不论，毕竟迪拜塔从内装修到制服都是乔治·阿玛尼大师亲手操办的）：挺括、精瘦、严肃、奢华、低调，且随店内不同主题区域，彰显出各自不同的调性，以便契合环境、强调整体感。帆船和哈里发塔雇用了比其他任何阿联酋酒店都多得多的外籍员工，多数是欧美人，亚非裔客房服务生和厨师也不少，想也知道是希望能够更好地为来自全球任何地方的客人们服务，称得上全球化典范。

酒店军团 167

赫赫有名的世界岛 Atlantis 大厦,就已经大步走在远离全球化的大道了:此处足以满足客人们对黄金时代和亚特兰蒂斯传奇的一切想象。制服设计同样停留在黄金时代,是一种典型的怀旧风格。至于 Al Hadheerah 城堡度假酒店,很难描述,到了那里就仿佛走进阿里巴巴与四十大盗故事中的山间洞窟,像是那类依仗着炙热沙漠正中的一方绿洲,以黄沙为主要建筑材料,由无政府主义盗贼们在一夜之间奇迹般建立起来的梦幻王国。加勒比式酒吧、印度餐厅、肚皮舞、摊贩市集和骆驼商队,走到哪里都有狂欢气息蔓延。制服?如果童话中波斯公主们身穿的那种带面纱的绫罗长裙也能算的话,那就是吧。看过罗伯特·罗德里格兹 1996 年那部经典恐怖片《杀出个黎明》,知道"From Dusk Till Dawn"酒吧内的整体氛围如何的话,再去 Al Hadheerah 城堡,估计瞬间就能找到似曾相识的感觉。

噢,迪拜也有凯悦,其风格很神奇地与华沙凯悦保持了高度一致:同样对外宣称走风格鲜明个性化路线(这次是所谓"白色地中海奢华风格"),却也同样很难令住过的客人们再次忆起。否则,也不会在这部分说得差不多时,才突然想起要提上一句。

最后回到 Bulevard——关于那位经常出现在 F 女士照片当中姿势不变、面无表情、姓名不详的酒店雇员,我仍感到十分在意:

"对了,那姿势算怎么回事?无论怎么想都太紧张了点吧……而且,似乎从来都不笑,不会太奇怪吗?"

"故意的。其实第一次是意外，原意是想请她帮忙拍摄来着。当时问过前台，说整家酒店只有她还算懂点摄影，于是就找过来，支起三脚架，语言不通，比画半天，才发现也是一知半解。最终取景调得不对，延时也弄错，因为经理突然出现，她只好莫名其妙跑到镜头前站着……简直一团乱，但出的片却意外不错，文化冲突感强烈。如此这般，后来我每次都故意请她用同样姿势、如怨灵般站在镜头前，我则对她视若无睹，装作毫不在意地做些自己在酒店内该做的事儿……"

大概每次有人翻看 F 女士的相册，她都必须如此解释一番才行。

对此，F 女士想必深感得意。

未来制服奇想

如果问未来的酒店制服该会如何，脑袋里当真一片空白。未来也并非某种"说是就是"的玩意儿，假设（至少在这一小小范围之内）真可以由我来决定，唯希望制服不要向凯悦方向进一步发展了——现在已经很难记住，倘若将个性继续隐匿消解下去，终有一天会到达完全不记得"酒店里竟还有人"的地步。想象一下，明明去住过一家酒店，却对它全无印象，且怎么也记不起来里面有人：说这是某部恐怖片的设定，也不算过分。

考虑到光学隐身衣实际应用到酒店行业的可能性不大，这

酒店军团　　169

类"无人酒店"大概等到地老天荒也不会成为酒店业主流。最近看美国饭店业协会的一篇分析报告,说北美差不多到 2050 年时,将有不少酒店完全取消人工前台和人工客房服务,完全依靠机器人来完成入住、送餐、房间整理等业务。虽说这一方式似乎确实能够最大限度地保证整齐划一的服务质量,且可大量节约人员培训费用和员工工资,按照某些专业人士的说法,还可以令那帮挑剔的、讲究私密性的商旅客们得到"最大保障"。可一旦设身处地细想起入住此种酒店的感受,总觉得还是有哪儿不对:门童变成搬行李专用的大个子机器人,亮闪闪的老派行李车也直接取消掉了,小费不需要给,取而代之是机器合成的"欢迎您来到某某酒店"致辞。check in 全自动,不再有习惯性鞠躬的大堂接待人员用圆珠笔一遍遍确认离店时间和房间号的画面,也没有倒红酒侍应生们手臂一挥放平餐巾的潇洒。制服方面,估计直接用油漆刷在金属上了事,闪闪发亮,便于清洁擦拭。

"酒店这地方,不也应该是制造美好回忆的场所之一吗?"

说奇怪也奇怪,V 先生和 F 女士——尽管彼此间没有相识的可能(也不一定),却都对我说过完全相同的这么一句话。老实说,无论酒店环境营造者,还是享受环境的客人,大概都不愿见到酒店完全丧失个性的那天到来。我理想中的酒店制服,以及穿这些制服的工作人员,应该是可以将所在城市或地区的特征,一点一滴拢聚起来,让客人即使完全不到景点或街区游逛,仅在服务交际的过程当中,便已可以把当地的人文与历史看个大概，还可同时理解所住酒店开业传承至今、赖以立足的精神。

表述略微绕口，但原理真正实践下来，估计还是比完全机器人化要简单得多：例如，若是胆敢号称自己是"全伦敦城最奢华酒店"，制服面料方面，至少得选择 Scabal 的 Summit 系列，280 克重的顶级羊毛布料，到萨维尔街 Henry Poole 或者 Gieves & Hawkes 的大店延请入行四十年以上的高级裁缝为员工们一一量体制作，才算勉强合格。开在迪拜的酒店，就不要选择意大利的设计师，至少也让扎哈·哈迪德来试试（想到这点时，就已经开始对"参数化式服装设计"的理念十分在意了）。如果横须贺的海港酒店要改造，干脆采用民宿和居酒屋风格，全部穿上甚平或浴衣来接待就好。

德国巴伐利亚地区，彻底抛弃西服，直接使用传统服饰的酒店也不在少数。男士们穿皮裤、扣背带，翻毛皮靴以及色彩鲜艳的长编织袜，头上再戴一顶插了俏皮羽毛的毡帽，大手一伸，豪迈地将你那两只超重的行李箱一直提到门口，安放在前厅行李架上：岂不比两个西装革履、一言不发的扑克脸礼宾中校来得更有趣些？

中国其实也有很多这样的酒店。走苏州水巷平江路、游大同古城、观闽南土楼时，偶尔能发现一些拿古旧建筑翻新改建，并对外开放经营的设计型酒店。它们的装修标准和服务（包括价格）向高级连锁型酒店靠拢，住进去后，会有仿佛穿越到这些建筑曾经最为繁荣兴盛时期的奇妙错觉。店内工作人员的制服，也会特意向那个年代靠拢，一时旗袍汉服，一时唐装宋袍，别具一格。个人相当中意这类酒店，只要装修和制服设计、考据完成足够细致，并在改建装修时得到有力资金支持，在还原各种历史细节的同时，最大限度满足现代旅者的实际需求，独立酒店也是可以成为住居休旅领域的艺术品的。至少我所知道的几家高档复古酒店，生意都十分好，除非提前预订，否则斗室难求。

哪怕前夜宿醉，隔天醒来之后，一睁眼，看见穿当地特色服装的女侍应生正忙着为自己张罗早饭，便能迅速判断出自己身处哪个国家来。没错，或许缺少了"酒醒不知身何处"的诗意，但到底也能感受安稳，于异地体会到可爱又微妙的宾至如归的情怀。

另有一项小小腹诽：那些令人难忘或难记的酒店制服，真应该在大堂内设一专柜，预先制好成衣，贴标售卖才是。难忘的制服可供应给那类"酒店制服癖"患者（或者，作为情趣道具什么的，啧啧）收藏使用，打上编号，支持绣字，每季推出限量款，没准也会成为服装界中一笔不小的生意；至于难记的制服，在保险及房地产推销领域，想必能发掘出广阔市场来。

维也纳，夜狂热

记得那年十二月碰巧在维也纳，本来有机会观摩由 Daniel Barenboim[1] 指挥的新年音乐会内部排演，却临时被放了鸽子，因为不愿提的原因，接近午夜时分，还孤身一人穿了厚棉袄在街头漫无目的游荡。幸好，名字忘记了的朋友在道别前，塞给我一张便条，拍肩嘱咐道：

"万不得已，不知去哪儿时，就去那儿。"

啧啧，走投无路时才想到要去的地方？一眼望去似乎是下下之选，却神秘又顽强地蕴藏了某种奇妙难言的诱惑力。脱下手套，展开那张纸片，上面如暗号般写了两行字：

Chelsea
坐 U-Bahn 到 Josefstaedter Strasse 下，循着声音走

---

1 丹尼尔·巴伦博伊姆，犹太裔钢琴家、指挥家。

如此这般,密教集会式的前奏下,头一次造访切尔西（chelsea）酒吧。时间是 2009 年 12 月 3 日,当晚现场乐队的名字是 FREUD——由戴黑色有檐帽、系黑色细围巾的主唱演绎如《天鹅绒金矿》（*Velvet Goldmine*）中布雷恩·斯莱德般性感华丽的 TECHNO 电音;吉他、鼓手和贝斯手统统腼腆得要命,穿得像是刚从招工简历用的两寸照片里钻出来,演奏技巧和认真神情,却足以令在场的每一个人着迷。

显然不是家喻户晓的平克·弗洛伊德,也不必指望随便闯进一家夜店就能撞上战车乐队:在维也纳听地下乐队演出,好比在蒙特卡罗蒙着眼睛玩轮盘赌,可能偶遇未来将成为传说天团的梦幻组合,也有很大程度碰见多年专注于制造噪声、毁人耳膜的恐怖老 BAND。不像在柏林,或者巴黎,乃至酒吧音乐糟得极有性格的东欧、俄罗斯,循着乐队名字查当地黄页,总能够翻找出自己愿去,又或者不愿去听的确切理由。然而,在维也纳,即便提前知道团名,你也没办法简单预测现场表演的风格,以及观众们的预期反应——看到如 Hella Comet,抑或 Okta Logue 这样的团名,以及视觉系乐队常用的天马行空式海报,能勾勒出怎样的现场?就算是 Mambo Kurt 这种在 Wacken Open Air 重金属音乐节上声名大噪的老手,指望去推敲出他在 Reigen Club 演出时的曲目?简直是笑话!

没办法,得益于"音乐之都"悠远的吟游诗人和演奏家传统,这里的乐团数量实在太多,几乎每天都有新的乐团诞生,旧的组合解散。小有名气的团队固然不少,最多的却是那些如流星划过夜空般的"一次上台团"：他们努力争取到酒吧地下演出的机会，鼓足勇气，整装上台，哪里知道，才唱几句就被见多识广、口味刁钻的苛刻听客们嘘下台去，希望就此湮灭……说惨也够惨的，可如果是货真价实的好乐队，听客们同样会给予力捧。地下乐队一跃成为常热天团的例子可不少，迷幻摇滚风的 Zweitfrau，首席朋克乐队 FRANKENSTYLE，都是由地下乐队崛起出道的典型（即使出道后的作品无可挽回地堕入流行——这也算是地下音乐自诞生日起就无法回避的悖论）。

众所周知，因为某几条似乎与宗教相关的陈旧法令的缘故，德奥两国的购物街，一过八点，大小店铺便统统关门（只有郊区的大超市才勉强经营到十点左右）。忙碌一天的男人们，倘若想要结伴去找些乐子，除了酒吧、夜店，恐怕再没有其他太多选择。维也纳带乐队演出标配的酒吧和夜店，大多分散在名为 Josefstadt 也即约瑟夫城的一个城市区划中，该区紧邻霍夫堡皇宫和大学城，是个典型的居住区，人口密度很高，夜间娱乐需求十分旺盛。另一方面，大学的学生们天然就是组成新乐队的主力军，也为地下音乐注入了仿佛取之不尽的活力。

无论柏林、慕尼黑、法兰克福还是维也纳，夜店选址都遵循一条颠扑不破的规则：拥有公共交通站点的高速路旁。原因说简单也简单，爱玩的人们开着车来，喝得酩酊大醉，再搭夜间巴士或者首班地铁回家。另一方面，因为夜店人声嘈杂、音乐山响，紧邻居民区开设肯定会招来抗议。高速公路旁一般都有绿化隔音带，即便再吵再闹，也不会带来太多麻烦。

据相熟的维也纳朋克青年 Heinz 介绍,想在"音乐之都"体验地下音乐,有所谓"三大名店"的说法。老大自然是鼎鼎大名的切尔西(Chelsea),它所在的约瑟夫城街地界,两个街铁站夹住的一小段路上,前前后后开有七八家著名酒吧,家家都有乐队演出,"循着声音走",绝对没错。

老二则是郊区的 Reigen 俱乐部,地铁需要坐到离市区老远的 Hietzing 站下才行。这是家平时主打 TECHNO 的大型夜店,但经营方式却意外老派,允许表演的乐队风格也相当庞杂:摇滚、乡村、爵士、雷鬼、民谣、灵乐……凡是能想到的音乐流派,除了古典(或许有吧),都曾在 Reigen 上演过风评不俗的辉煌之夜。店内装修比较偏美式,系灰蓝色围裙的侍应生极度热情,餐厅供应的菜品味道也佳。虽然位置相对偏远,演出却是场场爆满,掌声雷动。

老三显然是 Tanzcafe Jenseits,坊间简称 Jenseits,位于一条名为 Nelkengasse 的小巷内。坐城铁到 Neubaugasse 站,朝着显眼的 Arian 酒店走一会儿,左拐即到。说来可能令人感到难以置信,Jenseits 整店走的竟是华丽丽的复古宫廷风:暗红色大马士革纹墙纸,整块整块的大理石地板,斑驳累累、陈旧得仿佛是从战前黄金时代绅士酒吧直接搬来的桌椅,卡座和吧台的红色天鹅绒衬布,以及天花板上如花朵般四向舒展开来的金色帷幔……这一切都笼罩在暖红色的光线基调下,配合夜的黑暗,给全店渲染上某种肃穆神秘、与世隔绝的氛围。音乐什么的且不论,Jenseits 酒保所调的特色鸡尾酒,口味堪称一绝。

德语区的现代音乐输出方式，细究起来很有些奇怪，一方面人人都知道听古典交响乐必去柏林、维也纳，可这两个地方又偏偏是硬核重金、朋克、TECHNO 的高危集散地：倘使将高雅严肃的古典乐比作"南"，地下音乐则无疑站在北地的最边陲位置上。仿佛由大量天才古典作曲家、指挥家穷尽多年心血修筑起来的肃穆之墙，必须得要用宣泄意味强烈的摇滚和电音消解掉一般。单就 TECHNO 这一广受欢迎的类型而言，在柏林这个大都会里，是受到政府和媒体的公开保护与支持的：更多更全面的宣传机会、更容易获得的公开演出权，还有更为友好热情的听客——说大部分柏林乐队都过得优哉游哉也不为过。地下乐队不用很辛苦就能获得出道机会，发表唱片，找经纪人筹办全国甚至全欧巡演，一切甚至都不用经过"地下"这一象征着艰苦努力的阶段。反观维也纳，不只政府强行将地下乐放置在"既不支持也不反对"的灰色地带，媒体也只对事实上的成功者们给予支持和掌声。残酷的生存现实在地下音乐界履行了丛林法则：优胜劣汰，锤炼出一大批风格鲜明独特，演奏水准过硬但仍不算出名的地下乐团。不夸张地说，不少在地下音乐界沉浮多年，始终不能真正"浮上水面"的队伍，水准已经高到令人难以想象的境界，甚至主唱写词都堪比哲学家了——到这份上，出不出道，对他们而言，也已无所谓了。

正因如此，维也纳地下音乐界就如同阳光下的水蒸气般，变幻莫测。读 *Keine Delikatessen* 或者 *peng!* 杂志，或许可以了解到某一阶段全城"耍酷"音乐发展的只鳞片爪，但归根到

维也纳，夜狂热　177

底也不过是主观、零碎、片面的他者意见，算不得准。事实上，每一位试图了解维也纳地下乐的人，所了解到的也只可能是碎块：比如切尔西请来 Urban Cone 的那晚，Musikbar Rhiz 针锋相对地找来 The Mekons（千里迢迢从英国过来），Jenseits 有实验电子作曲家 Noid 的表演，Reigen 夜店里坐镇的则是 Boro Lo 旗下新请来的 DJ，演绎至少听起来还算舒服的 TECHNO 电乐……关于现场表演有条亘古不变的铁律：所有现场均不可再现、不可复制。好吧，这个地下乐之夜互不相让的几十个熠熠生辉碎块，我们到底该捡起哪一个？

和爵士乐一样，彻彻底底是个不解之谜。

如今的辉煌起源于二十世纪八十年代，尤其在维也纳长热不衰、独占鳌头的 TECHNO，其历史几乎与流派源头一样久远：TECHNO 来自美国底特律，强调节奏感、重复和机械感，通常由电脑合成，在迪斯科舞厅内作为舞曲演奏，考验的是现场 DJ 的功力。维也纳的 TECHNO 说是底特律 TECHNO 鼻祖的孪生兄弟亦不为过，切尔西酒吧的历史，估计也跟地下乐队的光荣一样长。

第二次去切尔西酒吧是在懒散又温暖的三月下旬，没有演出，电视机里播着主客双方都不怎么尽力的球赛，理所当然的零比零，心不在焉的球迷们，对酒的兴趣显然比屏幕更大。我等着终究没来的人，坐在不起眼的角落，大口喝下鲜榨的维也纳黑啤。三杯下肚时，意外被穿休闲西装、白发梳得油光铮亮的老绅士搭讪：他戴茶色蛤蟆镜，蓄一字须，德语讲得磕磕绊绊，但好歹诚意十足——我曾一度怀疑，他就是斯坦·李本人。

"知道吗？老切尔西，1986年12月12日开张，当时还是在一栋公寓楼的地下室里哩。"

他呷一口生啤，回味十足地又补上一句：

"我在场。"

尽管成立时维也纳已有Arena和Szene Wien这样的大型夜店，但像切尔西这样，以固定档期方式灵活安排本地地下乐队演出，每天不停换DJ的俱乐部，尚属首家。同样是二十世纪八十年代，德国音乐人Westbam和Dr. Motte在柏林成立了模式类似的地下大店UFO，伦敦一夜之间也冒出了一堆相似场所——仿佛欧洲地下音乐人们已密谋策划了很久，只等底特律人一声令下，便要揭竿起义似的。

"以柏林为代表的德国酒吧地下乐有个显著特点，就是硬核。"老人对那段历史如数家珍，"DJ们故意加快转碟速度，甚至有人直接用电钻引擎来玩电音，场面简直凶残。相比之下，伦敦的主唱们个个都是娘娘腔，崇尚迷幻效果，拜倒在酒精、大麻、致幻剂的石榴裙下，蠢得可以。"

"原来如此，不过维也纳本地，又是如何？"

"这么说吧，德国人太过注重实验性，英国人浮于表面，但维也纳的地下世界里，是真正在认真'做音乐'的——比如，切尔西热情迎接了许多德国硬核乐队、伦敦娘娘腔迷幻歌手，安排他们到这里来演出。作为礼貌的东道主，我们也报以最大的热情来欢迎他们，倾听，并给予掌声……可谁是英伦、谁是邻邦、谁是本土，终究是靠耳朵来判别的。"

老人话说得含蓄，其中褒贬意味，却是一目了然：德国地下乐发展，可说是与十八世纪时的狂飙突进运动（Sturm und Drang）一脉相承，看重天才、创意和力度，但也多少忽略了基本功与技巧。伦敦的一切都很时髦，夜生活纸醉金迷，热门乐队如同封建领主，无论去到哪里都受万人景仰，不可一世。至于维也纳地下乐，虽然排场没那么气派，却无论演出者还是组织者，都兢兢业业做好自己的分内事——这边厢努力磨炼演出技巧，钻研词曲创作风格，那边厢则全心做好新乐队的参演甄选工作，给有足够潜质的艺术家们足够的支持……最终抛弃一切浮华，以实力定输赢：不只针对地下音乐，这也是维也纳作为欧洲当之无愧的"音乐之都"，对待风起云涌音乐界处变不惊、一贯如是的了不起传统。

"听说过 Fetish 69 吗？或者 Pungent Stench？噢，Hans Platzgumer 这名字，总该有些了解吧？"

老人如数家珍地报着乐队或者主唱名字，我却十分遗憾地接连摇头。最后，老人无可奈何地拿起酒杯，抛下一句话后，多少有些忿忿地起身离去了：

"他们可都是从切尔西酒吧毕业的！——初次登台都是在这儿……唔，也不算是吧，毕竟是老店……总之，切尔西，这里，就是新音乐的最重要催生地之一。"

时至今日，我也没想清楚，这位老人当时为什么会想到要找我这个与电音风马牛不相及的东方人搭讪——大概认为来切尔西的都是慕名为乐？啧啧，当真是老派人想法。听朋友说，维也纳夜店酒吧的店主，尤其老一辈的，都有长期驻场、隐瞒身份、端着杯酒找看得对眼的客人闲聊的嗜好。没准，当时那位老人，恰恰是切尔西酒吧的创办者也说不定。

实话实说，夜店音乐界毕竟是以炒热现场气氛为核心宗旨的领域，古典音乐抑或学院派的那一套，在这儿已很难行得通了。擅于全方位炒作的伦敦娘娘腔，德国硬派电子、重金属、朋克流行，在国际间引发了诸多关注，大热人物和天团不断涌现。当全球乐迷都在为性手枪和 Judas Priest 乐队狂欢时，维也纳的夜店生活和地下乐发展，相比难免有些黯然失色。不过，无论台上台下，维也纳人对此似乎也毫不在意。从切尔西出来，到 Loop，再到 Reigen……无论是格调优雅的爵士吧，还是人人高举双手、疯狂摇摆的大型夜店——凌晨四点三十分，那些醉得眼前一条马路变三条的酒客们，心满意足地从快要打烊的霓虹灯火和刮碟噪声中推门离开，一手死撑墙面，一手扯开拉链，当着巡逻警车的面，瞄准消防水栓小解时，脑袋里面死循环般回响着的，必定是正宗维也纳本地 DJ 摇出来的电音。

夜狂热，不知归处。

云端看杂志：谈机上刊物，或言场所的场所性

杂志型飞机

朋友里有位姓佐藤的，名字忘记了，单单记得"佐藤"，也只因为对应的罗马字 Sato 太易记，到了想忘也忘不了的地步。这位佐藤君，是名外聘的设备采购员，因为需要他买的设备贵得离谱，往往两三年才有一次集装箱的转运签单发到所里，却意外每周都要坐飞机赶往世界各地。此种业务细节上的高反差，配合他经年累月的神出鬼没印象，在整个同事系统里营造出了某种"必须敬而远之"的默契，类似对待那些从不发言的哲学家，或者麦哲伦在圣胡安港初次发现的猛禽之类。

当然，这些传闻是在我与佐藤君相遇之后，才慢腾腾传到耳中来的，迟到得还不如不来：我仿佛是莫名其妙搭飞艇去了圣胡安，而他已经成为我的朋友了。

我们相遇的第一个话题是飞机。记得当时是 3 月 11 日，初春里有点冷的一天中午，小组例会无聊，坐旁边的佐藤君突然开口问我：

"飞机是二维的。可同意？"

"唔，大概如此吧……"

完全不能领会佐藤君提问的要点，我几乎要认为"飞机"不是飞机，而是某个被日式发音污损过的冷僻词。勉强用成年人的狡诈蒙混过去后，我装作若无其事般地死盯着他，等待他补充后继信息。

"不同航空公司，不同的文化，可用飞机上的杂志去抽象。比如爱琴海航空有 *Blue*——上个礼拜，我坐它们那既窄又晃，还没有电视的波音 737-300 到塞萨洛尼基的马其顿机场办事，两个半小时飞行，看半小时 *Blue*，飞机餐则完全没有。临下机时，身心都很 blue，实在贴切得很。"

原来是这么个意思，贴切倒也不能说十分贴切。希腊我也去过，但坐的却是常见得不能再常见的德国汉莎，目的地是寻常得不能再寻常的雅典国际机场，连名字都了无新意。至于什么机上刊物，素来大气的汉莎给你三种选择：*Lufthansa Magazin*、*Woman's World*、*Lufthansa Exclusiv*，估计看一路 *Woman's World*，身心也会变得很 blue。

但佐藤君的奇想却就此在我心中扎根，之后乘飞机时，也开始特别留意起机上刊物来。甚至，为了体验不同航线的妙处，即使目的地相同，也特地订购不同公司的机票。其中妙处，跟

"酒店不住连锁"的性质大体相同：放弃的是稳定，收获的是千奇百怪的体验。

比如搭阿联酋航空的巨型空客前往伦敦希思罗机场，就跟坐不列颠航空的波音回雾都的感觉大不相同。迪拜人经营的航空公司无论如何都有种迪拜感，即使去伦敦这种多少显得肃穆惨淡的地方，也隐隐约约体味到紧挨着棕榈树、迪拜塔、帆船酒店和沙尘暴的熙攘喧哗。阿航的机上杂志名为 *Open Skies*，封面惯常是撞色系风格的手绘：粗线条、波希米亚色系，浓浓的中东风情配合诸如 *The Rumble in the Jungle*[1] 之类简单粗暴的主打专题。

说来有趣，*Open Skies* 杂志有个已运作了多年的景点栏目，名唤 PLACE，翻开后可见整版整版用超广角牛头拍出的宏伟建筑、风景名胜照片。PLACE 的取材具有毋庸置疑的世界性，我所记得的几期专题，计有泰姬陵、冬宫、黄石公园和悉尼歌剧院等，遍布全球各地。但照片本身，在呈现上却又奇迹般地还原出彻底的迪拜感来。关于阿联酋航空究竟是以怎样的方式将自身文化完美压缩进二维世界这个谜团，在经历过三次热火朝天的迪拜转机，看过半打的 *Open Skies* 后，得到的答案却寡淡无奇：无非版式和色调上的一致性而已。

比如勃兰登堡门的照片，在 PLACE 里只能找到夜照，因为迪拜式金粉闪耀的辉煌感，在柏林只可用灯光来渲染。地面

---

[1] 意为"丛林里的隆隆声"。

部分必须精确占去照片的一半空间，最好一个人都没有——或者即便有人，也在可忽略掉的尺度上，并将整体色调调暖：这是为了给出炎炎沙漠环绕的暗示，让照片主体（无论主体是什么）隐隐重叠"迪拜城"这一概念。刊登时，将照片修剪出显眼的圆角，并在四周留出一指宽的白边。如此精妙的比兴手法运用之下，实在是将整个迪拜城，连同阿联酋航空的 142 支机队，整个嵌入了杂志里。

整本 *Open Skies* 莫不如是。

若要给 *Open Skies* 找个反义词，必然是 *Hemispheres*——美国联合航空的机上杂志。

这是本整体设计风格会令人想起建筑评论类严肃刊物，或者物理学论文会刊之类的要命杂志，说它"要命"，是因为大概只有商务舱以上级别的严肃乘客才略微有翻阅它的心情。怎么说呢，封面上确实会有《寻找（并吃掉）世界上最辣的辣椒》，以及《威尼斯 | 迪拜 | 斯德哥尔摩完美三日游》这类看似合适的文章标题，但字体必然选择高端平面广告或天体物理研究所海报上才会使用的、"无论如何都要让人感到肃然起敬"的字体，字号小到不凑近则必然看不到的地步，无论"当期主打"还是"季节推荐"，统统比"*Hemispheres*"的刊名字号小个五倍不止（基本会放在刊名的左下角，对齐规整，偶尔也出现在右下角或封面最下方）。这就导致无论选取何种封面图片（常常是独具静谧感的德系摄影作品，也热衷使用构图复杂、配色丰富的建筑类手绘），*Hemispheres* 的封面都会给人一种东欧文艺

片的海报感觉：一系列片名翻译过来都叫"半球"的厚重作品。

好吧，其实我还是喜欢看 Hemispheres 的《联邦之声》（united voices）栏目的（从针对政治问题时的措辞上，不难看出整本杂志是长期亲近民主党的）。刊中的数码和旅行栏目信息丰富、行文漂亮，腔调上会令人想起机外的《纽约客》，也相当值得开卷一读。不过，若要问"什么与 Hemispheres 最相似"，倒会第一时间想起《彭博商业周刊》来，简直莫名其妙。

就像被问及"什么与美国联合航空最相似"，会第一时间想起不列颠航空一样，简直莫名其妙。对了，不列颠航空的机上杂志居然是分级供给的，如头等舱能看的 First Life，到了商务舱就变成 High Life 或者 Business 了，内容大相径庭，经济舱干脆直接发份《太阳报》了事，更是莫名其妙。

小组例会再度无聊，佐藤君又坐在我旁边，时间已是几个月后。

"杂志型飞机，感受到了吧。"

"说感受倒也真感受到了一些。"我特意提了坐"北星"（Nordstar）去莫斯科时见到的 Летать легко 杂志，希望多少能从冷僻度上震慑他一番。

"知道最棒的机上杂志是哪本？"

"唔，这个……"

"当之无愧『翼の王国』[1]，属于全日空航空。"

1　中文为《翼之王国》。

即使想表达"不同意"的态度,但对于什么都不知道的事物,也只能保持沉默了。佐藤君外聘期满时,倒是送了我一本『翼の王国』,现在也不知道扔哪个国家去了。那杂志颇厚,印刷极精美,封面设计给人强烈的《文艺春秋》感。内容上完全看不懂,但排版相当日式(废话)。比如旅游类栏目,所选照片往往跨版,边缘毫不留白,标题字特大,但笔画却细,安排得形如是枝裕和或北野武的剧院海报,即使看不懂,读来也觉得赏心悦目。想必从大阪飞到福冈时,悠闲读本这样的杂志,会是件十分幸福的事情。

"Inflight magazine,日本叫'机内志'的印刷品,大体上就该是这么回事。"

佐藤君还说,日本有专门收藏『翼の王国』的"飞行狂"类人物,每期封面的画作,全是大师作品,原画往往能在拍卖会上卖出高价。我如腾云驾雾般地听着,心想这"杂志型飞机"的感受,说倒容易,倘使没有十几年"空中飞人"经验的积累,大约连入门都困难吧。

所以佐藤君大约是回仙台开办自己主编的那份名为《杂志型飞机》的"机内志"研究刊物去了?天知道。

场所的场所性

短暂去巴黎时乘坐的柏林航空的杂志 *AirBerlin Magazine* 上偶然提到了机上杂志的起源,是由二十世纪的著名文化象征——美国泛美航空（Pan Am）所创造。创刊大约是在 1936 年 4 月：印刷简陋，每期仅寥寥数页，内容也不过是当地新闻和大幅广告而已。这本名字想不起来的杂志，不仅在泛美航空当时的上百条航线上供顾客取阅，还提供给美国联合航空的飞机共用。当时的想法，应该是打造一本在飞机上可读的通用刊物，并没有多少突出企业文化甚至所在国文化的考量。二战期间，因为物资紧缺的缘故，机上杂志曾一度取消。到了 1947 年，野心勃勃的美联航为了突出自有品牌，推出了自己的 *Mainliner Traveler*，主打旅游和商务新闻（请注意，这正是高端大气 *Hemispheres* 杂志的老祖宗）。

如今全球约有 150 多种不同的机上杂志，可实际上，其中大部分都不是由航空公司内部亲自打造的：航空公司的宣传和广告部门，会将这项业务外包给专门的公司来完成。这些公司根据航空公司本身的定位、企业形象、航线覆盖地来组织合适的编辑人员，联系作者，制作杂志，再将印好的杂志用集装箱运输到航空公司总部，完成发行工作。目前负责这类杂志的全球最大公司为 Ink Publishing，这家公司包揽了近四十家航空公司的机上杂志制作业务，从印度廉价航空——香料航空（Spice-Jet）的 *Spice Route* 到布鲁塞尔航空的 *Bspirit!*，均是由 Ink Publishing 实际编辑出版的。

"尽管风格上相差十万八千里，却都是来自同一家公司——这就是现代出版传媒集团往往主揽多家刊物的妙处所在。共享资源，节约成本，提高效率。"

偶然在飞机上遇到的热情邻座如此评价道,不过名字是无论如何也想不起来了——职业是新闻人,目的地是开罗,性别男,着装正式得令人记不起脸。反正——无关紧要。他见我不言语,又笑说这段话是 Ink Publishing 的高层人物 Jeffrey O'Rourke 在新闻发布会上说的。

"全是废话,似乎是对的,其实没用处,不是道理,而是感慨。"新闻人邻座愤愤地评价。至于为何愤愤,原因我当然也不清楚。

"所以,怎么样?"

"机上杂志嘛,只要强调场所的场所性(Placeness of Place)就可以了。"

好吧,其实新闻人邻座不过出自我的杜撰,但"场所的场所性"——拿这个词来概括机上杂志,简直是再妥帖不过。

场所自然是在飞机上,因为需要有人"在场"的缘故,便同时暗含了时间(飞行时)及对象(机上乘客)这两个关键要素。而机上杂志作为一种特殊的预付费杂志,订阅册数一般是根据航线的座位利用频次来确定的,发行量几乎可被完全消化,退刊率趋近于零。在整个杂志出版业内,机上杂志的这一"完全封闭性"曾多次引发过激烈辩论,甚至其是否应该归于传统杂志之列,至今都未有定论。当然,形式上的认定倒没那么困难:机上杂志往往被视作一类偏重于短阅读的综合杂志,内容侧重点则在旅游、奢侈品及流行消费,还有娱乐休闲上。

记得曾在《明镜周刊》还是哪里读过一则专述,用测试数据证明飞机上的航行噪声和颠簸感会削弱乘客的阅读理解力（这大概属于那类不需要看任何科研报告也能够达成共识的所谓"经验之谈"），因此机上杂志的文章风格，以平实简单为宜。Ink Publishing 所雇编辑们的想法则更加细化，他们按航空公司、航线、票价和舱价来精确展现不同的风格。廉价航空的机上杂志设计往往更为简陋些，所登广告则更加平民化，内容也以普通旅游客喜爱的热门景点、餐厅、流行产品为主。例子说回布鲁塞尔航空，比如他们飞往巴塞罗那和飞往法兰克福的航班上，机上刊物的内容就是有明显区别的：旅游线路上以 *Bthere!* 和 *Bspirit!* 为主打，着重介绍目的地风土人情、重要景点，并顺带推荐一下与自己公司间有密切合作伙伴关系的旅游公司。商务线路上则按人头分发诸如《法兰克福邮报》或《每日财经》这类最新报纸。机上杂志倒也有（甚至还准备了一些如 *ELLE*、*Auto* 这样的流行或专门杂志），但除非乘客主动向空服人员提出要求，否则不予提供，连看也不让你看到。

　　这样做的当然不止布鲁塞尔航空一家：记得有次乘德国之翼的空客从斯图加特飞往佛罗伦萨，因为是彻底秉行"no-frills"即"不必要的都不给"理念的廉价航空公司，加之航行时间较短，不只不供餐，水和味道过咸的酥皮花生点心要收费，连那本勉勉强强的 *GW* 都不提供了。因为上机前喝了烈酒，心里不由产生某种"怎么也得找点麻烦才行"的不良欲望，也没多考虑后果，就把空姐招呼了过来：

　　"请问，有杂志可看么？"

"有的，杂志和报纸都有。您要什么？"

"合适的就好。"

当然不能指望她们会给我找来一本充满惊喜的当期意文原版 domus design（全球闻名的意大利建筑和设计类杂志，就算递了我也看不懂），因为对话时说的德语，我那晕乎乎的愿望在《明镜周刊》和 FOCUS 之间摇摆不定。

但她回来时给了我一份一周前的《人民日报（海外版）》。

"过刊虽是过刊吧，但比其他合适，您觉得呢？"

身临其境的戏剧性绝妙场景却令我失言，只感觉自己一瞬间便醒了酒。

"五十欧分谢谢。"她向我伸出了手。

细化服务，不只控制了成本，也实现了内容浏览的多样性。

"场所性"具体指什么？我个人认为近似于场所本身诸多特征的筛选及浓缩，和 Ink Publishing 的经营理念相似，也类似佐藤君之前提到的"二维飞机"概念。相较于"场所"，机上杂志的"场所性"更多是从需求上来考虑。

"我们飞往一个地方，我们对那里会有怎样的期许？"如果忽略机载电影，转而翻看机上杂志，这将是我最希望能够从中取得答案的问题。完美呈现"场所性"是机上杂志存在的理想状态，想想看：如果我刚好能够从杂志上得到想要的信息——事先想去的目的地景点的最新游览指南、市内便宜又好吃的特色餐厅点菜建议、当地人正在热议的新闻、几句简单但实用的外语……确实，目前许多大型航空公司已经在国际线路上提供了有一定限制的互联网服务。比如素来以提供多种舒适服务体验闻名的阿联酋航空，除了可以任意点播电影、收听音乐，以及用出身亚琛工业大学的阿拉伯工程师们特别设计的机载摇杆在座椅屏幕上玩游戏，还可以利用飞机自带的网络服务给朋友打电话或者浏览网页。

尽管机上互联网服务理应是大势所趋，乘客需要取得何种信息，直接在网络上搜寻答案即可——相比博大精深的互联网，现有机上杂志在信息量和信息时效、精确度上都存在先天劣势。不过，需要注意的是，机上互联网也同样将网络信息的冗杂、细碎、难辨真伪带到了平流层以上的高度。我们已经无法摆脱互联网，但仍需要自己给自己做决断。互联网的存在，恰恰是在抹杀"场所性"，以全无筛选和浓缩的态势，将地球上任一个联上网络的角落变得全无特色。

泛美航空创造机上杂志之初，无非是希望能够给乘客们一种打发机上无聊时间的消遣方式。今日的航空服务业已然发生翻天覆地的变化，若论消遣，杂志显然远及不上机载屏幕上播放的最新电影——只要常坐飞机，这项观察结果可说是有目共睹。

所以干脆剔除掉机上杂志的消遣性，让它能够更彻底地呈现"场所性"为佳。如此细想起来，"场所"并不是孤立在机身以内、乘客们阅读时所安坐的乘客座椅上的——联结起飞地与目的地间那条或许数千乃至数万英里长的、看不见的"航线"，以及这条"航线"两端的风土人情差异，再加上客机本身，才是我们当下正在讨论着的"场所"。这意味着理想的机上杂志编辑部，需要考虑比如巴基斯坦人去塞浦路斯度假时，想要获知怎样的具体信息；又或者中国人前往新德里时，不希望吃到哪种口味的咖喱——乘客中的小部分人可能已经了解到这方面信息，并且比编辑部在刊物上所提供的还要详尽、深刻得多。但机上刊物永远是为大多数乘客服务的，从某种角度上讲，机上刊物可说是大部分乘客对目的地期待的结晶。

这样的说法稍嫌矫情，所以"结晶"改成"集合"，可算是给机上刊物"场所性"等思考的一种理想结语。

机上刊物未来形态畅想

作为一座私人图书馆的拥有者和经营者，总有人会想起来问我同样一个问题：

"纸质书终究消亡，你觉得呢？"

如此大而化之的问题实在无法回答。比如如何定义"纸质书"，如何定义"消亡"，"终究"指向哪个时间点，等等，太多的不确定，太少的期许。不过，拿这个问题限定下范围，放在本文中倒可以成立了：

"纸质机上杂志终究消亡，你觉得呢？"

上周生病在家，偶然收到一封汉莎航空（Lufthansa）寄来的推广邮件，标题是很醒目的一句话"*Lufthansa Magazin* 机上杂志提供免费 App 下载！"全文德语，翻译过来大致如下：

"*Lufthansa Magazin* 登录 App Store。过去，读者们只能在飞行过程中享受这本流行、时尚、信息量丰富的杂志；不过——从现在开始，感兴趣的朋友们也可以使用自己的 iPad，在 App Store 免费下载最新的杂志了！我们的电子版杂志提供视频、音频、360 度全景展示等多媒体特性，欢迎下载。"

这封邮件意外为我此刻所撰的文章提供了一堆堪称悖论级别的议题：且不论 *Lufthansa Magazin* 的具体定位如何，一份原本具有完美封闭属性的杂志，突然以免费形式进入活跃用户数达到五亿之巨的 App Store，可说是完全抛弃了本身的封闭性。仔细思考，这既不能算是原来机上杂志的电子化，也不能算是原封闭杂志的开放化。若说汉莎希望用统一的电子版本来取代纸质刊物，大而化之的角度似乎说得过去，可实际上，飞机上并不是每位乘客都会拿出 iPad（根据最近实乘飞机时的观察，无论全球哪条航线，光是会取出 iPad 的比例，能有 10% 已经很不错了）来浏览预先下载好的杂志（这个比例应该小于 1%）。就目前情况而言，两个用户群间并没有太多交集，且 iPad 相比纸质杂志还是太重，丧失了随意翻阅的舒适感。就算 Lufthansa 能为每位乘客配备相应的电子阅读器（相对汉莎航空的三百多架飞机来说，显然会是笔不小的改造开支），看电影的用户也绝对会比浏览杂志的人要多。想想看，既然选择开放 iPad 杂志架，那为何不干脆开放《时代周刊》《名利场》《花花公子》这样的大刊给机上乘客们免费或付费阅读？不客气地讲，机上杂志的唯一核心特点就是封闭性（大部分时候与前文提到的"场所性"等价），未来若抛弃封闭性，读者群转变为一般杂志读者，内容转变为一般综合类杂志内容，也就同时失去了仍需存在的理由和竞争力。

关于这个问题，去掉题设中的一个限定条件后，或许能够看得更直观些：如果不是电子版杂志，而是将印刷版的 *Lufthansa Magazin* 以 5 欧元的售价放在书店和书报亭里销售，将会如何？

结论一目了然：在所涉领域里缺乏与专业杂志一较长短的实力，要么从市场上消失，要么沦为"粉丝向杂志"——"粉丝"自然指汉莎航空的坚定拥护者们。可是，一旦演变成此种情况，和在飞机上供乘客免费浏览相比，又有什么实质区别呢？机票或许降价 5 欧元（实际上，发行本身增加了成本，这点是不可能实现的），喜欢看 *Lufthansa Magazin* 的常客们则在候机时花同样的价钱买来最新一期？徒增烦琐罢了。

没错，且不论场所性，飞机上总是会有"不如轻松读本杂志"的需求，纸质机上杂志在至少十年时间内，应该是不可能退出历史舞台的。进一步想，一旦乘客确定出发点与目的地，选好合适的航空公司和航班。在进入相应的飞机机舱后，便瞬间达成与"场所"间的某种神秘契约——什么是合适这里的？包括空服人员的制服、年龄、态度和相貌，包括飞机餐的菜色和所提供酒水的品牌、数量，包括座椅间距离的大小、所使用椅垫的图案及用料、舷窗的形状、过道地毯的颜色及踩上去时的质感、机用耳机的音质、毯子的大小和舒适度……所有这些要素的独有特色聚集一处,便成为这一航空公司,乃至航空公司所属国家的特色概括。而机上杂志所需要做的,无非是将这些期许以文字和照片的形式,放进几个小时后那短暂未来的视野里。

忘了是在哪次例会上,佐藤君告诉我,2016 年时,荷兰皇家航空的机上刊物 Holland Herald 就要迎来它创刊五十周年的纪念日了。到时他肯定是会去收一本"半世纪纪念刊"作为留念的。

Holland Herald 我也读,2008 年底的时候去鹿特丹,还记得当时杂志里收有一篇介绍都市传说的专题文章,题目是 Believe it, or not! 内容及四色版画风格的插图均相当漂亮,即使面对 Life 或者 Reader's Digest 这般的世界级刊物时也不遑多让。有时候我会想,如果未来的机上杂志能够进行这样一类尝试,即完全摒弃"场所的场所性",成为那种只在小范围内提供阅读的人文类杂志,又会如何?以跨国航空公司所拥有的资源及财力,聘请顶级设计师和专业编辑来制作更高水平的机上刊物,理论上自然没有任何问题。如果世界上有种杂志是真正的"阅后即焚",比如只能在特定的航班上读到,内容极端精彩,且完全不允许乘客带走——如此一来,率先提供此种服务的航线,将会出现乘客爆满、一票难求的情况也说不定。

比如全日空航空上赫然出现佐藤君主编的 Inflight Magazine Magazine[1](日文名字或许是『机内志の志』)。

全日空大概是不会愿意的吧。

1　即"机上杂志杂志"。

遭遇乱流，请裹好毛毯

　　前两年媒体上闹得沸沸扬扬的国内某知名航空公司毛毯未清洗事件（据说未洗率高达八成，也就是说，盖在身上的飞机毛毯，很可能已在其他十几人身上盖过，只是因为看上去没有污迹，便草率叠好，留给下一趟航班使用了），最终似乎在航乘用品界促成了相当积极的影响：去年秋天，碰巧坐上这家公司负责的东南亚航班，空姐递上那条印有公司标志的蓝灰色条纹毛毯时，不只见到完整的塑料袋包装，封口处还用带编号的橙色一次性胶纸标注了"已清洁、消毒，请放心使用"的双语标签，确实让乘客在使用时安心不少。

　　在欧洲工作的那些年里，我很少坐头等舱，因为外派公干的路费报销额度，视距离远近，通常都卡在汉莎商务舱的价码上，略微高上一点而已。尽管额度固定，航空公司倒可以随心选择，因此，有那么一段时期，每逢需要出公差时，我都特意去尝试不同航空公司的航班。倒也没什么特别值得一提的理由，纯粹出于好奇，希望在空中也能感受到不同国家特有的风情。几年下来，连白俄罗斯航空（Belavia）和智利航空（LAN）这般稀罕的欧亚航线都已坐过一圈，经验丰富不敢说，聊聊飞机毛毯总该是足够的。

航空公司虽然千千万万，星空联盟却只有一个；机上毛毯，看似跟航空公司数量一般多，可实际上，其中大部分普通毛毯，都是由几家主要的供应商外包制造的，仅仅在出厂之前，才额外打上（或者不打）委托方航空公司的徽标而已。参考毛毯标签上的信息，生产这些毛毯的工厂，主要建在中国、泰国和突尼斯，大体分为五个质量等级，使用范围遍及全球。例如，北欧航空和爱琴海航空向商务舱乘客提供的是最优质的普通羊毛织毯，虽然样式上各具特色，也都印有公司徽标，材质却不会骗人，分明都是由同家工厂来代工生产；在东欧具有优势地位的波兰航空，以及在中东和非洲十分活跃的埃及航空，提供的则是等级相对较低的毛毯：较薄，单色，材质估计是人造纤维，衣服穿得少时，必须得叠成两层盖在身上，才能勉强保暖。

比这种毛毯质量还差的玩意儿，说来惭愧，遭遇两次，都是在某家基本只负责中国国内航线的航空公司航班上遇见的：手感毛刺刺，让人不愿多去触碰，盖在身上跟没盖差不多，卫生状况也堪忧。就是此类位于质量链底层的飞机毯，居然还爆出新闻，说被乘客私自拿回家的比例奇高，每次航行都是几十条、几十条地不见，管理方多次呼吁，仍旧无可奈何。

飞机毯大量失踪，对空姐（无论哪国）而言，绝对是件相当麻烦的事情。不知哪里听来这样一个段子，说国内某航有条空乘守则，如果毛毯回收后发现数目不对，责任由空姐全担：每不见一条，都得罚款80大元。可实际上，一模一样的飞机毯，在网络上也只卖到20元一条而已。于是，每当回收毛毯时，空姐都要对乘客们吆喝调侃一句：

"乘客们，请不要带走我们的飞机毯。如果您要的话，请直接与我联系，白送，包邮。"

段子真假且不论，毛毯不外拿，算是条国际通行的飞行礼仪。我坐国际航班往返中国和欧洲两地的次数不少，每次着陆停稳取行李前，总能见到不少同胞将飞机上的耳机、眼罩、毛毯，甚至垫腰枕、靠头垫等收进自己的登机箱里：动作从容，神态自若，估计是将这些随机配给的小玩意儿，统统充作搭乘长途客机的临别赠品了。诚然，我所选择的航班，基本都隶属于国航、汉莎、阿航这样的巨鳄级公司，空姐们所受的礼仪训练，也以尽量满足乘客的要求为第一前提。即便明确知道，根据乘机礼仪，机上物件不应也不会被乘客带走，可一旦遇上不懂或者无视规则的乘客，也只能微笑带过，以尊重客人意愿为先，不可能一一向乘客们追索，也不主动多加解释。如此一来，倒更助长"不拿白不拿"的习惯了。

其实，印有航空公司徽标的毛毯，以及其他机上用品，如果用后觉得确实不错，真心打算收藏，很多时候都是可以联系空乘人员，直接刷卡购买的。印象之中，大部分乘客从来都不会检阅空姐递上的免税物品图册，反正我是经常翻阅，其中不只有各种品牌商品贩售，还有大量飞行纪念品出售，身上正盖着的毛毯，多半也会在列（这就好似喜来登酒店也常在大堂某个角落插标售卖引以为傲的"甜梦之床"一般）。倘使觉得价格略贵，在网上也能搜到接近成本价贩售的同款物品，根本没有必要千里迢迢拿回家中，失了对服务人员的尊重。

额外提一句，用心的航空公司还会推出各种限量版纪念品，每季更新，以吸引飞行常客们的注意力。据好友佐藤君提供的信息，日本全日空正是这类"限量策略"公司中的佼佼者，甚至还推出了特别限定航线和日期的机上用品，以纪念 TOMY 公司的托马斯小火车玩具销量突破多少多少……结果导致那趟航班一票难求。

试想，印有托马斯小火车可爱图样、底纹是 ANA[1] 徽标图案的淡黄色羊毛飞机毯，确实是不可多得的纪念品（也难怪当时没有争取到登机资格的佐藤君会感到耿耿于怀）。

飞机毯的纪念品化，在这一概念诞生之初，显然是无论如何都无法联想到的。

据说，飞机用毛毯的滥觞，是源自空战史上赫赫有名的战神"红男爵"冯·里希特霍芬。一战时期，无论普通双翼机，还是红男爵最后驾驶的那架全红色 Fokker Dr. I，都是不安装挡风玻璃的。飞行员们尽管身穿皮衣、皮帽，眼戴硕大的防风眼

1　即全日空。

镜,在高空极速激烈的战斗过后,降落出机还是会感觉寒冷,浑身打战。为了御寒,冯·里希特霍芬早在成名之前,已选择在机舱内常备一条加厚毛毯。每逢出任务时,如果未进入战斗,就将毛毯紧紧裹在身上,扣牢,防止体温下降,影响自己战斗时的灵敏度和判断力。这个小诀窍,稍后在飞行员圈子里变成了常识,连地面部队也会预先准备好足量的毛毯,以供不时之需。

和平年代,以推崇航空业革新闻名于世的泛美航空公司,为确保乘客们在空中小寐时不至于着凉,率先决定将毛毯作为航班标配。但是,当时并没有为全机乘客每人准备毛毯——往往整架飞机上只备有十张毛毯,供主动提出要求的乘客取用。最开始推行这一服务时,因为所需数量并不算多的缘故,泛美航空并未联络工厂专门生产印有公司标识的毛毯,而是干脆委派一群采购员,前往以造优质毛毯闻名的Pendleton专卖店选购。听说,由于采购员的疏忽(抑或故意),首批享受"飞机毯"的乘客们,每人拿到手的毛毯花纹甚至材质、厚薄都各不相同,也算是航空史上的一段传奇了。

值得一提的是,飞机毯规格的标准化、量产化,也都是由泛美航空牵头完成的。

说来也奇怪,飞机毯质量的好坏,并不与对应航空公司的规模挂钩。往往实力雄厚的公司,给的飞机毯虽然不至于糟糕,通常也只比中档略高而已,反倒是新兴的小型航空公司,或者是由素来比较厚道的国家或民族主持的公司,会在飞机毯方向上给出意料之外的惊喜。东南亚公司里，新加坡航空在这方面细节上做得最好，毛毯不找普通工厂代工，直接成批定购纪梵希旗下的毛毯，做成名为 GIVENCHY for Singapore Airlines 的合作款了（当然，其他很多东西——甚至整个座椅——也都是纪梵希合作款，这里权且按下不表）。这个类别的毛毯有蓝、驼白两种素色，带点短流苏，毛量奇大，手感温暖略带粗糙感，盖在身上困意盎然。实话实说，毕竟是统一定制，还是及不上 Pendleton 店内款的质量，但已算是飞机毯中的高档货了：搭配特别提供的保暖袜、舒适眼罩及环颈头垫，伴着机舱顶部适时亮起的星空投影和柔和轻音乐入眠——新加坡航空在民用空中睡眠领域的用心程度，着实值得称赞。

　　反例则不得不提法国航空。尽管在宣传上极力渲染头等舱服务之奢华、尊贵，却屡屡在新闻中爆出以 2 欧元一瓶的餐酒冒充高档红酒应付头等舱客人的丑闻，怎么想都有些名不副实。好吧，无论欧洲还是国际航线，虽然心中并不太情愿，在下搭乘法航飞机的体验累积起来，也并不算少。这里不涉题外，只谈毛毯：法航的欧洲航线经济舱，是从来不主动给乘客使用毛毯的。偶尔因为冷，向空姐索要，才会不情不愿地递上连外包装都没有的深蓝色毯子：无一例外，是那种盖上等于不盖的质量。商务舱稍好些，多叮嘱一下空姐，就会专程送上加厚版的棕色毛毯，但无论如何都与传闻中的高档爱马仕定制羊毛毯沾不上半点关系（或许这也是某种特别限量版？）——爱马仕千欧级别的毛毯，我是切实上过手的，盖在身上，很快就能够暖起来，如果体热足够，甚至不久后就会觉得有些热。但法航所谓的合作款，除了手感尚可，却怎样也无法给人真诚的暖意，实在遗憾。

小公司在这方面做得好的，还有斯里兰卡航空：仅有一次搭乘经验，但却在毛毯上留下了深刻印象。

和大公司们采用的一贯方针不同，斯里兰卡航空是先让经济舱乘客登机的。当时，因为停机调度的原因，需要在临近晚七时的戴高乐机场跑道等候上机。因为我选择的是商务舱，上机时间就更加晚。风刮得厉害，负责协调调度的空姐不由分说，为每一位等待着的商务舱乘客递上了极厚的手工编织羊毛毡，极具锡兰特色，甚至每一块的颜色、花纹都不一样。好容易上了飞机，热情服务层出不穷的当儿里，又送来深浅两种灰色、带细条纹的软毛毯：虽然看上去并不厚，也没有留绒，盖在身上却意外暖和，简直给人想要偷偷带回家去的冲动。有趣的是，尽管很多公司都在出售飞行纪念品，斯里兰卡航空的软毛毯却是不提供贩售的——或许其中藏有极致保暖的商业机密？不管怎样，我是这辈子都没办法忘掉在斯里兰卡航空商务舱里裹着毛毯安睡时的感觉了。

之前提到的白俄罗斯航空，提供的毛毯同样极具特色：纯白长毛毯，打开包装就是一股伏特加香味，但意外不怎么暖和。白俄罗斯空姐十分豪爽，毛毯说加就加，一连扔过来三床，盖在身上仿佛自己成了北极熊一般——没准真用酒精浸过，微醺，很快就伴着引擎轰鸣声入睡了（相比别的航空公司，白俄罗斯航空的服务颇为随意，迎着阳光，舷窗不关也无人在意）。据说，相似的还有目前已经暂停营运的蒙古航空：装束得仿佛刚刚从蒙古包里走出来的空姐，递上粗犷裁剪、皮羊毛一体的鞣制皮毯，披在身上妙不可言，希望有机会能够亲身尝试。

  坐过多次的阿联酋航空，飞机毯却意外让人想不起来。循常理讲，依照迪拜人一贯纸醉金迷的做派，似乎直接拿范思哲的毛毯印上自己公司的徽标来用，才算是合情合理。但事实绝非如此——总之，颜色记得是深绿配鹅黄、布满花纹的节奏，铺在身上很滑，好几次都直接滑落下去，散在了地毯上。不过，坐阿航国际航班其实不容易困，因为时间都放在看电影打游戏等等娱乐上去了，毛毯（大概）也因此不怎么受到重视。无论如何，可以确认的一点：阿航是很乐意额外提供加厚毛毯的。记得有一次，我在登机前有些小感冒，上飞机后发展为头晕、全身发冷的症状，实在坚持不住，只好向空姐求助。结果是送来一床简直可以称为被子的大毛毯，前前后后将身体包裹得跟木乃伊似的。空姐还专程找来感冒药，递上温水，劝我服下，让我安心休息，到达时直接叫我。最后，飞机着陆时，小恙已被温暖的大毛毯驱逐得无影无踪了。

  今时今日，廉价航空盛行，毛毯似乎也逐渐由标配降格为选配了。熟悉的德国之翼、CONDOR、Monarch 等以廉价为主打的公司，要么将飞机毯标记为"加价附加服务"，购票时可以按自己的需要，选择是否勾选；要么索性完全不提供毛毯，一条都不准备，推荐乘客们"自行准备御寒用品"。诚然，成本是降下来了，但这种忽略旅程体验、完全效率至上主义的态度，隐隐约约也在航班和乘客间造成了难于抚平的隔膜感。电影《猫鼠游戏》的主角原型、传奇航空诈骗犯弗兰克·阿巴内尔有云："像泛美航空那样提供豪华飞行体验的时代已然结束。"或许那时代确实应该如膝边悄悄滑下的毛毯一般，顺应时势，尽早离去。然而，一旦察觉到未来或许会迎来一个不提供飞机毯的时代，我脑海中关于初次搭乘飞机时的记忆，便会在不知不觉间浮起……

　　时间大约是 1987 年，因为海外有亲戚归国访问的缘故，我与家人同乘麦道 MD-80 客机，从武汉飞往广州。飞机一路都很颠簸，过道也窄，人们很吵，空姐穿着宽大臃肿的制服，提供的飞机餐和饮料一团乱。我的耳朵因为升高而背气，很长一段时间听不到任何声音，一切感觉都糟透了。

　　但当时确实是提供了飞机毯的。我甚至还记得，那毯子是由深圳某家毛毯公司负责经销、打上大号商标的摇粒绒毯。盖着不怎么舒服，感觉也不怎么干净，却意外每个人都把空姐递上的这方毛毯，老老实实地放在膝盖上，直到回收时才拿开。

　　印象最深的一幕，是飞机飞了有大半个小时，突然颠簸起来的时候，空姐慌慌张张地在过道内四处奔忙，乘客们议论纷纷，四周一片惶恐不安的气氛。这时，机长广播突然响起，声音也有些急，只说了一句话：

"遭遇乱流,请裹好毛毯。"

很奇怪,大家把毛毯裹好之后,就都安下心来了。

大概仅凭这点来判断,飞机毯就不应该匆匆退出历史舞台。

安全视频不安全？

周末感冒严重得无以复加，莫名其妙地开始为下周无论如何都躲不过的待乘航班担忧。

"病成这样子，发生事故的话，恐怕怎么样都难逃一死了……"

仿佛青芥末之于鱼生，提起飞机失事，理所当然就会联想起每次坐飞机时必定播出的安全须知视频即 Safety Demonstration Video 来。二十世纪七十年代之前，机上媒体唯有航机杂志和广播这两种，没有任何可视化须知或教程播出的条件。即便如此，早在二十世纪五十年代初，为了培养乘客们在遭遇飞行事故时的自救意识，顺带对外宣传自家公司空乘人员的良好素质，泛美航空率先推出了"安全演示广播"这么一种新兴玩意儿。由四到六名机组人员分站飞机走道两侧（如果是单走道飞机，则等距站在走道上；头等舱专门安排有遇事能够对应负责的安全协助人员,"贵宾"们不会受到捆绑"演出"的打扰),随着机长在广播中阅读乘机安全规范的进度,同步示意或表演紧急逃生路径、救生衣用法、国际救援常识等相关内容。

  时至今日,这一套演出仍旧是空乘人员训练的标配项目。记得前几年某次坐东航的空客,目的地和机型都忘记了,历历不忘的却是播安全视频时,某位空姐站在我身边抖开救生衣的动作:毕竟演示吹救生哨时,她抬起的手肘正巧打到了我的脸。

  "事后当然是向我赔了半天不是。还好,并不算疼。"我向佐藤君埋怨道。

  "怎么不疼?远了看不清,站在身旁、近到看不见的情况也不在少数。要我说,真人安全演示,完全是过时产品,应该趁早淘汰才是!嗐,明明有视频播出,却偏要空乘员们重复劳动,还不如将预算直接拿来提高机上杂志质量呢……"

  没料到,这位机上杂志收集狂,竟会对真人安全演示有如此大的怨念(莫非发生了比手肘撞脸糟糕百倍的事件?)。预感到他会就此唠叨上好半天,还是赶紧将话题转移开为妙:

  "唔……对了,佐藤,凭你的经验,觉得哪家航空公司的安全视频做得比较好?"

  "全日空,毕竟亲切。"

  简单到无须问的答案,不愧是佐藤先生。

  "既有真人示范,又有 3D 动画演示。选色与排版,看似简单,实则匠心独具;构图十分舒服,多少令人联想起以索尼为典型的日式工业设计风格,配乐配音也统统柔和。于是乎,随便看看可以，不看也不至于受什么影响——两个字形容的话，就是**寡淡**。注意力稍微移向别处，干扰即刻消失。"

虽然对话当时并未真正看过全日空的安全视频（写到这儿时自然是已看过了），但却意外能领略到佐藤君由衷赞赏的缘由：根据航美传媒提供的数据，机载电视系统的收视率高达94.6%，换句话说就是避无可避、几近强制观赏的地步。在如此大环境的约束下，竟能想方设法从不可回避中创造出可选择性来，即便说是达到圆融、修禅的境界，亦不为过。倘使真这样脱口夸奖全日空，未免会让日航死忠佐藤君得意忘形。安全视频，说到底也不过是安全视频而已，强制观赏，没准比提供选择权更靠谱些。

"可看可不看，安全视频岂不就不安全了？"我打算从存在必要性的角度挫挫佐藤君的得意。

"哎，那倒不会。会这么说，主要是因为全日空视频的拍摄组太懒散了。从 747 开始，一直到 777-300，除了在影片题头处稍微更改一下飞机型号、逃生路径按照机舱结构略微调整外，其他内容几乎一成不变。对了，留意观察的话，会发现'关闭所有电子产品'的提示画面处，摆着的掌机还是 NDS 的老型号——三年不换安全视频，安全视频的存在，还有什么意义？"

不愧是佐藤先生，强调重复观看的非必要性：大概是"第一次因为新鲜而观看，再看同样视频则全无必要，有理由直接无视"的主张，瞬间瓦解了我那"务必人人留心观看"的臆想当然。

如此这般，安全视频想必得拍得妙趣横生，令人过目不忘，且常拍常新，争取每种机型、每一季度、每条航线都有新片源源不断"上映"才好。真这样的话，航机狂们恐怕会当场开心得疯掉。可惜，航空公司毕竟不是电影制片厂，需要兼顾的大小领域多到超乎想象，根本不可能专攻一项。在安全视频这一"小微领域"上，能够整出些许新意来，便已经值得击节赞赏了。

但以这世界之大，总有些不走寻常路的经营者会突然冒出来震惊世人。在安全视频领域走得最远的，首推新西兰航空（机乘感受倒不怎么的，果然收之桑榆，失之东隅嘛）。实话实说，以最近火遍全球的"777-200贝爷荒野求生版安全须知"为参考标准，这家公司的安全视频制作水平已达到了院线放映级别。

常坐飞机的人都很清楚，无论哪国、哪家航空公司的飞机，机载电视系统上播出的安全视频具体内容——包括先后顺序都是大体相同的：从把行李放进头顶行李舱的规程开始，然后是介绍座位下行李空间、系安全带、紧急情况下弹落氧气面罩的使用方法、紧急降落时姿势教学、救生衣使用教学、幼儿救生协助、绝对禁止吸烟、紧急逃生路径指引、电子设备关闭提醒、有问题看安全信息卡，以及感谢和祝福。无须费力考证，任何已知的飞行安全视频，都是由以上十二个部分组成，顺序（基本）不会发生变化，播放时长（通常）不超过五分钟。

懒得去查实这些规则是否来自某个名字冠冕堂皇的公约。

总之，只需记住一点：无论安全视频导演脑子里有多少创意，均不能脱离上述内容框架的约束。换句话说，安全视频必然是场换汤不换药的表演——剧本大纲都写好了，亮点成败，全集中在演员人选、背景设定和细节上。

还是说回新西兰航空在行业内的壮举。时间大约在2009年，当时给人感觉还是名不见经传的新西兰航空，为强调自家所售机票费用全包，没有任何隐藏油水可挖，毅然决定使用"不多一缕，裸体上阵"的广告创意。只是，全裸出演多少会令看客们感觉尴尬，不只少儿不宜，一不小心还会受舆论抨击，滑入宣扬色情的泥淖。经过再三考量，策划人员决定在参演的机乘人员身上画上彩绘的"公司制服"，所有限制级部位，全部利用摄影机机位设置，以及座椅、送餐车的走位来巧妙遮掩，将"情色"从"有趣"中整个剔除出去。广告内容包括与客人间的沟通互动，以及冷得冻牙的冷笑话，等等，甚至连公司的行政总裁法伊夫也一并全裸出镜。

这出皇帝的新装戏码大获成功。公司顺理成章地推出了"全裸版"安全视频——除了全员裸体之外，安全视频的十二个组成部分一样不缺，就连讲解员空姐脖子上的丝巾都是彩绘上去的。

自此，新西兰航空彻底走偏在玩弄安全视频创意的"邪路"上，屡屡以电影短片般的安全视频俘获全球媒体和大众的眼球。2012年，《霍比特人》电影大热，新西兰航空适时推出了"中土世界"航班，邀请出生于惠灵顿的大导演彼得·杰克逊（他正是《霍比特人》的导演，也是大名鼎鼎《指环王》三部曲和《可爱的骨头》等经典影片的导演）为代表故乡的航空公司助阵。在这段全长四分半钟的短片中，彼得不只让精灵王、矮人王子索林、甘道夫、咕噜等重要人物悉数登场（甚至连导演自己也客串乘客，捡起了魔戒），以生动有趣的方式诠释各人物特点，还特意给霍比特人比尔博·巴金斯的大脚一个特写，提醒人们"别搞错了，这不是魔戒重播，而是最新的《霍比特人》"。最重要的是——安全视频的十二个组成部分，无论顺序、动作规范还是提示语言，全都不差分毫；仅通过高超的化妆术、灯光效果、刻意营造的"后台"氛围，便在机舱中几近完美地再现了一个浓缩的中土世界。

这还远不是新西兰航空创意的尽头：按常理讲，作为飞机安全视频，至少也必须出现飞机机舱才行。说回之前提到的"777-200贝爷荒野求生版安全须知"——这个飞机安全视频中竟然连飞机都没有！

且看这段堪称传奇的安全视频走的是个什么流程：

坊间昵称"贝爷"的生存冒险明星贝尔·格里尔斯（Bear Grylls）与乔装成野外求生专家的新西兰航空空姐一道，空降新西兰岛边陲的路特本徒步路线区域（实际上，虽然有峭壁和密实厚重的植被，这里却是基本不需要任何户外专业知识的"新手级"徒步路线——暗喻航行过程必定风平浪静，也算合情合理），一面四处跑酷探险，一面演绎那十二项机上基本安全常识。

好吧，尽管没有飞机，尽管贝爷穿上救生衣后就直接跳进了溪流里，尽管机上逃生路线被别出心裁地演绎成岩石罅隙间的迷宫（贝爷还会故意在山洞里表演"鸡肉味嘎嘣脆"的经典吃虫梗），这段视频说到底，仍旧可说是在敷衍观众：除了最开始本应是往头顶行李舱放行李的部分，被抽象成贝爷直接把登山包放进长满苔藓的高处树洞里，氧气面罩都是凭空掉下来，安全带使用教学则直接将机舱内的座椅和地板突兀万分地放在了荒郊野外，救生衣也是莫名其妙就跑到了四处乱跑的贝爷手中，甚至还有一只巨大的、由人扮演的黑色鸵鸟状生物，正忙着关闭自己尚未转入飞行模式的手机……路特本路线有趣归有趣，风光也绝佳，但安全视频一旦脱离了飞机，登场人物模糊了乘客身份，情节线大概就再没办法捋顺了。

况且，无论这路视频拍得如何技法高超、拥趸甚众，我反正从未坐过新西兰航空的飞机。上述三段视频，全是在YouTube[1]上看的。如此看来，光凭视频拍得精彩来博取高上座率的方针，到底还是靠不住，充其量也不过是些公司形象宣传片罢了。

就算是形象宣传片，也还是得之灵活，缺失稳重。坐过德国汉莎航空的细心乘客应该会留意到，汉莎的安全视频比一般航空公司的略长。以A380的视频为例，时间长达七分半钟——相比其他公司，有更多的礼仪性情节，视频细节也更加丰富具

1　美国Alphabet公司旗下的视频分享网站。

体,同时更注重多语种服务(为了防止出现因语言沟通不畅导致的安全隐患,甚至会播出德法英中四种语言的安全视频)。与全日空真人搭配 3D 演示的风格不同,汉莎的最新视频除开场是由真人出镜,其余内容均是以全 3D 动画制作的(甚至电视画面中出现的机上杂志和安全信息卡也是全 3D 制作),且达到 CG 电影的水准,作为主角的黑西装绅士乘客,表情神态,几乎跟真人没有差别。

套用佐藤君对全日空安全视频中 3D 部分的评价:

"3D 人物设定方面,想必会让追求'萌化'的乘客们失望,但到底制作精良、神态有趣,人物比例也差不多——到了万不得已的时候,照着他们的样子去做,大概不会出什么问题。"

日本人的标准放在德国,恐怕就行不通了。实话实说,全日空视频的人设,相比之下还是"萌化"过了的。大约佐藤君身为日本人,萌习惯了,身在庐山中,没办法轻易察觉吧。

诚然,在日本,也有不少佐藤君能够一眼辨识的"萌化"安全视频。比如日本航空,就完全使用 3D 动画人物进行安全宣传,人设介乎 NDS 游戏《动物之森》和乐高玩具之间,为了保证画面的风格化,特意采用了 2D 贴图渲染技术,看安全视频仿佛是在看一部五分钟动画短片一般,十分有趣。

国际上使用 3D 演示的航空公司还有很多,但也不是随便哪家都能达到德日两国的制作水准的:阿联酋航空有一段也使用了 3D+2D 的表现手法,动画做得跟台湾地区《苹果日报》的水准差不多。貌似收了不少投诉,最近又改回全真人演出了。

长期坚持全真人演出的一大票公司当中，似乎主打美洲区块和东南亚的几家都热衷于让机长在视频中与乘客们照个面：最典型的有总部位于亚特兰大的达美航空，新加坡航空，以及泰国航空——开场便是机长敬礼，在布满仪器的驾驶舱中对乘客们谆谆教导（当然，之后的部分还是各具特色的）。法国航空主打时尚、飘逸风，安全视频中出场的全是模特级的帅哥靓女：空姐的蓝色围巾太过抢眼，总感觉安全什么的必须要列居次席了。

　　土耳其航空的拍摄爱好则是邀请体育明星入镜。这家公司最著名的一套安全视频，是邀请鲁尼领衔的英超劲旅曼联队员前来进行各部分演示。然而导演功力不济，选择将球星们隔绝在机舱之外，放在预备着各项道具的白色背景墙前，纯靠剪辑进行解说对应。影片中的曼联球星们蠢到无以复加，不断演示舱内错误行为（事实上又不存在机舱，想不明白为何导演不让球星们直接到机舱内表演），从头到尾都在不停傻笑，完全失掉了赛场上的英姿。

　　有趣的还有加拿大航空，开始部分特意制作了长达半分钟的 3D 豪华片头，大概预算已经用得差不多，剩下的部分便迅速简陋、寡淡得跟大韩航空的视频相去不远了。美联航的安全须知，莫名其妙地玩起了二十世纪八十年代的教育片风格，将空姐、乘客、桌椅统统从原始画面中抠出来，放进线条不断移动变幻的宝蓝色背景当中，时髦感全无，土气十足。

　　部分航空公司从不认为自己拍得好安全视频，干脆彻底摒

安全视频不安全？　217

弃掉这一宣传方向，走真人空姐直接出演的路线。据说，这一领域做得最地道的是菲律宾宿务太平洋航空：不启动屏幕，直接以过道舞蹈的形式来进行安全设施演示。穿橙色制服的空姐们扭腰不停，穿上救生衣后还附赠一段热舞，乘客们普遍反响热烈。可惜，泰国航空祭出四位男扮女装的人妖，让他们随兴对安全视频进行诠释，并会在正事结束后顺带进行经典人妖舞表演。凭着立足本地的话题性，泰国航空几乎一夜成名。几乎是转瞬之间，喜新厌旧的乘客们便将菲律宾热舞忘到了九霄云外。

种种本末倒置的安全条例复述方式，究竟是否起到了一丁点儿作用？又或者哪种方式效果更加明显，值得未来跟随？说来惭愧，我从未经历过任何飞行事故，行李向来不多，也不抽烟，恐怕没机会去亲身判断安全视频是否真有作用了。话虽如此，如果有人打算把安全视频部分从高空旅途中完全抹去，我也是绝对不会投下同意票的。

飞在三万英尺高空的杂货铺

诡异的记忆——出发地、目的地、目的和日期统统忘记，只记得是坐在汉莎的商务舱座椅上。表面看去西装革履、正襟危坐，心里却着实焦虑得厉害：大概因为赶飞机的缘故，出门太急，手指甲没来得及修剪完毕，弄得右手平平，左手尖利。过于扁平或过于尖锐的手指尖，有意无意触碰到手腕、手背或手指关节皮肤时的感觉，简直要将人折磨得疯掉。

不在家也罢，随便扔在这茫茫星球的哪个城市里，飞奔去某家商场买个指甲剪，绝非难事。可叹此时此刻，哪里不好，偏偏身处这离地三万英尺的空海孤舟当中，前后左右的陌生乘客们都已睡熟（即便不是睡熟，也不像是能够随手掏出指甲剪来借我的样子），所谓无法可想的悲哀，莫过于此。

愁眉苦脸之际，年龄四十岁上下、身材令人忆起慕尼黑啤酒节的金发空姐突然递来一本机上免税商品图册，翻到其中一页，微笑道：

"第三行第二个——欧元、美元或维萨信用卡支付皆可，不收英镑和硬币。"

困惑之余，循着她的指示，目光看向第三行第二个：双立人黑盒限量版指甲修护旅行套装，简直理所当然。

我向好友佐藤君举出以上亲身经历的妙例，以证明机上免税品售卖的必要性。

"不仅比机场免税店卖的铝盒普通版便宜（功能自然是一模一样），作为汉莎航空合作款，包装盒上还镂刻有Lufthansa的徽标：精致漂亮，手工上色，且有唯一编号和对应证书。怎样？对于您这样的航机爱好者而言，岂不是相当具有纪念意义的特典珍藏？"

主张"机上免税品最好还是取消了事"的佐藤君默不作声——在以往多次的对谈当中，能使他陷入窘境的情况几乎没有，为防止他细想出什么对策，我必须赶紧乘胜追击：

"您想必也很清楚全日空的皮卡丘号747，以及长荣航空飞东京的Hello Kitty涂装专机？"

"噢，各坐过不止一次。"

"那就该知道，皮卡丘特殊涂装的纪念版747-400飞机模型，三种不同大小，都只在机上贩售——换句话说，乃是作为乘机福利提供给旅客们购买，定价也十分厚道，甚至比全日空纪念品商店的普通版还要便宜。至于Hello Kitty专机的事儿，既然坐过，看来也不必说了。"

因为哪怕仅坐过一次也会终生难忘：且不提机身涂装、猫头飞机毯、穿 Kitty 围裙送餐的空姐和全套 Kitty 餐具，甚至卫生间洗护用品——包括洗手液、护手霜上均印有精心设计的 Kitty 图案，连卫生纸上都有粉色的特制印花。机上免税品图册是特别印刷的，除普通商品，还以樱花底色罗列多种 Kitty 专机限量商品，比如 Q 版涂装飞机、合作款精品手袋等。其中最可能会被资深航机爱好者佐藤君看中的，八成是那对 Kitty & Dear Daniel 空服人员装扮手机挂件：不只限量限时，做工精美，且完全符合航机收藏主题，机长服细节设计相当到位，造型上又紧贴佐藤君对"萌文化"的理解。

况且，无论购买哪件机上商品，皆可获赠一只樱花色 Kitty 环保袋，专机特制，送完为止。

佐藤君再次陷入沉默。

可不是吗？机上免税品售卖，固然不可能达到人见人爱的境界：毕竟乘客们在登机前已支付过相对高昂的机票费用，乘务人员再表现出"多赚一笔"的意图，难免会招来反感。航空公司的营运人员，显然比乘客们更清楚这点——与二十世纪八九十年代的典型情况不同，现如今，大部分短距航线员工，并不主动向乘客们兜售免税商品。购物图册要么由乘客主动索取，要么和航机杂志一道，静悄悄放置在前排背椅小桌板下方的收纳袋里，无聊翻阅时，一不小心撞到心头好，再按铃招来空姐购买即可。

飞在三万英尺高空的杂货铺　221

这并不表示传统的"本机为您提供×××种免税货品"的广播,在短距航线上已然绝迹。说奇怪也奇怪,虽然朋友们纷纷表示,某几条航线上必定会遇到伴随以上广播声推车挨座售卖免税品的空姐,但就我个人数百次的乘机经验而言,免税品推车出现的概率,诚如薛定谔的黑匣子猫,不到下机之前都无从预测。

比方说,第一次乘不列颠航空从伦敦回斯图加特时,遇上了推车兜售的空姐(当然态度是纯英式的不冷不热),第二次又遇上,往后第三、第四次……每次都在飞到差不多时候,伴着广播声音,推着车,悠悠然从后厢踱步出来,沿着过道走一个来回——时机上的高度一致性,很容易让人理解为不列颠飞欧陆的服务标配,且执行得相当规矩、靠谱。

虽然并不需要什么,心里也潜移默化,把这项经验认定为乘机常识:

"嗯,想要买什么,在那个时候买就对了。"

如此这般,终于到了某一天,飞过法国上空时突然想到,答应给某同事带的 Harrods[1] 大吉岭红茶忘了买。看看手表,时间差不多:不冷不热的空姐应该很快就会推着车从后厢出来了,便想着到时顺口问下,机上是否有现成的大吉岭可买。

哪里知道,偏偏这一次,推车却左等右等不出来,一直到机长宣布即将降落了,还没有丝毫打算卖东西的迹象。无奈之

---

[1] 哈罗德,英国百货公司。

下，只得按铃，打算召人过来问个究竟。

铃刚按下，后厢的推车就出现了……只可怜那位受我召唤的不列颠空姐，因为过道被同事推车堵住（有客人正在买东西），只得从另一侧过道绕大圈过来，气喘吁吁问我：

"这位乘客，请问您有什么需要吗？"

"谢谢，我觉得口很干，想要一杯水……"

水拿到手，推车过来再一问，发现机上只售 Wedgwood[1] 的茶具，大吉岭有一种，但不是 Harrods 的。回市区后，我先去了 Kaufhof 商场，买到朋友想要的茶，撕掉德语标签后交给了她。

"这个伦敦卖多少钱？"

"忘记了……唔，算我送你的。"

之后又一次坐相同航班，碰巧另一位朋友托我带 Wedgwood 的茶具。想着免税品比当地买要便宜，且因为在目录上看到过相应商品，住伦敦时便没在意，打算挨到飞机上随便买来了事。就这么件自以为十拿九稳的小事，怎料推车一直挨到飞机停稳都没出现。心有不甘，下飞机时，多嘴问一句亲切送别的两位空乘人员：

"为什么这次航班没有卖免税商品呢？想买 Wedgwood 的茶壶来着……"

"免税商品么？需要按铃才有的哦，我们没有主动售卖的。"

1　威基伍德，英国陶瓷公司。

飞在三万英尺高空的杂货铺　223

好吧，并非我有意陷入悖论之中。如果说不列颠航空正推行"逐渐取消短距航线免税品主动贩卖"的政策倒也罢，但之后又有两次搭乘相同航线的经历：前一次，免税品推车再度主动出击，后一次却完全销声匿迹……莫非伦敦往返斯图加特的不列颠航空航线，竟是平行宇宙间相互穿行的秘密通道吗？

总之，经过这一连串折腾，使我对"等待机上免税品推车"这档子事患上了过敏症，之后无论多好的朋友托我在飞机上买东西，我都……直接使用图册选购单了。

所谓图册选购单，实指附在免税商品图录最后的易撕小表格，一页通常分为八张或十张，彼此之间以齿孔相隔。乘客上机后，可以预先在表格中填写所需商品的图录编号、名称和欲购数量，勾选付款方式，并附上自己的座位号，小心撕下，递给空姐。如此这般，负责贩售的空姐就会提前为你准备需要的东西，或者直接告知你"没有存货"了。

此项举措绝非为了照顾我的过敏症，而是因为飞机上能够携带的商品总量有限——为了兼顾种类，大部分商品仅准备了寥寥数件。不少精明的乘客，专门狙击热门商品，推车转半圈下来，你需要的东西可能就已经被抢光了，尤其长程航线，更是如此。

某次坐在阿联酋航空飞东亚的班机上，偶遇两位一次性买五瓶以上高档烈酒的阿拉伯豪客。伊斯兰教明明禁酒，白袍壮汉们的空中抢酒热情（岂止，买来先开两瓶，恐怕得醉死在空中的梦里），不只令我感到困惑不已,也令我不得不跟"买瓶相对便宜的Benromach[1]威士忌回家喝到微醺"的愿望互道adiós[2]。

所以,务必先将购买意愿填单转交空服人员:推车从后厢出现之前,填单上的请求会得到优先安排。不过,名义上是依据收单先后顺序给货,实际操作起来,却多半是看空姐心情好坏。认识的法航空姐朋友,曾在某次聊天时告诉我,预收购物表单的供给排序,其实是按总价来的。谁买得又多又贵,就先给他派货,价钱差不多,则先给付现金的派货。

"信用卡需要结算,现金当然最好——虽然每售一笔都有分成,但毕竟是机上售卖,算是副业创收,不必以此为生,也没太多竞争意识。你知道,职业培训期间,我们每人都得学习免税品贩售课程,包括对话礼仪、销售技巧、咨询解答流程……为应付乘客询问,甚至连航线主售的大品牌历史、风格、经典产品、创始人和主要设计师都得背下来。但每次出发前,最多也只有两个人来负责推货品车,是由乘务长委派的。"

"那乘务长岂不是很为难?"

"不为难:要么轮换,要么抽签。比如非洲航线豪客多,抽到算是运气;欧美间有些航线,东西基本卖不动,问得琐碎又不买的客人还很不少,抽到则是折磨。"

"不幸遇上豪客多的航线,想在你们开的杂货铺里买东西,

---

[1] 本诺曼克,苏格兰酒厂。
[2] 再见。西班牙语。

岂不是填了单都轮不上?"

"买得到啊。我们且不提,公司方面当然是卖得越多越开心——怎么可能让乘客们攥着大把美金买不到货呢?诀窍是提前到网上填单啦。"

原来如此,出票之后,即可在对应航空公司的网站上找到免税品 Pre-order 类目,填写姓名、航班号码和证件号,然后预订想要的免税货品。差不多所有的知名不知名航空公司,都提供这项线上业务(虽然宣传方面普遍给人懒洋洋不作为的感觉),运作得比较好的,甚至逐渐开拓出了对应的网上商城,不只售卖小物什,连大家电也不在话下:一百英寸背投电视、西门子洗衣机、意大利真皮沙发……这些庞然大物,当然不可能在飞机上直接交给你——要么机上刷卡,填写收货地址,稍后由专人送到府上(需要补交税款);要么货到付款,普通客户也能够购买,价格上却没有任何优势(税当然也要补上),运费则高到足以令人晕眩。

所以还是说回那些可以随时收进手提行李箱的"小东西":乘客们在网站上预订的免税品,听说是排除在常备库存之外,额外准备妥当的。因此,越早下单,采购就越及时,提前一周的话,基本不存在缺货的可能。斯里兰卡航空、维珍航空等风格比较细腻新颖的公司,还会把你订购好的商品,预先装在一只印有公司徽标的漂亮礼品盒里,用丝带捆好,上机刷卡付账后便能取走,简单方便。

不仅如此,航空公司网站上也经常举办各种免税品 Pre-order 限时打折活动。法航的万宝龙皮具和各类时装表就经常打折，最近看到的一项活动是"指定货品购买任意三件额外八折"——这个折扣只有通过网站预订才能拿到，形似团购，适合精打细算者，飞机上冲动消费是不可能享受到的。

当然，最合算的还是用里程换购免税品。汉莎的 Miles & More 会员卡办好后（类似的还有"亚洲万里通"之类的优惠项目），只要搭乘星空联盟的航班，就可以获得里程奖励；在合作商户处消费，同样可以获得里程奖励（一般是 1 欧元，或 5 元人民币消费兑换一英里）。积分消费方面，目前似乎是 300 英里抵 1 欧元，问题在于里程与现金不能混合兑换，好点的货品，往往需要消耗上十万英里里程才能得到。对英里和距离缺乏概念？举个例子，柏林飞北京，相当于横跨小半个地球，飞行距离约五千英里。换句话说，如果希望在汉莎的空中杂货铺里，用里程免费换领一只森海塞尔 HD800 大耳机，请务必先坐星空联盟航班绕地球十二圈，往返纽约四十次。

所以还是买吧。不过，买东西也务必小心留意：与机场免税店不同，机上杂货铺里的货品往往是不提供保修的（这似乎也是机上免税店比机场免税店还要价廉的原因之一：拿货渠道不一样）。邻居 M 先生在泰航上买的便宜劳力士，上手不到一个月，表链便已坏掉，要修，结果被专卖店人员额外收取了 700 欧元的维修费，算下来还不如在店内直接购买合算呢。

机上奢侈品是否有质保或对应售后服务，还得看具体品牌而定，像是 Coach[1] 的提包、RIMOWA[2] 的登机箱之类，全都自带保修卡，全球专卖店内都能凭卡保修维护，不关机上杂货铺太多事；而宝格丽首饰、卡地亚镜架这种小物件，就算便宜，如果货品拿出来是简装版包装的话，也必须问清楚再下手。

对于消耗品而言，保修什么的就无所谓了，毕竟飞机上售卖的东西，是有正品保障的。不少女性乘客爱在飞机上购买化妆品：兰蔻小黑瓶、Fresh[3] 红茶面膜、La Prairie[4] 鱼子酱眼霜……提前在航空公司网站订购的话，价钱和质量肯定是无可挑剔。食物烟酒方面，烟酒不必说，据说全日空还提供过空运明太子酱和高级寿司的服务，当日抵达，确保新鲜味美。

于是，在佐藤君一连沉默数周，去了趟阿根廷回来之后，某次午餐时间里，我便以他十分喜爱的全日空和明太子为切入点，再次开启了有关机上免税品的论辩：

"所以——能在全日空航线上订购北海道顶级明太子的传言，是真的吗？"

"岂止，还兼卖松阪猪肉，并附送章鱼瓶纪念品呢。"

"噢噢，你之前还说机上免税品最好取消了事来着。"

"你还真相信了！怎么可能会给你卖明太子，以为飞机是筑地鱼市么？商务舱的猪肉片倒确实是松阪的。"

"……"

1　蔻驰，美国品牌。
2　日默瓦，德国品牌。
3　馥蕾诗，法国品牌。
4　莱珀妮，瑞士品牌。

玩笑归玩笑，佐藤君阿根廷之行归来，为我准备的手信——做工精良的科隆大剧院立体冰箱贴，也是在空中杂货铺用现金购买的，乃是为欧洲—拉美航线特供的型号，别处很难买到。上次讨论时一直沉默不语的原因，到这时才愿意坦然告诉我：

"说也惭愧，这个冰箱贴，是我在三万英尺高空掏钱买下的第一样东西。"

保守估计，佐藤君多年商旅生涯的里程积累，大概足以在汉莎换领一套森海塞尔"大奥"耳机系统了（至于他们有没有存货，那是另一回事）。就是这么一位了不起的飞人，竟然从未买过机上免税品，说匪夷所思也够匪夷所思的。

"我是眼罩党，翻完航机杂志，吃过正餐就睡的类型，很少理会推车售卖。"佐藤君解释道，"妻子倒是时常买飞机上的东西，但她很少和我做伴……啊，这次去阿根廷，又是一人独行，还真寂寞。"

于是，我与佐藤君之间，关于机上免税品的话题，只得再次告一段落。

机场书店见闻录

我素来是个十分神经质的人，因为担心各种莫须有的意外，坐飞机非得提前一两小时来到机场不可，不然就寝则难安、食不知味。机场这地方大家都知道，一旦去得早了，必得想办法消磨时间，还得提前为坐飞机时的无聊筹谋，如此这般，机场书店即算是最能解决此问题的场所之一（之二则是酒吧）。

年前在布宜诺斯艾利斯时，曾因莫名其妙的原因，不得不在埃塞萨国际机场滞留超过五个小时。去过阿根廷的朋友，大都知道布宜诺斯艾利斯这城市的风格，似乎莫名其妙地与千里之外的莫斯科保持一致——尽管身处温暖的南美，却兼具粗粝、魔幻式的豪放。举个例子，樱桃木打制的古典风格书架上，也可以钉一排旧式钉子来固定白厉厉的电线，没有任何问题，大约是讲笑话讲到三分之二直接走掉的那种幽默感。埃塞萨机场书店的选书也是如此：迎面进去是上百本西语版《乌克兰拖拉机简史》，堆成拖拉机简笔画的形状，造型写意，让人不得不忍住不买，以免破坏整体感。绕过去，本来想找些图多字寡的英文杂志解闷，结果左手一排柜是清一色的西语报刊，右手往里走都是小说：十层书架塞得密密麻麻，全是小说，挤得很，感觉像是在跟布宜诺斯艾利斯"剧场书店"斗气。

我拉了店员过来问他选书的标准，二十来岁的卷发男店员如是答道：

"店主即是标准。"

得得，言简意赅，绝对有理。到咨询点找服务人员一问，说埃塞萨机场内统共有三家书店，还有两间超市里也兼卖杂志和流行书刊。"流行书刊"她用的是"fashion book"的说法，我疑心是服务女性为主的时装类书籍，结果找过去一看，却是各种大开本影集堆砌，还搞了个小展览。翻出几本 Taschen[1] 出版、欲购已久的好书，翻开一看，全是西语，只好罢了念头。再换店，又是童书为主，好在找出了一本季诺的《玛法达》系列平装厚本，一本无字漫画，收在旅行包中，也算是安了心。

还是 Taschen 的书，在香港赤鱲角机场的 Page One 也看到一本 Mark Ryden 三语大开本精装的 Pinxit 画集，翻开便觉得爱不释手，问了又有塑封库存，心动得忘记查亚马逊实价，便花 800 港币买下，全忘了买小书消磨时间的初衷。欣欣然回到家，开了网页一看，同书内地只卖不到 400，也是醉了。与北京三

---

[1] 德国的一家艺术书籍出版社。

里屯不同，香港机场的 Page One 就是有这种蛊惑人心的能耐，可以如街道红绿灯的哔哔哔响声一般，天然造成一种催促错觉，充分发掘荷包的不理智属性。

大屿山旁这座机场里，除了 Page One 外，常去的还有经纬（Relay）和 Nobletime，这三家的杂志柜，颇有些东京成田机场书店的气象，真正的 "fashion book"：原版日刊不少，而且送包的送包，送本的送本，杂志差不多都有赠品，价格不贵，质量也绝不含糊。店内不只有书，卖玩具的也有，卖饰品的也有（Nobletime 还兼卖主机游戏、影碟和手机，等等），文具常驻的无非 Moleskine、MIDORI、MT 这类，能让女孩子进店挪不开步，大家基本都是拎着袋子出来，可见方针是如何正确——尽管正确，却不是我心目中理想的书店形象，但这种格局也是香港的节奏所独有：快、准、狠，但不专，多少有点咖啡店的感觉，最终乐得歌舞升平式的肤浅，总之大家开心就好。

理想书店首推德国模式：机场书店将读者细分为杂志型和阅读型，杂志陈列区和以平装德文书为主的图书区各占一半，至于书店面积——请想象一家标准大小的国内优衣库铺面，整齐放满新书的模样。

"岂有此理，机场书店竟有这么大？"

从未到过德国的朋友们的感慨大抵如是。殊不知德国民众就是这样爱读书，正常的购物街书店，斯图加特的 Hugendubel 或者 Wittwer 这样的，统统三四层楼，面积快赶得上麦德龙了。不仅是大——如果单纯面积大就好的话，国内机场常见的中信

机场书店见闻录　233

书店，也有门店面积颇大的例子。比如杭州萧山机场的中信书店，并不比伦敦希思罗机场内的 Borders 书店小，可惜书的种类和内容一样寡淡，经管励志的快销书占据醒目位置，杂志也不过书报亭规模的二十来种而已。德法英三国大机场书店内，光是报章杂志至少就有三百种以上，德国尤其夸张——法兰克福机场和柏林泰格尔机场内，几家书店加起来，说杂志陈列千种也不过分。

毕竟，德国纸媒业发达，类型杂志细分相当彻底：养马有专门杂志，开帆船也有专门杂志，甚至种植可食用植物、玩手表、养蜥蜴、购买电钻类工具、制作塑料模型玩具等等偏门内容，都有杂志可买。如果只是每种兴趣出一两种杂志，倒也罢了，神奇的地方，在于细分之下仍有细分，层层递进到仿佛无穷无尽的地步。拿我所喜爱的模型制作举例：按种类不同，下涉科幻模型杂志和史实模型杂志两个大类，史实类别下又分古代战争、两次世界大战和现代军武三类，且飞机、坦克、海军、人物又全部可以单独成类，单独出杂志……于是，光是模型制作相关杂志，差不多就可以摆满一柜了。更别提深受日耳曼小大人和老小孩喜爱的轨道火车模型及相关场景布置，杂志同样有十多种，拥趸甚众。

至于看杂志的读者又分裂为本地派和英美派这件事，想必也不用多说了。总之，万一不幸您正好是热衷于收藏的杂志党，在德国机场逛书店时，请留意时间，谨防误机。

图书那方面同样十分讲究。Taschen 或者 teNeues[1] 动辄几公斤重的硬精装，德国的机场书店里反而不怎么贩卖——机场书店经营者，纷纷保持德国人特有的"精准"理念，算死了该买贵书重书的家伙们，书早已经在别处买好，保护妥帖收进箱子托运了。适合在候机厅的书店里出售的，反而是能够"轻松翻阅"的书籍：重量轻，纸质贴手，内容平实有趣，价格适中……自然非平装本小说莫属。顺理成章，这也是德国机场书店里卖得最多的图书类别。瑞典的平装书连锁店 Pocket Shop，现在已经在法兰克福机场开了两家、柏林泰格尔机场开了一家分店，并时刻关注持续延期的勃兰登堡新机场的工程进度，准备随时前往抢铺，可见平装口袋书在德国机场候机厅内有多受欢迎。

"虚构类卖得畅销理所应当，你知道非虚构里卖得最好的是什么？"某次在法兰克福机场书店买《冰与火之歌》最新一册结账时，一位姓名保密的书店资深从业者摆出了打算自问自答的得意架势。

"我知道啊，食谱类嘛。"这恰好是我前一天看《镜报》的信息所得之一。

绝对不能忽视女性乘客的阅读需要——巴勒莫机场甚至内设一间女士书店，专门满足淑女们在飞机上的阅读需求。根据《镜报》的调查结果，爱情小说、旅行指南、食谱和塑身类

1　德国的一家以摄影、设计书籍知名的出版社。

机场书店见闻录　235

书籍,是欧洲女性们最常购买的机场随身书籍。日本的情况也类似,只是由犯罪推理类小说和恋爱漫画,取代了爱情小说的位置。

与"德国模式"南辕北辙的例子当然数不胜数。罗马菲乌米奇诺机场、米兰马尔彭萨机场和马德里的巴拉哈斯机场,这三个机场里的书店,是我所知最浮夸的。浮夸的并不是店,而是柜中的藏书。比如,以出版昂贵艺术书籍著称的米兰 Skira 出版社,在马尔彭萨机场专门拥有一家展示书店,名字直接就是 Skira Bookstore(这样的店在米兰还有另外六家)。举目看去,店内全是高更、莫奈、蒙克这类经典艺术家的画集,以及艺术史方面的大部头丛书,和现代艺术家们的作品集,要不就是非洲考古综述、西西里瓷器研究、穆斯林雕塑考察这类的专业书籍,几乎找不到任何平装书。去米兰几次,我见过 Skira 书店里最贵的书,是盒装的卡拉瓦乔作品全集——带盒,长度接近半米的大开本,十几斤重,售价 800 欧元,都可以在佛罗伦萨直接买辆二手车了。记得巴拉哈斯机场内的某间书店里,是专门设有穿着如五星级酒店礼宾员一般深色制服的荐书经理的:戴手套、蓄小胡子,英德法意语和母语一样熟悉,甚至还会讲一点点中文。出于礼貌,你若不主动找他,他一般也不会过来找你。只有看到你实在犹豫不决又不肯离去时,才会彬彬有礼地问好,进入以"具体想读哪个类型?"为首发问题的诱导式提问环节。三五个问题你来我往之后,荐书师通常都能准确无误地挑出你读过之后绝不会后悔的书来。

但是，巴拉哈斯最神的却不是这位职业荐书师，而是某位常驻 Relay 的业余推荐专家——位置是 T4 航站楼，年龄超过六十岁的戴眼镜微胖男性，个子不高，相貌很不起眼。今年五月，因为工作的缘故，我的某位挚友，在半年内频繁多次前往马德里出差，每次皆在这家靠近行李电梯、除天花板和地面全部红灿灿得彻底的 Relay 打发时间。准确点说，是意图在那里打发时间，但每次都因为这位推荐专家的介入而失败了。

T4 的这间 Relay 的格局大抵是这样：四个畅销书展柜，二十个墙柜，一个收银台，进门左侧主攻杂志。因为这位朋友并非杂志党，也读不懂西语小说，所以每次去都是在英语柜驻足，相当单纯。第一次去，她站了还不到一分钟，老先生突然生硬地跟她打个招呼，递过一本《芬克勒问题》，说"读这个"。这位朋友还没弄清是怎么一回事，他就立即转身离店，消失不见了。

"莫不是脑子有问题？"朋友这样怀疑，但看封底推荐尚算有趣，便买下了。等到坐飞机时翻开一读，结果……直接全本读完，连飞机餐都没顾得上吃，掩卷之后大呼过瘾。

隔周又去马德里，同一间 Relay，还是这位先生，又递上一本塞尔西奥·皮托尔的《夫妻生活》。朋友半信半疑买下，飞机上直接看哭，惹得邻座同事莫名其妙一顿好劝，还以为她突然失恋。

第三次去，推荐的是布罗茨基的插画诗集；第四次，普林斯顿大学出版社选辑的辛波斯卡诗集，挑了她的七十首诗。按

机场书店见闻录　237

朋友的说法,"首首直刺心窝"。从第一次到第四次,每一本书都比前一本更接近挚友灵魂深处,推荐的准确度,甚至到了略显恐怖的地步——若说只是凑巧,不足以使人信服。项目进展缓慢,等待老人再给她荐书,甚至成为她说服自己再次前往马德里的主要理由之一。第五次(也是近期内最后一次)去了,等待半小时,老人没有出现。离开之前,朋友多了个心眼,特地询问书店工作人员,想知道那神秘人是谁。哪里知道,描述半天,店员却一脸茫然,直说自己不知道有这个人。朋友的英语极好,沟通不会有误。于是这起 Relay 荐书专家谜案,开始逐渐向不解之谜的方向靠拢。

"莫非,是机场书店之神?"我脑海中直觉机场书店如果有神灵,大概就长那个样子。

"噢,也可能是 Relay 的退休员工吧。"啧啧,朋友理性到根本不像是会去读辛波斯卡的架势。

话说回头,如果真是 Relay 的员工在发挥余热,那我在拉加代尔集团的总部基地巴黎时,为什么没能在机场 Relay 里遇上这么一位活神仙呢?不只戴高乐机场,还有尼斯蓝色海岸机场、里昂圣埃克絮佩里机场、马赛普罗旺斯机场——哪儿都是 Relay 的红色横行,一间机场近十家 Relay 的情况并不鲜见,却始终不见有谁塞我一本从未见过的平装书,再添上一句"读这个"……世上事果然就是这样不公平。

罢罢,还是说回书店本身。见过书卖得最便宜的机场书店,应该是在伊斯坦布尔阿塔图尔克机场,可惜店名难记,被我彻底忘掉了。这家主打黄白配色、绿色霓虹装饰的书店，与其他城市机场书店概不打折的风气大不相同：土耳其人不只打折，有时还会摆上巨幅海报，将书堆成小山丘似的叫卖，买账的乘客同样很多。折扣还不是六七折那么简单——四五折居多，甚至一二折也不鲜见。还有几篮子的"1里拉一本"：看一看，里面不乏硬精装的砖头书。按汇率算，一个新里拉大概人民币3块钱的样子，估计连纸张成本都抵不回来，买下相当合算。可惜阿塔图尔克机场的国际化进程完成得不如人意，这家书店更是连一本读得懂的外文书都找不到，幸亏机场超市里多少有些英文杂志可买，否则在手机红电情况下的候机厅的漫长等待，还真不知该如何是好。

迪拜机场的书店相比之下就好得多了，不只英文小说，甚至还有中文杂志和报纸售卖（虽然只有《人民日报（海外版）》等屈指可数的几样）。不过，考虑到这里摆摊卖单反相机和黄金首饰的服务人员都会讲中文，甚至会直接张贴中文价目表的情况，似乎更应该主张机场书店同步上架中文书籍才对。记得有次在迪拜机场，走过如久美拉清真寺穹顶般高大宏伟、行道两侧种植了巨大棕榈树并浮夸地裹上金色绸缎的航站楼中庭，七拐八弯来到一间书店。印象里是全贴木装修，面积不大——右边似乎是奢侈品店，玻璃展柜里堆满爱马仕家的各式手镯手环，等等。无论如何，我在这里买到了菲利普·罗斯的《复仇女神》，成功将对阿联酋及阿联酋航空的美好印象上升到了新的层次。

机场书店见闻录

若说去过最差的一间连锁书店，该是利物浦列侬国际机场唯一的一间维珍（Virgin）书店。不只书柜里稀稀落落没几本书，店员还用开了塑封的新书垫在下面吃薯条加炸鱼，态度爱理不理。果然再去的时候就已经关门了。工作人员最粗鲁的要数莫斯科谢列梅捷沃机场内某间完全是俄文名字的书店，三五位店员皆是俄罗斯棕熊式的体格，说话粗声粗气，让人有问题也不太敢问，只好速速拿书结账了事，生意也还算是红火。连锁的话，叫作 Inmedio 的书店也看见过不少吧，基本是杂志为主，辅以副食，有些 7-11 便利店的感觉，属于相比之下没什么特色的机场书店了。说到没有特色，布鲁塞尔国际机场位于二层自动扶梯右侧的书店或许算是其中典范：名字就叫 Bookshop，卖的大部分是比利时旅游指南，然后是加起来不超过五十本的英法荷语畅销书，杂志柜不知为何令人昏昏欲睡，卖的文具也缺乏亮点。实话实说，到现在为止我唯一还能记住的，是一只红白相间的格子火箭式书挡：立在圆柜上，有一人多高，红色弹头，梭子形弹身，下面分出三个红色尾翼，区分三堆寡淡的书，仅此而已——这就是关于此书店的全部印象。

关于机场书店，姑且聊这么多吧。

书虫据点，以及情怀等等

如何慢悠悠贩售陈年印刷品

住在柏林的时候，特别爱坐市内轨道车（在德国名为"U-Bahn"的玩意儿，U 为 Urban 首字母）到 Mehringdamm，去一家名为"Naturkost Seerose"的餐厅吃淋酸奶酱的巨型烩炸汉堡扒和自选沙拉做午餐。说美味倒也没有多美味，不过因为它凑巧是鼎鼎大名"柏林人书桌"（Berliner Büchertisch）旧书屋的近邻。胡乱应付一顿后，由前方名为"Leckerback（美味烘焙，可惜味同嚼蜡）"的面包店旁，拐入门牌号 49 的老拱门，左转，"柏林人书桌"即藏身于一大片绿萝、蟹爪兰与山茶花花盆之间——此处算得上是大柏林城里第一等安静闲适的地界。

主打旧书，兼贩古董书，也有不少新书陈列。大部分旧书都在一两欧的价位上，近似白送，咖啡也有，一般口味而已。

与巴黎和伦敦城里那堆名声在外、远远望去多少显得有些华而不实的老字号古董书店相比,"柏林人书桌"既没有百年历史,也没有以哲学家石膏像和软木贴面精心装饰过的豪华藏书间,其装修风格……无论如何都像是一座草草改造后的谷仓:挑高五米,天花板和屋梁尽数刷白,两列明亮廉价的吊顶球灯,双双指向一小块平日里用破木板遮盖起来的小号投影幕布。书架,和二十世纪七十年代小超市里单薄刨花板打制的货架几无二致,薄得让人忧心,感觉马上要被堆放得密密麻麻的精装大部头给压塌。就是这样的书架,居然还敢做得跟天花板一般高,一摞一摞排满十五层书,搬梯子来取最上层所藏的、也不算是特别珍贵的珍本古籍,需要向上踏十二级台阶。

好吧,细细想来竟是如此寒酸的地方,但每次过去,仍是不待到关门时间就舍不得走(对于书店而言,八点无论怎么想也都太早了点)。柏林可淘二手书、古董书的去处真心不少:大名鼎鼎的汉密特犯罪书屋,离"柏林人书桌"不过三个街口的距离;理查德街 104 号"传记书图书馆",顾名思义,只卖精挑细选的大部头传记;夏洛滕堡的 Cassel & Lampe 古书店,算得上老派德式书屋的典范;Malplaquet 街 13 号 Mackensen & Niemann 古书店,据说曾经受到过列侬的称赞(店主本人理所当然是位披头士迷)。至于柏林大教堂、洪堡大学外摆了几百年的旧书摊,书事美谈三天三夜都讲不完。

即便如此,最喜欢的仍旧是"柏林人书桌",套用下海明威那本名作的标题——这地方,简直就是场"流动的盛宴":

每周去时，架上存书的种类均会发生天翻地覆的变化。至少有九成五以上的书籍更新率！

"继忒修斯之船、赫拉克利特之河后的又一条同一性悖论，不是吗？"

在帮某只贪得无厌的书虫（不好意思，正是本人）挑选出的总计四十七本口袋本旧书慢悠悠结账时，胸牌上写着"B. Göcmener"这般怪名字但外貌一点也不奇怪的收银女郎，如上回应书虫对那高到不可想象的书籍更新率的感叹。

超高更新率的个中奥秘，说有趣也有趣："柏林人书桌"实际上是靠私人藏书捐赠来运作的大型公益项目。经历过二战的那一辈德国人，大多酷爱阅读，几乎家家拥有专门的书房。照老邻居古登塔克先生的说法，是"按平均每周十本书的节奏"进行扩充的，逢年过节还会出现"一咬牙买下一整套书"的壮举。要知道，德国的出版业极为发达，一套书上百本的情况并不罕见。如此这般，几十年下来，汗牛充栋实属正常。千禧年过后，这一辈爱书人陆续入土为安，儿孙继承旧屋，打算翻新自住或出租时，数吨重的藏书便成了极大的负担。在一帮古董书商牵头之下，"柏林人书桌"应运而生。组织一方面承诺为私人赠书者免费提供书房搬运清空服务（在德国，请专人处置无用家私是十分昂贵的），另一方面积极联络相关机构和媒体，进行广泛宣传。收聚过来的海量旧书，主要捐赠给中小学校、少管所和监狱，用以组建小型图书室，书屋不过作为暂存处而已。有经验的古董书商们，会从这些书中挑选出珍稀古董书，定期进行拍卖，所得款项，与店内售书所得一道，纳入维持项目运作的基金。每周一次或者隔周一次，这里的书就会被全数运走，仅留下店内或在线预订找寻的"缺书"，有待寄走或认领。

据 B 小姐八卦，"柏林人书桌"成立之后最了不起的一项功绩，是从一位资深书虫的海量身后捐赠中，翻找出了两套半《古登堡圣经》（两卷一套），品相皆佳。要知道，这套刊印于十五世纪的著名古版书，世上仅存不到五十套，即便是在传奇金融大亨和收藏家小摩根所创立的纽约摩根图书馆内，也仅得两套而已，可谓出版史上的绝世珍品。

"现在，那两套半古登堡怎么样了？"

"不知道，下文不详。"B 小姐算完最后一本书，开始不动声色地替我捆扎、打包，慢悠悠掐灭了这一话题。

很奇怪，不过是成立没几年的新店，也不见都铎式的古董书店标准装修，甚至都谈不上"有风格"，却无论店员还是书店本身都显露出百年书店的悠悠然做派来。忽而忆起在土耳其时，伊斯坦布尔的"鲁滨逊·克鲁索389"内也弥漫着这种调调——看名字就知道是主打英文阅读的大店，装修十分应景地取了深色老船木，打造成巨舰内舱样式。足有妙龄女郎小臂粗的横肋木作为书架横隔，气派非凡。书则跟"柏林人书桌"一样，堆得如同冬眠松鼠的坚果粮仓般，满满当当。那边儿结账的店员——相貌自然跟 B 小姐完全不似，却也用同样的从容讲八卦的语气，给我讲了传奇善本书店"土库亚兹·萨哈夫与古书"的轶事。

"尽管只是成立于 2001 年的小书店，但传奇就是传奇。"

无奈那位既忘记名字也差不多忘记相貌的奥斯曼店员，所说英语的口音太重，语气以外，听掉耳朵也只能弄懂这最后一句，结果是始终搞不清"土库亚兹·萨哈夫与古书"的传奇究竟指哪一项，连书店名字也是回德国之后才得以查证的，着实可惜。

两家一切方面都谈不上相似的书店，却为何会具有几近相同的某种"气质"？堕落的查令十字街上已难寻这一气质，巴黎拉丁区和卢森堡区的古董书店里更找不到。旧金山没去过，盖瑞街的几家不知道有没有，但位于布拉格的"莎士比亚和孩子们咖啡书屋"里却铁定是有的：那家店挑高不高，似乎跳起来就能触到天花板，书架自然也显矮。粉刷得雪白的大拱和穹梁交错密布，简单素雅之余，也得以营造出如史云梅耶定格片般的时空错位感。主厅地板似乎打算竭力呈现中世纪时凸凹不平的灰色砖石，但走着走着又莫名其妙变成横竖重叠铺设的土红色地砖，不免让人产生"预算果然不够了"的腹诽。陈列架与珍品柜简朴但用料敦实，书极多，尤其旧书比新书多，一切（包括屋子本身）均略显残旧，仿佛酿足年的威士忌酒。守店的老先生健谈，却不擅长算账，买七本书，加来减去，仅收了四本的钱。偏偏粗心如我，一直等到住进米兰的 Palazzo Segreti 酒店了，才发现他少收了 6 欧 20 分，也不知是怎么算错的。

三家交集甚小的书店，究竟重合在哪种（或几种）形而上

书虫据点，以及情怀等等　245

的契合点上呢？那之后，就这么个答案看似一目了然的小问题，足足困扰了我大半年：确实都不算是历史悠久的老店，均为战后建立，店主（或负责人）是二十世纪六十至七十年代生人，怀抱公益心或致敬情怀……

"等等，那些都是旁枝——最重要的一点，难道不是显而易见吗？"

临近晚十一时，我坐在塞纳河畔那家莎士比亚书店火红色的床榻上，跟不知名字的蓄长须的红发青年对坐闲聊时，一位不知从何时起开始旁听的女孩突然插话，打断了我满是疑虑的絮叨。

"哪有那么显而易见……"我条件反射般地反驳着，脑袋里面能想到的，却只有书店外邮筒绿色的门面、刷漆。怎么也不愿承认，自己七个月想不出答案的问题，竟会没来由地被哪位素不相识的外人一语道破。楼下传来值班店员温柔到听不懂的呼唤声，快到关门时间了。

"既没有负担，也没有历史，可以慢悠悠贩售陈年印刷品不是吗？"

话是不是还没说完，不知道——值班店员已从狭小的楼梯过道那边走近了来。一恍神之间，书店关门，大家也就各自走散了。出于一时礼貌而未继续的话题，就这么草草中止，今生大约无缘再见。莎士比亚书店的床榻至今已有四万多人睡过，登记本上有各自的故事，这类"未完成"的寂寥记录，应该也有很多。

好在答案勉强算是满意（也没有更好的答案了）：不是几代人勉力经营，不是祖传的老屋，自然不必忧心陈规旧建，可以随意拟定营业规则，创造新意，或者满足心愿。"柏林人书桌"的公益性，鲁滨逊与莎士比亚的致敬主张，执行起来着实轻松、惬意得很——从容到能够慢悠悠行事，随性如北非海盗据点里长期驻守的酒保，对顺眼的陌生人毫无保留地宣讲八卦或流言，怀揣犯小错也无所谓的态度。所以有时，店员们在言谈之间不经意流露出的洒脱大气，并不是来自传承，反而是来自无传承。

没来由想起那年那日的里斯本街头，微雨，我拿着仅写有"Rua Garrett 73-75"这地址的便条，寻觅那家 Livraria Bertrand——欧陆书店界最古老的传奇，成立于1773年的"伯川德书屋"本店时的情景：所遇所问的每位路人，都指向同一个方向，除了微笑之外，缄默不语。

每个人都知道。哪怕找来个从不曾读过书的里斯本人，也知道"伯川德书屋"在哪儿，这无论如何都不该算是件幸事！瞧瞧这家老书店的橱窗招贴上都写了些什么："We've lived through one earthquake, one civil war, 9 kings, the assassination of a king, 16 presidents, 48 prime ministers, 3 republics, 6 military coups, 2 world wars, the fall of the Berlin Wall, the unification of Europe, the conversion to the Euro, and we also sell books on the subject!（我们见识过一回大地震、一场内战、九位国王、一次弑王暗杀、十六名总统、四十八个首相、三代共和政府、六档子政变、两

度世界大战、柏林墙的倒塌、欧盟成立、欧元启用……都这么牛掰了，我们还一直在卖书！）。"

好一派被历史绑架还浑然不知的得意态度。书店本身诚然不错，可无论是伯川德，还是其他任何城市里故事积得太多的地标书店，一旦成为地标，便瞬间失去了书店里最贴合真正书虫们心意的那部分东西。

所谓寂寂无名，慢悠悠只顾卖书的情怀。

终身治疗契约

无论怎样瞧不起现如今的查令十字街，看不惯承载弗兰克和海莲·汉芙故事的84号拆建成一家名为"Leon de Bruxelles"、做比利时菜的土气餐厅（平心而论，这家店里的特色牡蛎炖锅烹得真心不错，十岁以下的孩子，周日过去还可免费就餐，已算厚道的了），一到伦敦，还是会神不知鬼不觉地晃悠到那里。美国作家弗林·克林肯博格说得不错：伦敦买的书，与其他地方相比，总有点儿不同。可惜最喜欢的"Murder One（一级谋杀）"侦探小说专卖店已经永久关张；品类齐全、值得驻足的连锁书屋"Borders"也悄然歇业；专营同性恋题材、备受诗人金斯堡喜爱的"Gay's the Word"书店虽然从不曾去过，听说也是运营维艰了。英国实体书店业近年来的不景气是事实，读书人减少，亚马逊和易贝（eBay）上贩售的新旧书籍，价格上更为低廉。然而习惯就是这样一种东西：总是去书店买书的人，谁也没办法让他们远离书店。作为无药可救的书虫，我也会在网上买书，用 Kindle 或 iBook 看电子书，即便这样，每到某个旅途中的城市，第一件事仍是按照 LibraryThing 上的指引寻访书店。遇见对胃口的店，便在心中默默标记路线，作为"该城必去地点"留存下来。比如罗马、维也纳、柏林、那不勒斯、巴黎、伦敦等等常去的城市，心里都画着一张漂亮的书店地图，恨不能一下飞机即直奔而去，不买上几本中意的小书，简直会忧郁成疾。

"这是病态，我知道。还好，对店子的历史全无兴趣，唯一在意的只有书，书，书！"

岂不该如此？在这世上，正是如此极端的人们在守护着书店，仿佛心甘情愿地与书店之神签订终身治疗契约一般：嗜书狂，晚期，勿弃疗。

我尤其喜爱那些特色鲜明的类型书店：找到书与书间的共性，并将它们一一用心聚集起来，怎么想也都是件令人感到身心愉快的事儿。伦敦国王大道 19 号的"Lion and Unicorn（狮子与独角兽）"，专卖童书的街角店，橱窗里不只陈列最新最美的绘本，还经常挂上缤纷彩旗。店内配色装修处处迎合孩子们的和睦友善的梦境，是一处连大人见了都不禁会缅怀童年时光的去处，创立三十多年以来，获奖无数。类似的童书店，尚有大受欢迎的"Under the Greenwood Tree（绿林荫下）"，店名显然取自莎翁和托马斯·哈代的同名作品，碰巧店主人也姓格林伍德。店子比"狮子与独角兽"大一倍不止，装修陈列总令人联想起格林童话里的糖果屋。巴黎有家"Mona Lisait（意为蒙娜读过，其实是"蒙娜丽莎"的法语谐音）"书店，仅出售与蒙娜丽莎相关的书籍、明信片、海报和工艺品，其余一概不卖。蓬皮杜中心附近好几家电影主题书店，询问店员，甚至还有专事找寻旧海报的附加业务。

既然说到巴黎，当然不能不提拉丁区专营漫画的"Album（画册）"漫画店本店。店本身装修陈设倒没什么特别——想象一下美剧《生活大爆炸》中斯图尔特所开的那家漫画店（尽管实际上只是洛杉矶华纳公司影棚中搭建的场景），不过改成红白配色而已。陈列并贩售大量漫画人物的精致手办，对漫画店而言，也是稀松平常事儿。值得注意的是本店对古董罕本漫画和作者签名本的收藏，足以令最挑剔的漫画宅称赞不已。埃尔热的初版《丁丁历险记》自不必说，连载首期《高卢英雄传》的《飞行员》杂志也不必说。烟不离手的牛仔 Lucky Luke 先生、巴巴爸爸全套连环画，能在这家开张于 1948 年的老店里轻松找到，也不奇怪。可说到影响了欧美漫画发展轨迹的 Métal Hurlant（《金属咆哮》）杂志，以及法国学潮期间创刊的漫画刊物 Hara-Kiri（《切腹》）（当初可是以地下杂志的模式开始的），其源头竟都是"画册"书店，便不觉令人感到啧啧称奇了。

可不是嘛，即使在巴黎，当时专营漫画的主题书店也几乎没有。包括 Georges Bernier、Jean Giraud（他的笔名在漫画界无人不知——莫比乌斯）、Frédéric Aristidès（传说中的 Fred）等一众法国漫画大师，都是在"画册"店里看着 Herriman 和 Winsor McCay 等战前画匠的连载长大的。他们在店内彼此交流、探讨技法，不断补充画师养料，"画册"也尽力协助他们成长，为本土画家新出的单行本提供最好的宣传位置，努力开拓全国连锁店，并给漫画家巡讲签售提供各种便利。二十世纪七十年代前后，巴黎掀起了创办独立杂志的风潮，"画册"适时联络Fred和莫比乌斯等人，承诺给他们贩售和宣传的优待，希望能够见到"了不起的法国漫画新杂志"。在如此诚恳的鼓励资助之下，《金属咆哮》和《切腹》顺利催生。时至今日，当时的"画册"管理者和诸位大师均已仙逝，而这两份杂志的影响力，至今犹在。

"画册"也是日本漫画之神手冢治虫最喜爱的巴黎漫画店。漫评界素有"东手冢治虫，西莫比乌斯"的说法，但知道"没画册书店就没莫比乌斯"的人，却并没有多少。

聊漫画的部分，还是暂且打住，伦敦的"Mega City Comics（巨型城市漫画）"书店也略去不说了，回到讨论巴黎书店的大方向上。听说圣日耳曼-卢森堡区有一家专门陈列以人皮装裱之古书的小店，只陈列，却一本也不变卖，因为店主行事低调的缘故，没有任何杂志报纸对它进行过报道，店名店址一概不详，简直跟只存在于流言中没有两样。

"人皮书店是怎么回事，说说看。"

特地选了圣日耳曼区僻静悠闲的 Relais Saint Sulpice 小酒店居住。在满是植物以及植物挂画的微型中庭，看着同样满是盆栽植物和爬墙虎的温室天井里的阳光时（没错，就是这么个具有南美庄园风范的怪地方），我假装漫不经心地问前台负责的那位先生。

"人皮书店？似乎在全景廊街（Passage des Panoramas）那一带。"

可真到了全景廊街，却又完全找不到这家店。古董书店倒是不少，陈列的各色奇珍令人目不暇接，但一提到"人皮书店"，无论店主还是收银员，却全换上一副讳莫如深的表情，惹人心疑。料想是不是那神秘书店的神秘主人，凭着某种不便言说的方式，给周遭邻居们颁下了死诫：不得透露半点关于这家店的信息，否则就会被活活剥皮，制成书衣，以作惩戒。

想象归想象，其实，在巴黎城历史上，人皮书并不鲜见。为了给市民们以道德警示，许多罪行恶劣、给社会造成极坏影响的谋杀犯，还有一些重大政治犯的皮，都在上断头台后，被验尸医生剥下来，制成了书封，堂而皇之地摆在当时书店的货架上——算是雾月政变之前的流行风尚之一。由于书量稀少的缘故，如今，这类以人皮制成的古书，常常能够在拍卖会上拍出颇高的价位。不过，专事收藏这类奇书，在许多保守的方家们眼里，始终是件道德感缺失的丑事。或许正是因此，"人皮书店"的店主，才不肯轻易让陌生人知道自己小店的具体位置吧。

至于淘普通百年古书的善本店，除德国本地，我最常去的倒是罗马的"Monte della Farina"——实话实说，那儿无论藏书、书架、建筑、装饰……连店内的空气都仿佛直接取自十八世纪。

曾在"Monte della Farina"翻阅过博物绘大师 Louis Renard 的《全彩色奇鱼》原本，出版于 1719 年，装裱用的摩洛哥皮新得简直如同刚鞣制好的一般。一本坊间称为"第一对开本"的 1623 年版莎士比亚，翻开到有马丁·德罗肖特所作莎翁像的扉页处，被存在一只小巧的玻璃展柜里。

"等等，《全彩色奇鱼》倒也罢了。'第一对开本'最少也值 500 万美元，就这样随随便便放在玻璃展柜里了吗？"资深书虫们在读过上段描述后，大约忍不住要如此质疑。

好吧，确实并非原本，但这也恰恰是罗马善本书店的最有趣处之一：不知为何，古董书店店主们通常也是仿制古董书的行家，店面库房内专门设有造书作坊。皮、纸、线、板，全按数百年前制书的古法手工处置，除了复杂的木刻版画要用上些现代技术外，其余皆与古法无异。据似乎不太可靠的罗马友人 Giuseppe 先生介绍，这些技术原本仅在修护古书时使用。不过，也还是跟之前提过的"忒修斯之船"悖论相似，某些旧得几近补无可补的古书，几十年时间里，修复来修复去，搞得原书存余的部分，尚不及整本书页码的十分之一。封面封皮插画线装等等，已统统都是专门做旧后的新物。

这样的书，究竟还能不能算是原书呢？其实，关于这类麻烦，古董书界还是有定论的——英美古董书商惯常的做法，是将两个或多个残本修成一本。除非原书实在难得，否则，绝对不会取新料来填旧缺，即所谓"最少限度干预"法则。可是，在意大利，绘画艺术界也好，书界也罢，皆是主张"重现原貌"

书虫据点，以及情怀等等　253

的人们占据主流。罗马古书复原的工艺日臻完美，逐渐到了可以脱离原书，直接再造一本的境界。若是只重内容不重形式倒好，却苦了那些主营古董书买卖的书商：一不留神鉴定失误，损失可当真不小。

"唔，那么，可知道究竟是哪家店，造出了第一本与原书载体完全无关的仿书？"

"是谁呢……是'La linea d'Ombra'吧？金碧地利广场，圣母堂斜对面。"

Giuseppe先生以似是而非的问句作答，相当狡猾（果然很不可靠）。不过，"La linea d'Ombra"倒确实是家堪称传奇的古董书店。怎么说呢，与"Monte della Farina"时光机穿梭般的整体印象大不一样，"La linea d'Ombra"简直就像某位嗜好读古书的灯塔守夜人所拥有的私人书房一般：一切简陋无比，又统统井然有序。

曾屈身靠在店内红色地毯上那只弹簧坏掉至少一半的单人扶手沙发上，读奥地利诗人霍夫曼斯塔尔的诗剧《皇帝与女巫》：凯姆斯考特印坊出版，配了海因里希·沃格勒所绘风格华丽繁复的插图。不妨简单介绍一下凯姆斯考特印坊，其发起人威廉·莫里斯是英国工艺美术运动的领袖之一。印坊创立的原因，是为了复兴并改进精良细致的书本制作工艺。凯姆斯考特印坊的惊世之作，乃是那本足可称作艺术品的《乔叟作品集》，但手头这册《皇帝与女巫》，制作也差不到哪儿去，价格还出乎意料地便宜。

便宜虽便宜,却并未买下它来,转而择了一本皮面精装的荷尔德林诗选,付款,离开。罗马是个从容不迫的城市,巴黎、伦敦和柏林当然也不匆匆。"有书店的城市,怎样都好。"照此看来,我的嗜书病,显然还远远不见好转的迹象。

纸质书战略大反击时代

"救救中国的实体书店!抵制文化荒漠,救救孩子!"

"季风"老店关张,"光合作用"倒闭,甚至连国营连锁的新华书店,也是一家接一家地关门。国内书店业如此不景气的今日,时常见到这样那样的书业相关人士或不知从哪里蹦出来的闲人,发出如上述这般痛心疾首的呼告,向政府要减免税政策,希望对电商执行图书销售打折限制,并对网上可免费下载的电子书进行清查和取缔。

看多了这类言论,作为老书虫一枚,心中难免腹诽:其实没有救又如何?该去书店的照样会去,于是书会少印,店会少开,但自得其乐的终究自得其乐,该存活的本该存活,何必大惊小怪。

不是吗?减免税政策那套,全是在向欧美日看齐:新书在一段时间内不得打折销售。政策诚然是为了保护书店,但实际上,这些国家的旧书业统统十分发达、完善、体系化。诉求于内容的读者,大可以购入旧书,读完后再转卖给二手书店。亚马逊领衔的电子书换代战争,其实质并非成本削减,而是体验方式革新。书业必然全体阵痛、换血，随后却又必然会迎来新一轮稳定时期。纸质书销量减少的那部分份额，大多是来自持"内容至上"态度读者们的离场，他们对书往往只看不藏，读书态度随意，不会特意爱惜纸品，因此 Kindle 或其他形式的电子阅读器，该是他们读书方式的最终归宿。至于兼顾收藏的传统书虫们，是不会轻易离开多年坚守的阵地的。

实际上，电视和互联网络普及以来，书业已经历过至少三次大的冲击。作为"柏林人书桌"主要赠书来源的那一代逝者，无疑是从现代出版业登场后，直至电视娱乐业蓬勃发展至今的最重要一批坚守者。尽管许多年轻人并未继承父辈们的藏读嗜好，但同时也有大量新生力量补充进来，基本维持了书业平衡。从书店的角度来看，在诸如伦敦、巴黎这些世所公认的重要文化之都，老书店的接连关闭确实令各地书虫们扼腕叹息，但新生书店同样也在快速补充，立志开书店的年轻人，在任何时代任何国家都不嫌少——这趋势可不能单方面视而不见。仅在中国，本人少说就遇见过十个以上希望能开书店、并且正朝着这方向身体力行的年轻人（别说，有两位还真成功了），他们对电商的倾销战略毫无畏惧之心，节节上涨的房租也磨灭不了胸中久存的热情。"开书店"这档子事里面，不出所料地包含有某些极具英雄主义气概的诱惑因素——或者说，英雄主义本身，即是这绵绵密密不达目的誓不罢休的诱惑本体。

我在书业圈里沉浮混世，眨眼已经七年有余，罹患藏书癖的时间，相比之下还要更长得多。在如此长的年岁里，无论在欧洲，还是中国，总是见几家书店倒闭，就相应有几家开起来，恰似年年消逝又年年冒尖的野草，生生不息。总觉得书店也是某种形式的生命体，活得精不精彩且不论，到了一定年岁，就会老朽、衰败、死去；与此同时，后一辈也降生、茁壮、成熟。中国书业如今的整体萎靡，倾销、成本攀升、电子书和版权问题都不是主因。书价其实不算虚高，业内（无论出版界还是书店界）也不缺有志有识的前辈和青年。原因想来想去，只得一项：书价与平均收入不成正比，逐渐导致主动阅读意识淡漠，形成恶性循环。

在德国，一本800页左右的小说，书店内售价10欧元左右。德国人的月收入，平均在3000欧元上下，买一本新书只需支付月入的三百分之一。而在中国大城市中，假设月薪以4000元标准计算，同样一本800页厚的普通小说——比如唐·德里罗的名作《地下世界》，译林出版社2013年出版，定价却是88元，超过月入的五十分之一。买一本书所需付出的代价，中国人是德国人的六倍，即使在网店满减打折之后（还得赶上那类力度较大的活动），这个差距也还是在一倍开外。于是，基于最简单的经济学考量，国人买书的热情受到显而易见的压制，外加工作忙碌、竞争激烈、开车或地铁拥挤等因素，累积下来，读闲书的机会，比欧美少得多。在如此客观环境下出生的下一代，显然也会受到影响，认为书籍之于生活，也不过是可有可无之物罢了。

通货膨胀，出版成本当真在上涨，国际纸价已接连攀了新高。相熟的国内出版界朋友，没有哪个不抱怨说编辑从业者是挣钱少操心大的。另一方面，工资固然在一点点增加，却也不可能一下子拔高太多。这么想来，政府推出些大力度政策，倒似乎成了拯救书业的正途。有趣的是，书这东西，自古埃及文官开始在莎草纸上书写象形文字时起，就已经跟人的精神、思想、气质紧密相连了。作为一切人类知识的最重要载体，说书左右了人类文明也不为过。在中国，书卷和文人身上向来具备不折腰、不能屈的气节。若是为了去救尚不至于彻底灭亡的书业，自己不先在书店内多买几本书，却反而随随便便地大声向政府和豪商巨贾们祈求帮助，怎么想也觉得有些奇怪。失节这事，说大也大，人活着终归是要讲个脾气的，能自己尽一份力，就最好不要老想着靠别人。

广州开了方所，北京迎来了 Page One，台湾诚品似乎也即将落户苏州和上海。大型连锁店之外，独立书店同样欣欣向荣，比如之前提到那两位已成功圆了书店梦的年轻朋友，比如在下以私人藏书在武汉所开的私人图书馆——这三处供书虫长期小聚的据点，到目前为止，至少都不存在莫名其妙关门倒闭的迹象。除政府的扶持奖励政策之外，地产开发商们也逐渐开始注重起新建商住综合体的人文气质了：或者招募有志年轻人来开店，或者自己聘请设计师，费心费力打造地标级书屋。最近，上海松江区一处远得不能再远的某概念小镇上，就开了一家自称"中国最美书店"的大店。开店动机如何且不论，店却当真是用心在做的，也理所当然地受到了沪上诸多闲散民众的欢迎，暂时保持客似云来的态势。

　　大概需要短暂收回之前"书店何须地标"的态度。在中国，也不妨就让这一模式的书店大肆开张并大受欢迎。哪怕投资人全然着眼于利益，管理者和店员们全不是书虫也罢——开书店这件事，从某种角度来讲，好比四处建教堂传教。无信仰的土人（不爱读书的家伙们）转化为信徒（书虫）的过程，全看初进教堂（书店）时，上帝（书）如何对他们显灵感召了。

干脆住进图书馆？

最近与同事一道去上海出差，订酒店时无聊抱怨了一句，说国内很少见到房间里会为客人特地准备方便随手拿起来闲读的书籍。话声未落，即被身边压根儿不认识的东北大叔搭茬，告诉我房间里有没有不知道，但锦江饭店的大堂里，确实是有都铎风格装修的小型图书馆的。眼见好意难违，商务出差也不适合去尝鲜Jumeirah[1]之类，如此这般，报销预算允许范围之内，索性选择锦江的贵宾套房得了——毕竟带两个独立卧室，大客厅里做业务洽谈也方便。当然，私心上讲，既然打算考察客房藏书，选高级些的房间总是没错：普通客房减配，岂不是酒店常识？选择失当，遇不到本该遇到的书，便是我的过错了。

订好后便搭乘高铁，欣欣然往沪上赶路。因为主题缘故，

---

[1] 卓美亚酒店集团。

到后一切略去不提，直接从刷卡进套间讲起。卧房：没有书，衣帽间：没有书，厕所：没有书，客厅：除了一本翻旧了的市内旅游指南书外，还有几册中英文杂志，以及当天的英文版金融时报可供浏览，其余什么都没。不只客房，贵宾楼的大堂里也找不着多少书，图书馆就更别提了。

只好怏怏着邀了同事，去酒店内巷里小有名气的天都里印度餐厅吃饭。运气不好，餐厅还没营业。店门口蹲着穿厨师服、说英语的印度厨师，见我们垂头丧气的样儿，赶忙安慰道：

"再等一刻钟就好，要不先去旁边的锦楠楼坐坐，喝杯咖啡休息下？"

锦江饭店共有南北中三栋客房，这儿说的是南侧客房，离天都里最近。若是返回贵宾楼，待会儿再走过来，就离得远了。我们依厨子的建议，入了锦楠楼的大堂。出乎意料，正对着旋转门就是咖啡卡座式的小图书馆，确实是都铎式的贴木装饰风格，古典书架贴墙，密密麻麻摆满了书。

兴冲冲走过去细看才发现，除了坐或站时能够方便够到的那两排书架上是真书，其余大部分格子里放的都是装饰用假书，也真够可以的。寥寥无几的真书当中，一半大约是外籍客人留下的平装原版畅销小说，剩下的简体出版物，以旅游、理财和成功学为主，甚至找不出一本值得取看的。

东湖边新开的璞瑜酒店更夸张，现代韩式室内风格，八米高的大堂书架，十五层书直达天花板，放的差不多都是供起来的大开本精装古籍和木雕怪石，简直堪称装置艺术。在璞瑜吃下午茶时，半开玩笑地找来大堂经理，说想要读最上层的书时该怎么办。虽然回答是可以立即让专业人员过来架梯取书，可当我较起真来，说自己要看最上层的某某某书时，经理却支支吾吾，先告诉我取书员不在，最后更是一语道破天机：

"平常根本没人读的。吃饭就吃饭，书只是装饰用，提升餐厅格调而已。"

好吧，这基本就是国内酒店内阅读的真实状况：包括喜来登、凯悦、四季等等大牌五星的咖啡厅或客房内体验——但凡希望做成"书墙"模式的，差不多都是用八成以上假书搭配少数真书和杂志，几乎已是内装标配。更有甚者，像是北京金宝汇的内庭咖啡馆那样，直接在墙上贴起书架墙纸来的做法，都不在少数：远远看去颇具图书馆的气势，精装大部头连绵不断，近观却是只画在屏风上的老虎，动弹不得。

实实在在放些可以轻松读读就算的书，又不是多难的事情。

年初去香港时，住在奕居酒店的一百三十平方米套房。组合沙发的茶几位上，专门用实木托盘整齐堆起了十数本原版画册。普通住客或许不会过多在意，只当它是雅致的装饰，作为私人图书馆经营者的在下，则乐意花时间将每一本陈列书籍都仔细鉴赏一遍。大约是为读者喜好不同考虑，套房选书主题极为广泛：从埃菲尔铁塔全套设计图的复刻版，到室内装修摄影集，经典的文艺复兴时期艺术，又或者纽约前卫艺术家作品集……全是仅拆封的新书，出版时间也统统在一年之内，可以直接摆在外文书店里原价售卖了。

遗憾的是,没有最新的亚马逊或者《纽约时报》排行榜小说可读——也罢,原本就不是手不释卷的地铁书痴会住的地方。刻意强调最低八开精装全铜板厚纸印刷的世界,满足新中产阶级品味的打算,可谓昭然若揭。

同样是太古集团旗下的精品酒店,老伦敦那边的情况,与香港所见就完全不一样。奕居的兄弟酒店 The Montpellier Chapter(以下简称 TMC),单从外观看去简直像是二十世纪八十年代的大使馆建筑,进去后则是一派古典搭配流行思路的舒适。这儿的套房图书馆称得上是真正的图书馆了:没有一本假书,书架上摆满了 Knopf 和 Penguin 出版的精装大 32 开本小说。有类似杜拉斯、福克纳、冯内古特这些作家的经典之作,也有最新的侦探悬疑和科幻小说。棋盘风格的茶几和兵卒造型的阅读椅,配合大套间的纵深感、亮色拼花地板所营造出的慵懒气氛,以及胶囊咖啡的浓香和纯白骨瓷杯碟的清脆碰撞声,成功勾勒出"乡村阅读"的轻松心情。实话实说,住在那间带独立图书馆的套房里,让我恨不能操控天气,让外面保持大雨倾盆。如此一来,我就可以借故推迟出门办事的时间,悠悠闲闲抱着垫子靠在三人位的大沙发上,将感兴趣的书一本一本叠摞起来,毫无节制地大读特读了。

TMC 酒店套房图书馆设计估计并非原创,因为之前出差都柏林时,我已见识过这种书空间嵌套其他功能空间的形制了:紧邻名闻遐迩的 The Exchequer 酒吧,中央酒店的咖啡厅(夜间兼售鸡尾酒)与 TWC 套房便颇有神似之处。客人进入之后,首先看到的是顶端装饰有酒店字母纹章的新古典主义风格大型书架。走过套间式隔断后，前台对面又是同样的书架，放着竹节书脊精装的叶芝和普鲁斯特，王尔德与莎士比亚。湖绿色基调的墙纸、天鹅绒落地窗帘、斑驳无光泽的老细木地板，以及俱乐部风格老绒面沙发和造型浮夸的枝形吊灯——若要评选最接近大英图书馆风韵的酒店咖啡厅，这里大概能挤入三强。可惜，毕竟是上百年历史的酒店了，新装修的客房反而素质一般（也没有书），总之不建议特地预约房间入住，去圣三一教堂游览时，倒可以去二楼咖啡厅看书小坐。

其实不光在都柏林，欧洲大陆上不少经营多年的老酒店都有为来客精心准备阅读空间的传统，无非藏书数量、场所舒适度的区别罢了。比如巴黎、罗马或巴塞罗那，主城区范围内随便哪家客房数大于五的酒店里，至少都会有一满架子书，"闲则思读"的概念，早已融入酒店运作者们的骨子里。反倒是那些直接在名字里标榜"图书馆"的酒店，做出来的成果往往差强人意。

比如，塞浦路斯一家名为"图书馆酒店"的酒店，宣传上做得煞有介事，连酒店的标识都使用了头部更换成开页书本的人像，提供的书籍却实在不怎么地。阿尔卑斯山屋的清漆横梁装修，几张 Eames Lounge 风格的木包皮风格椅子在装饰壁炉前摆在一起了事。这里的大部分书都是相比欧陆过期一两年、相比英美过期三五年的英文书，国际范倒是够国际范，问题是用本身就滞后于英语世界的作品来吸引英语世界的人，这样的思

干脆住进图书馆？　265

路真的好吗？还不如放些强调塞浦路斯本地历史和艺术的稀罕书籍诱人。

同样以"图书馆酒店"命名的，还有苏梅岛上一座名为 The Library Koh Samui 的概念酒店。尽管彻底远离欧洲，却是一座货真价实的英文图书馆——这个高档的沙滩休闲综合建筑，走的是运用大块玻璃幕墙和全白色基调构筑未来时尚感的设计风格。虽然为了顾及设计特色，藏书并不很多，以每格稀稀拉拉堆放，或者一格一本的展示为主。但也正因为此，所藏书籍的质量普遍很高：Taschen 出版社的 XXL 系列，Steidl 出版社的当代名摄影师作品集，Skira 出版公司的艺术史专门书籍……以重量来看，这里的艺术类藏书每本最少也有一公斤重，部分甚至好几公斤重。以重量来鉴别图书价值，多少有过于简化的嫌疑，不过，对于当代出版的书籍而言，重量同时意味着开本与用纸，而后两者又都与定价有直接关系，所以，以此来衡量苏梅这座图书馆的"分量"，也未尝不可。况且，这里也不仅仅陈列艺术书籍，畅销或经典小说同样占有不小的比例，甚至还细心收藏了彩绘插图版的《小王子》，以供带小孩的客人们取阅，可见运营细节上执行得相当到位。除书之外，方案主设计师还运用了不少别出心裁的方法来呼应图书馆主题：在室外的实木长凳上陈列或坐或卧的白色抽象人偶雕塑，略显粗暴地令古树、沙滩、阳光、海浪与阅读组合为一道随时间、季节不同而不断变化的景观，引起住客们取书观览的兴趣；26 间客房，不以 Room 某某来命名，转而使用 Page 某某这样的区分方式，又是半强制地使客人们将一整座酒店联想为一本极具未来感的大书，特色表露无遗。

我却并不喜欢这类推着客人去感受、去认同的抖S[1]设计，毕竟太张扬，不含蓄，缺乏值得细品的美感。北美也有一家图书馆酒店，位于纽约曼哈顿区的繁华地带。某位热衷于赶时髦的朋友，特地订过这间酒店的普通房。回来之后，我问他感觉如何，他老实告诉我，只有旧图书馆风格的大门最像图书馆，其他统统是一揽子虚伪做派：

"前台附近摆满令人感觉窒息的皮面精装，压得人几乎喘不过气来。阅读空间有种怪异的不舒适感，几乎使人像是被书胁迫。"

厉害也够厉害的：咖啡厅摆书架，餐厅摆书架，套房客厅放满矮书架，甚至床头还有个四层的悬挂书架——作为房间标配。所有的书架都密密麻麻摆满了书，通俗小说为主，有老马丁最新出版的《冰与火之歌》，或者布克奖得主的获奖佳作，陈志勇的绘本也可以找到。这些书的摆放，显得过于整齐：这么说吧，每一册书的书脊部分，像是特意用长尺压过一般，齐得仿佛从工厂里批量搬出来的一样。按朋友的说法，就是这一丝不苟的整齐，令他感到最为难受：拿出书看过后，务必得花大力气摆放，才能让书保持效果图一般的规整感。

这感受恐怕要令酒店的老板 Kallan 先生失望了。六十个客

---

[1] 施虐倾向。

房、十四层楼的纽约图书馆酒店，为了突出主题，居然使用了图书馆专业标准的杜威分类法来区分楼层：朋友住的七楼"艺术"层（果然符合他赶时髦的品味），但这里的藏书却似乎并不怎么对路。理应陈列"舞台艺术"书籍的房间，却杂放了研究毕加索的教材，甚至还有菲利普·罗斯的小说。朋友在临走前，问一本企鹅出版的简装书是否出售，哪知侍应生竟报出了一本 50 美元的天价。要知道，同样的书在相隔不远的纽约图书馆书店内，仅售 4 美元。

如此看来，朋友的话有一点是说错了：并非客人被书胁迫，反而是住价高昂的酒店，胁迫了那些藏书，以此来吸引眼球，提高自己的身价。第五大道四季酒店的 Ty Warner 套房，凭着一间塞满豪华藏书的书房，换来了每晚收取 5 万美元的特权。塞纳河畔乔治五世饭店的皇家套房，为了对得起自己 1 万欧元的定价，将大革命期间的文献古籍都搬进了客房里。细看大部分豪华酒店的套间藏书列表，会发现其中 Taschen、Phaidon、Steidl、Rizzoli、HatjeCantz、Skira 这几家出版社的精装艺术类书籍，占据了绝大多数。仅举 Rizzoli 出版社为例，这是一家大量出版所谓 coffee table books 的出版社：这类书的特点是开本巨大、用纸精良、图多字少，适合喝咖啡的时候随便翻翻，伪装有品味又不必多费脑筋——很贵，很高级，但也和阅读的初味南辕北辙。艺术类画册的浏览，刻意疏远了文字，相比接连不断的词意带来的画面联想，反而更接近旅行的体验。有一种试图以罗兰·巴特模式来解释酒店选书品味的文章，是不是桑塔格或者德波顿写的，我已经忘记了，讲的大抵是画面感与酒店意象的关联，都是自说胡话，总结起来无非是简单到不能再简单的两项常识：昂贵酒店的品味以昂贵书籍来装饰；支付高价的旅行者们本质上更期待放浪形骸，这种期待与逐字逐句读小说之间很难相融。

可不是吗？住在TMC酒店的时候，由于读书读到晕天黑地的缘故，不愿意浪费时间出去餐厅吃饭，拨内线要了客房点餐。侍应生进来后，发现我正呆坐在沙发上目不转睛地读朱利安·巴恩斯的小说，不由自主地来了一句：

"嘿，我送餐的次数也不少了，像你这么书痴的客人，真没见过一两个。"

所以这儿的藏书也基本上是噱头、陪衬、装饰？我并没有将这句想当然的责难说出口，酒店毕竟是酒店，来客如流水，想必不能不去恪守中庸的主旨。像曼哈顿图书馆酒店这样使用分类法来对付书痴的毕竟少之又少。况且，就算做到了这一步，仍有吃力不讨好的嫌疑：倘使遇上旅游旺季，一股脑儿涌来十位爱看摄影书的客人，而对应的主题房间却只有一间，调剂到哲学、诗歌、应用化学房间的客人又该如何是好？照此观之，每个主题房间里杂存一些标题醒目、内容易懂、人见人爱的手边书，并不是失误，反而是必需的了。世上书痴哪有那么多，冲着"图书馆"招牌远道而来的客人，多半看见大堂、前台、房间、餐厅都堆满书就心满意足了：一边赞叹经营者们的奇思妙想，一边从书架上抽出几本书来随手翻翻，然后……该游览名胜的便去游览名胜，该会见客户的则去会见客户。一门心思奔着书来住店，何不干脆住进图书馆？

按照这一思路妄想下去，但凡有名的公私立图书馆，都应该赶紧开一家附属的酒店。星级什么的完全不需要，房间设施中规中矩即可，餐厅和酒吧统统忽略，唯独请让床铺舒适柔软，可以高效睡眠为佳。最好可以按月、按年出租，收费对书痴们更具亲和力一点——如此一来，保准能够让全球大部分嗜读成瘾的书痴们拍手叫好，掏包买账。

或者，像莎士比亚书店那样，直接在书架之间安放床铺，读累了直接睡下，睡起来去淋浴间洗漱过后，开卷再读？回想一下，这种酒店我还真见到过：胡志明市的阿尔科夫图书馆酒店，从外观看去就是图书馆的模样：殖民地风格的黑色铸铁护栏、庄园入口式的招牌、折中主义外墙装饰和伪柱雕塑……没有特意强调书，甚至没有专门的设计，使人怀疑这里或许原本就是图书馆，只不过馆长出于某种方便读者的考虑，额外开辟出一些空间，增添了酒店功用似的。

随口便能举出大量事实，来佐证我以上的推论：这间酒店的客房，竟然是开在书架当中的，房间只提供最基本的休息功能，设施简陋，价格便宜，大学生用学生证还能优惠订房。藏书方面，以平装英文书为主，不只摆放小说，任何种类的英文书都有存放，甚至还有 java 编程和球队管理方面的书：只要想读，总能在这里找到符合自己喜好的书。最值得称道的是藏书数量——两层楼高的书架分为十一层，五个大列，至少我去的时候，每一层都摆得满满当当（好吧，有两格里放的是空调挂机——毕竟是越南的酒店）。虽然满满当当，却又没有特别追求书脊对齐，从最下层到最高层，大部分书都有人取读，并且准备了专门的书架梯。唯一遗憾的是定价高昂的精装艺术画册少得可怜，但那些——如上所述，毕竟是昂贵酒店所应负责的分野，无可厚非。

完全不想去胡志明市却还是不得不去的话（恐怕很难有这样的情况出现），大可以躲在这家阿尔科夫酒店里遁世，挨到回程那天。

其实，又何必硬要给酒店安一个图书馆的名分？再怎么执着于书籍数量、种类、稀有程度，在酒店内都无法百分之百还原货真价实的图书馆体验。酒店藏书，按正常思路去想，充其量不过是闲暇时光不知如何消磨，又不想贸贸然在陌生城市走动时，提供的一种应对手段而已。记得那年住在西西里岛卡塔尼亚的 Agora Hostel——看名字就知道，绝非豪华酒店，但大堂书架上的选书品味却一流，好到人想要拿出纸笔，将架上书名和作者一个一个抄下来，方便回国后按图索骥的地步。我反而愿意称这样一家并不专门执着于书的酒店，为我理想中的"图书馆酒店"：因为你住进去了，不读也可以——书与酒店相互统一，并行不悖，这才是酒店藏书的真髓。

失而复得在台北

为一本书，去台北，听起来似乎不错。

书是台湾时报版手冢治虫的《纸堡》，1994年出版，列名于时报"手冢治虫三百全集"这一雄心勃勃的大型出版计划当中。却只出到二百二十多本，便因为库存积压过多、资金断链而颓然宣告中止。《纸堡》是这一系列里印量颇少的罕本，有价无市的情况，实属常态。当年购得便颇费了一番功夫，却偏偏又因为意想不到的原因失去了——失书详情不打算多提，总而言之，现在书架上就缺这么一本，所以非去趟台北不可！

坐长荣航空的飞机到桃园机场，换乘1961路大有巴士，直达台北喜来登大饭店投宿。行李随便放好，换便装，去善导寺站坐捷运，台北车站换乘，嘎吱嘎吱经过中正纪念堂，台电大楼站下车，上去走五分钟，就是茉莉二手书店的台大店。

台北的二手书店里，我最喜欢茉莉，不只因为店大书多，选址装修干净利落，最可贵的，乃是书店经营理念中，处处体现出对书对人的尊重及善意。细想也知道，主张旧书流通的最重要意义，不在盈利，而是环保。茉莉提倡的建店宗旨"敬天·爱人·惜物"，排首位的是敬天，也即对大自然怀抱尊敬之情。情感诉求归情感诉求，实际做起来，说白了还是环保——可见对茉莉而言，流通必然是居第一位的。

所以，旧书从各种渠道聚到店内之后，先是一番清洁整理，然后统一上架，对外贩售三个月。三个月卖不掉的书，降价，再卖三个月。如果还是卖不掉，就暂时全部存库，年底放在"1元一本"的特售柜台再卖一次。这样也不行，就白送——万一连送也送不掉，才打包运去纸厂，进入再生纸循环。

说是仁至义尽也不夸张。

"都已经是二手书了，卖不掉岂不积压？而积压，与流通之间，根本是反义词关系——如此这般，就应该想方设法避免积压才对呀。"

如果二手书店也有神祇的话，大约会对茉莉的方针做出如上总结。

一位家在台北、嗜书如命的同事（姑且称之为 M 小姐），每次都必定预订年底的机票回家探亲，就是为赶上茉莉"1元一本"的年度活动。她也不缺钱，平日里买书绝不吝啬，Steidl 或 Phaidon 几百欧一本死沉死沉的精装大部头，一出手就弄来两三本。我清楚她去茉莉是为了"捡漏"，毕竟大特卖时旧书流通最甚，每日都有成捆成捆的书上架、下架，只要去得勤快，就能比平时见到多得多的各类书籍，选择机会暴增许多倍。相比之下，钱包畅快与否倒在其次了。记得有年她电话我说回研究所时间推迟，年假用光，央我帮请两三天病假。问她为何，回答竟是：

"哎，在茉莉买太多书，不得不一一整理清楚，结果误了班机时间。"

可见茉莉害人不浅。

话说回头，这次虽然没赶上年底清货，却意外遭遇了大批上架的好日子。选了几本尖货在手，却独独找不到《纸堡》，遗憾。不只找不到，连时报版的手冢都没有。想着是书太多，柜太多，自己看漏了，便找了近旁正在理书的店员，问一句：

"请问时报出版的手冢治虫，店内放在哪一块了？"

"时报手冢吗？这儿没有，台中店可能有，那家书更多些。不过，若您需要，直接上我们PChome商店街开的网上店铺搜索更好。链接结账柜台上的免费卡片上有。谢谢。"

茉莉的网店不能店取，走的快递方式，书长期维持三万多册，浏览量大，更新也挺快。不只有各类优惠打包，同时还有珍本、绝版书拍卖，可逛性很高。但很遗憾，网店同样找不到《纸堡》。我只得在网站的"代客寻书"栏目填写了寻找"一般书"的表单，可惜，这个寻书委托并不长期，仅维持一个月。过期之后我又填写了几次（寻的其他书籍），却始终没有收到任何消息，最终只得不了了之。

一心想找的没找到，无心插柳的几本总归还是得买。柜台结账的女性店员戴墨镜，头发金色，北欧白种人似的雪白皮肤。误以为她是老外，开口同她讲英文，哪知回的却是正正经经的台腔中文：

"我不是外国人啦，72块新台币，谢谢。"

原来是戴了假发的白化病人。

与欧洲公共机构的政策类似，茉莉招工时会优先考虑残障人士，让他们加入进来，做些力所能及的工作，亦可借此改善普通人看待残障人士的观念。

"别看现在想法这么摩登，其实二十年前，台北的二手书店大半集中在光华商场的地下，土气得要命呢。"

我对茉莉、胡思等店家处处靠拢、赶超国际水准的体验赞不绝口，引来了M小姐对台北旧书界今昔反差的追忆。

"最开始的本家老店，门牌号是光华商场地下22号的，却连个正式名字都没有。大家提起那儿，就叫'光华商场地下22号'——怎么样，够可以的吧？"

确实够可以的，但毕竟是老皇历了。现今的"光华商场地下22号"，已是二代目经营，名字早已换成"茉莉"，连分店都开到第五家。第二代店主蔡谟利、戴莉珍夫妻过去曾在7-11便利店工作，接掌旧店后所做的第一件事，即是要令旧书店也如7-11般宽敞、现代、系统化。他们下大功夫整修旧店，清洁、索引库存旧书，且以两人名字正中各一个字"谟"和"莉"合在一起，谐音花名"茉莉"为店名，并设计了专属徽标。

这一系列在当时看来简直如天外飞仙般的创新举措，在光华商场旧书界引起了轰动。且不提便利店式经营模式、索引书目、整体风格塑造等等具体而微的启发，同业者们心中受到的最直接感悟大约是："哎哟，原来卖旧书，也可以很体面。"

于是大家纷纷开始体面转身，台北乃至整个台湾的旧书店革命拉开序幕。店铺做得好了，便一家一家搬离地下室，各个挑选契合自家风格的地界重开。带动起社会风气、造成影响之后，又有很多新生力量投入进来。2012年夏天时，茉莉在谷歌上做了个"台湾旧书店地图"的地标集，列名店铺达两百多家——这还都是规模颇大的店，小店更是数不胜数。

茉莉至今仍是业界翘楚，数十年来不断创新开拓的过程中，逐渐为全台同业提供了不少渐已成为业界标准的"行规"：比如，买好了旧书，包书用的袋子多半也是回收来的旧纸袋，且必须保证提手结实、袋底不破。无印良品或者元祖月饼纸袋质量优良，是为佳选。又比如，一次性买书超过500新台币，即可享受八五折优惠，并自动成为书店会员，未来同样享此优惠，还可以收到店家时不时发来的活动信息和新到珍本通告，方便挑选。

离开台大店，顺着书店、咖啡馆林立的罗斯福路，拐入龙泉街，寻旧香居——虽然从怀古名字给人的感觉来推测，找到《纸堡》这类日系旧漫画的可能性很小，却也不得不过去打探看看。

旧香居形式上并不怀古，反而时髦：古董佛头、清式太师椅、书法字画，混搭法国电影海报、荷兰木屐、克里姆特装饰画；装修走简约工业风，书又是中国文史哲艺类居多。简而言之，是那种"巴黎大学生在台湾努力开了间书店"的感觉。

店内人多，碰巧有志愿者在讲书店历史，便也随着多少听了一会儿。

说龙泉街是条老街，旧香居亦是老店，开店至今，已有四十余年历史，和茉莉一样，也是二代目经营。创店人是位家境无虞的书痴，沉迷珍本，看似做收售旧书生意，实则以此网罗多方好书，聚在一处，方便品味古籍旧香。"旧香居"一名，便是由此而来。

在当时，回购旧书都是如买卖废报纸杂志一般，论斤成捆买卖的，只有旧香居主人是个例外。这位吴先生收书，从来都是以质论价，一本一本买入。遇到珍本，还会给出相当不错的价钱，请那些沿街收旧书的小贩"割爱"。如此优待，很快令旧香居门庭若市，小贩们一旦寻到尖货，都直接拿到吴先生这儿来卖，文人墨客们要买些难寻的善本，也到这儿来求。一来二去之间，名声就打开了。书贩或爱书客那儿散买整收，并非吴先生聚书的唯一渠道，他还经常参加各大书局、出版社、藏家机构举办的古书拍卖会，在台湾的文化圈内也有不小的名望。国画大师黄君璧，专门为旧香居提了匾额，并献上对联一副，曰"旧日芳华谈笑里，香居书卷翻读中"，描绘书店内高朋满座、醉心阅读、谈笑尽欢的场景，并以书店名藏头，堪称妙笔。

如是沉淀多年，今日的旧香居与其说是书店，不如说是兼卖二手书的珍本博物馆。店内陈设有不少的展柜、展架，里面能看到如旧《剧场》杂志、老版张爱玲全集、鲁迅文集等罕见收藏。

"说到这个店,你知道里面最珍贵的一册藏书是什么?"M小姐坏笑着问我。

"唔,大约明清时的某个稀罕古本?"

"错!是本叫作《台湾番薯田野调查》的小册子,日据时期油印出版的。"

听M小姐讲,关于这本小册子的八卦,二代店主吴雅慧每逢受人采访,都会说上一说。原来,吴雅慧小时候特别喜欢吃番薯,吴先生因势利导,专程给她找来《台湾番薯田野调查》这本书。无论女儿喜欢什么,父亲都给她寻来相关的书籍,她要是看上了什么书,更是不问价格,马上买下。如此引导她踏上爱书藏书之路。

"这算是最珍贵吗?应该是最有爱藏书吧。"我也笑着回M小姐。

真站在旧香居里,却哪儿也寻不着这本有爱的小册子,许是被二代店主藏在家中了吧。《纸堡》也没有,倒是意料之中。

只好推门离开。

继续坐那嘎吱嘎吱的地铁倒也不错,但面前恰好有小黄(台北的士)路过,怎有不拦的道理。

"去士林中山北路,胡思书店,谢谢。"

"嗬,去胡思的。那里,我也是常客。"司机老先生分外热情。

"是啊,台北书店可真多,不一家家逛下来不行。"

"不只多哟,也杂,捣鼓什么的都有。我逛了这么多年,现在一把年纪,都还有的逛呢。"

这是大实话,台北书店业的丰富和细分程度足以令人咋舌。即使具体到某一类别当中,也能够按规模、风格、素质区别三六九等,再各自扳起指头数出一堆领军者来,可谓"军阀林立"。举个例子,在台湾,繁体字书籍占据绝对优势,但简体书同样有不小的市场,简体书店也应运而生。一提到简体书店,台北人脱口而出的就有幼狮、秋水堂、明目,再细想还有台闽书城、商务印书馆、中华书局、敦煌书局和金石堂的简体部门。

如果按出版语言来区分,专营日文书的名店有淳久堂,以及诚品信义旗舰店四楼的日文书店,精通法文的首推信鸽,开在松江路上,老板是位旅居台北的法语教师,中文名似乎是施兰芳。德文书店虽然不是很清楚,但据传也开有两家,很小,且都藏着些有趣的珍本。

不说语言,按此行目的看,主营漫画的店肯定也有(台湾省可是华语区漫画出版大户)。实话实说,在出发前一封封发电邮咨询二手书店,给出ISBN号码,询问是否有书,得到结果后直接用PayPal或电汇付款,多付个跨境邮费,多半就能顺利拿到书了——这是效率至上的方式,但也同时是网络化的方式。对此,我心里总暗暗拧着劲,不希望网络化最终凌驾一切,毕竟人这东西,总是时不时想要去走走远路、看看风景的。或许,正因为是这么重要的一本书,才想要从某家书店里亲手挑择出来，带到收银台，付款，看着工作人员将它包好放进纸袋里，递到我手中吧。一进一出，一归一去，书店，总归是成全书籍的仪式所，因为尊重那本心水[1]书，便多少想着要体面，而不是下楼收收快递了事。

之前，曾有记者在采访时问我：

"为什么二手书店在台湾地区、日本、欧美蓬勃，大陆却不只二手店，连新书店都要开不下去，一家接一家倒闭呢？"

坐在小黄上，怎么也想不起当时是怎样随口一答的了。也罢，就此时此刻的脑中想法观之，书店总是相似的，毕竟台北很多书店的经营模式，都能在欧洲找到原型，即便整间店搬过去，让原来全套店员班子学懂当地语言，便照样可以正常运行。大陆与港澳台、欧美日读书界最主要的区别，实为读者。

逛过一圈台北书店便能感受得到，纵使这边书店内的藏书再专再偏，也始终有读者进来买单。一个庞大的读者基数，支撑了与之匹配的书店数量。虽然这几年来，因为电子书盛行、3C娱乐业兴盛导致读书人群数量减少，发达地区的书店业渐显颓态，但凭着多年积累，仍可维持。反观大陆，真正常读书者比例竟如此之少，分摊到书店经营模式上（且不提那帮以"书吧"之名，行卖咖啡之实的偷换概念者们），如果坚持店主个人喜好，卖些冷偏专书，恐怕还不及打出名声，便已早早闭门歇业。站在新华书店里，放眼一望，矢志奋斗那类型客人买走

---

[1] 粤语。喜欢、偏爱。

成功学、励志书、心灵鸡汤种种；中产或精英普遍斤斤计较，即便爱读书，也会反复比较，书在网店购买居多；畅销书一出来就被爱看广告、消息灵通的社交型人一抢而空（看完倒不见得）；穷书生基本只读不买，对书店本身并无助益……如此层层筛选下来，会去实体二手书店买旧书的类型，已是凤毛麟角，旧书店普遍开不起来，也正是因为此理。

"喂喂，胡思到了哦。这个是士林店，刚才带你来的罗斯福路上，还有家公馆店的，但在二楼，我也不知道是哪栋……总之，这儿就是了。"

也就是说，我错过了近在身边的胡思，而选择了远在天边的另一家吗？

话说回头，罗斯福路上确实有很多二楼书店：开在二楼，唯一原因就是租金便宜（不好意思，二十楼书店我也见过）。普遍情况是一条狭长走道，左右贴满海报，放上告示板，走道尽头一段远几步望去瞧不出丝毫楼上端倪的楼梯。上面倒多半豁然开朗，毕竟二楼租金要便宜一半以上，有些甚至直接就是店主自家的屋子，不必交租，可以更随性自在地打理店务，轻忽（也不能说是轻忽）库存，相应也能见到更多好书。

唉，所以那家胡思……

"错过也不可惜。"司机老先生仿佛看穿我心思似的，"这家胡思才是最好最大的，那边是场面活儿，你懂。"

懂，说的无非散书人意气，得聚在一处才行。罗斯福路三段正正是台北二手书店对外的门面，胡思名响，那儿没店的话，面儿上过不去。但真正如鱼得水的本事,还在这家继承旧店精神的士林店。

看过傅月庵谈胡思的文章,谈的是开在中山北路六段天母社区的老店。那里是台北外侨最多的地方,老店收书又立足于邻近居民,四处张贴收书广告,一家一家询问"家里是否有不看的旧书可以回收?"结果,弄得店内藏书三成以上都是外文旧书,其余不少也是外国文学、文艺评论、舞台话剧、摄影绘画集等高雅类型,整体格调甚高。后来,胡思经营得好了,搬迁新店,选址就在士林区台北美国学校旁边,周围又是成批成批的外侨,我进去时,便看到不少外国孩子,散聚在儿童图书那块儿,静悄悄翻着书。

一楼门面,兼营咖啡,店面大得出人意料。这里的书码放分外整齐,让人怀疑店主一定患有强迫症。全店设计现代简约,装修配色时髦,甚至有点太时髦了——不愧是室内设计师开的书店。

其实店主不止一人,而是三位爱书又勇敢的女士:一位广告人,一位设计师,还有一位阿宝,号称家庭主妇,实则是胡思书店真正的掌门人。

"请问,时报版的手冢治虫漫画,可有?"

"有的,不过,先来杯咖啡如何?我们这儿的咖啡,味道公认的不错。"

要的美式,坐下来,闻着店内四处弥漫、略带焦煳感的咖啡香味,反而整个人都舒心了。

这儿毕竟不是欧洲,而是台北。这里的二手书店,无论茉莉、旧香居、胡思,给人的整体感觉是恬静、淡然间又不失学养,和欧洲书店相比,更具市井气,少些知识分子、绅士范儿。开书店的人大多仍是书香世家,或者爱书成痴的人,他们各自凭着自己在"书"中的喜好区别,各自有各自的坚持,这也是书店多样化在台北能够成立的基础。

所谓书店,灵魂还是书店背后负责聚书、散书的那群人。

咖啡喝完,在一堆时报版手冢中,果然找到了那本《纸堡》。品相完好,价钱公道,仿佛专为千里迢迢而来的我所准备。我像捧着整个实体书世界的未来一般,捧着它去付了款。完成了我与书店间的又一次默契仪式。

付款时人多,收银和派书由两位店员来做。前面几位买书的是老外,结果每次派书都重复如下对话:

"Whose books?(谁的书?)"

"Mein, thanks.(我的,谢谢。)"

而"WhoseBooks",恰是胡思的英文店名。

想也有趣,书店里的每一本书,岂不全是在等着完成这样的问答过程?仿佛主人注定就是那么几位,只等着他们过来找到它,便完成了一次生命循环。千里迢迢的相遇,只是久别重逢而已。

失而复得,岂不快哉。

亚历山大港 7 月 26 号大道街区即景

阿尔及尔街头水烟馆烟客

埃及开罗郊区水烟馆

的黎波里闹市坐满客人的水烟馆

卡萨布兰卡老巷尽头的水烟馆

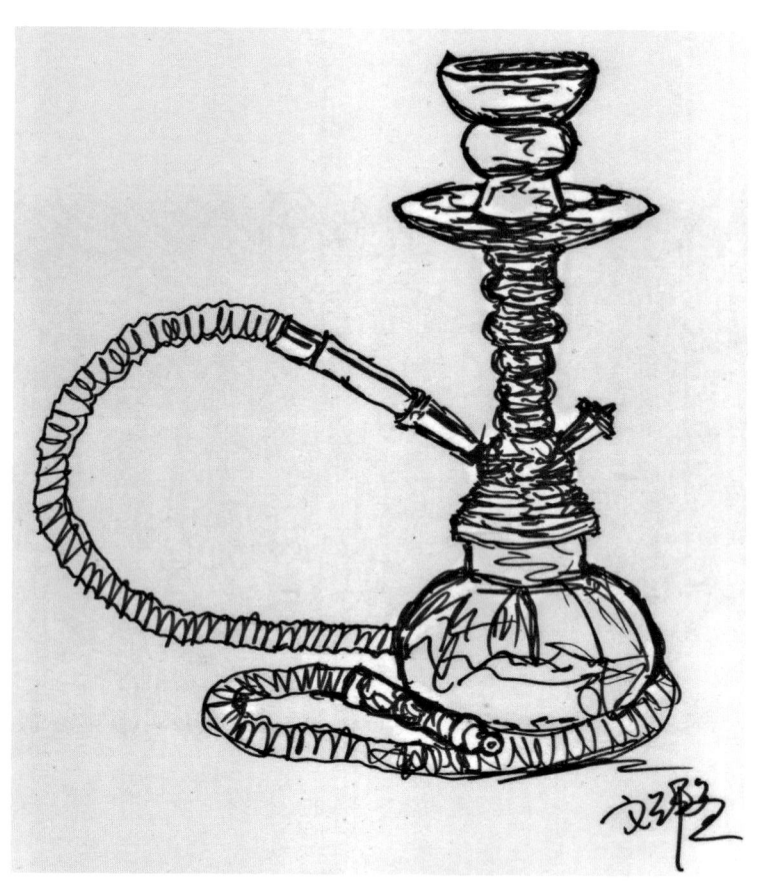

可以随身携带的小型水烟壶

水烟馆传统银壶（带防烫兜）

突尼斯西迪布塞以德蓝白小镇一家小水烟馆店内场景

叙利亚首都大马士革类似咖啡店的水烟馆

亚历山大港的街头水烟摊客

伊斯兰风格烟桌

威廉海玛动物园售票亭

从南德前往奥地利途中偶然看到的教堂

汉堡鱼市场的餐厅（速写后细描上色）

酒市的小教堂和流云

卡塔尼亚象门（速写后细描上色）

科隆大教堂

苏黎世的大木门（局部）

巴伦西亚城堡

VW bus（水笔细画上色）

德国车站看到的火车头

机场登机口速写

布拉格皇宫广场（水笔速写）

车上沉思的意大利老人

德国的土耳其烤肉店内景

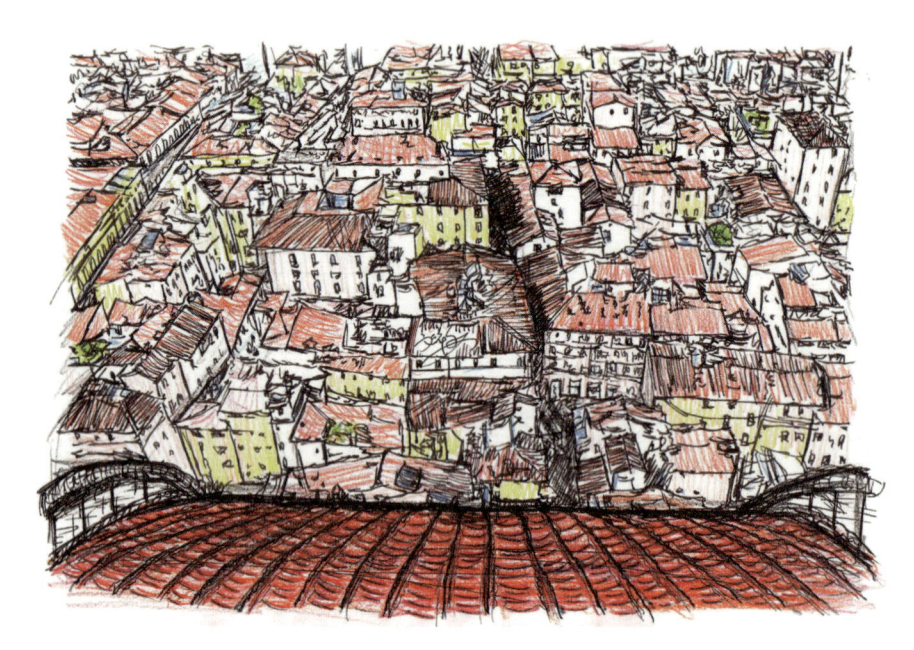

俯瞰佛罗伦萨

国王大街上的乞丐

汉堡街头（水笔速写）

民宿内花里胡哨的古董床

双反静物

斯图加特主场的围巾

在柏林逛二手书市